Alle Rechte, einschließlich das des vollständigen oder
auszugsweisen Nachdrucks in jeglicher Form, sind vorbehalten.

Alle handelnden Personen in dieser Ausgabe sind frei erfunden.
Ähnlichkeiten mit lebenden oder verstorbenen Personen wären rein zufällig.

Der Preis dieses Bandes versteht sich einschließlich
der gesetzlichen Mehrwertsteuer.

Umwelthinweis:
Dieses Buch wurde auf chlor- und säurefreiem Papier gedruckt.

Bella Andre

Ein unmöglicher Mann

Roman

Aus dem Amerikanischen von
Christiane Meyer

MIRA® TASCHENBUCH
Band 25832
1. Auflage: Mai 2015

MIRA® TASCHENBÜCHER
erscheinen in der HarperCollins Germany GmbH,
Valentinskamp 24, 20354 Hamburg
Geschäftsführer: Thomas Beckmann

Copyright © 2015 by MIRA Taschenbuch
in der HarperCollins Germany GmbH
Deutsche Erstveröffentlichung

Titel der nordamerikanischen Originalausgabe:
Can't Help Falling in Love
Copyright © 2012 by Bella Andre
erschienen bei: MIRA Books, Toronto

Konzeption/Reihengestaltung: fredebold&partner GmbH, Köln
Umschlaggestaltung: pecher und soiron, Köln
Redaktion: Mareike Müller
Titelabbildung: Thinkstock
Autorenfoto: © Paul Belleville
Satz: GGP Media GmbH, Pößneck
Druck und Bindearbeiten: CPI books GmbH, Leck – Germany
Printed in Germany
Dieses Buch wurde auf FSC®-zertifiziertem Papier gedruckt.
ISBN 978-3-95649-173-3

www.mira-taschenbuch.de

Werden Sie Fan von MIRA Taschenbuch auf Facebook!

Als Feuerwehrmann riskiert Gabe Sullivan jeden Tag sein Leben. Aber nachdem er auf die harte Tour lernen musste, dass es in seinem Job bestimmte Grenzen gibt, hütet er sich davor, jemals wieder etwas für eine Frau zu empfinden, der ein Feuer alles genommen hat. Vor allem nicht für die mutige Mutter und ihre kleine Tochter, die er in letzter Sekunde aus ihrem brennenden Apartment retten konnte. Nur geht sie ihm nun leider nicht mehr aus dem Kopf ...

Megan Harris weiß, dass sie dem heldenhaften Feuerwehrmann, der sie und ihre sechsjährige Tochter aus ihrer in Flammen stehenden Wohnung befreit hat, einiges schuldig ist. Besser gesagt, alles – bis auf ihr Herz. Denn nachdem sie vor fünf Jahren ihren Ehemann verlor, einen Navy-Kampfpiloten, hat sie sich geschworen, sich nie wieder in einen Mann mit einem gefährlichen Job zu verlieben.

Doch als Gabe und Megan sich wiedersehen, sprühen zwischen ihnen die Funken. Wie soll er ihren Mut, ihre Entschlossenheit und ihre Schönheit einfach ignorieren? Und wie soll sie leugnen, dass vom ersten Moment an eine ganz besondere Bindung zwischen ihm und ihrer kleinen Tochter besteht? Und dass seine sinnlichen Küsse sie beinahe dazu verleiten, alles zu riskieren, was sie so lange in sich verborgen und behütet hat?

Wenn einer von ihnen – oder sogar beide – diesen Winter nicht vorsichtig ist, könnten sie sich am Ende ineinander verlieben ...

Mein Dank geht an Rachael Herron und Mike „Pic" Picard, B Shift Battalion Captain, vom San Ramon Valley Fire Protection District, für ihre Hilfe bei den Brandbekämpfungsszenen.

1. KAPITEL

Es war ein wunderschöner Samstagnachmittag in San Francisco. Der Himmel war klar, es wehte eine frische Brise. Pärchen spazierten Hand in Hand durch den Golden Gate Park. Touristen genossen im Hafenviertel Fisherman's Wharf die wunderbare Muschelsuppe, die in einem Sauerteigbrot serviert wurde. Kitesurfer tummelten sich in der Bucht und jagten mit ihren leuchtend bunten Segeln zwischen den Booten hin und her.

Für zwei Dutzend Menschen jedoch verwandelte ein Feuer den perfekten Samstag in einen Albtraum. Sie lebten in der Conrad Street 1280.

Zuerst tauchten Feuerwehrautos und Feuerwehrmänner am Ort des Geschehens auf, dicht gefolgt von den Übertragungswagen der lokalen Fernsehstationen. Für den Betrachter wirkte es chaotisch, wie die Männer in Schutzausrüstung am Unglücksort hin- und herrannten und sich Informationen zuriefen. Aus den Funkgeräten, die sie bei sich trugen, ertönten Stimmen, Schläuche wanden sich über den Bürgersteig. Tatsächlich aber arbeitete die Crew der Feuerwache 5 präzise wie ein Uhrwerk.

Eben noch hatte sich Feuerwehrmann Gabe Sullivan das Wohltätigkeitskonzert angeschaut, das die Freundin seines Bruders Marcus auf der Feuerwache gegeben hatte. Alle waren außer sich gewesen und hatten mit Freuden einen Haufen Geld bezahlt, um beim intimen Unplugged-Konzert mit Nicola dabei zu sein. Ihre Show war atemberaubend – wie immer. Gabe war nach wie vor beeindruckt, dass sein ältester Bruder sich eine Frau wie sie geangelt hatte. Sie war nicht nur wunderschön und sexy und hatte ein unglaubliches musikalisches Talent – sie war auch noch wirklich nett.

Nicola hatte gerade die dritte Zugabe gespielt, da war der Notruf eingegangen. Zehn Minuten später waren die Feuerwehrmänner der Feuerwache 5 am Unglücksort eingetroffen und hatten die Schläuche angeschlossen. Nun begannen sie, das Gebäude zu evakuieren und das Feuer zu löschen.

Geschützt von seiner Ausrüstung, half Gabe einem betagten Ehepaar die Treppe des alten Apartmenthauses hinunter. Er wollte sie auf den Gehweg bringen, in Sicherheit. Die beiden schienen unversehrt zu sein, doch ihre Angst und Sorge wegen des Brandes machte ihnen so sehr zu schaffen, dass sie Schwierigkeiten mit den Stufen hatten. Gabe fasste die beiden behutsam am Ellbogen und führte sie so schnell wie möglich aus dem in Flammen stehenden Gebäude hinaus. Gerade hatten sie den Bürgersteig erreicht, als der grauhaarige Mann anfing zu husten. Gabe steuerte auf einen Krankenwagen zu, der ein paar Meter hinter dem großen Feuerwehrfahrzeug geparkt hatte.

Er winkte einen der Sanitäter heran und wandte sich an das Paar: „Wir werden untersuchen, ob Sie eventuell eine Rauchvergiftung haben. Wenn Sie irgendwelche Fragen haben, scheuen Sie sich nicht …"

Eine Explosion aus einem Fenster im ersten Stock unterbrach ihn.

Nach zehn Jahren in diesem Beruf wusste Gabe nur allzu gut, dass kein Brand dem anderen glich, kein Feuer je Routine sein konnte. Manchmal stellten sich die zu Beginn scheinbar unkompliziertesten Einsätze am Ende als die schwierigsten heraus. Die gefährlichsten.

Über sein Funkgerät konnte Gabe die besorgte Stimme seines Captains hören. „Alle Mann raus!", befahl Todd. „Die Lage hat sich verschlimmert. Wir ziehen uns zurück. Wiederhole: Wir ziehen uns zurück! Evakuiert das Gebäude!"

Gabe hatte noch immer die Hand am Ellbogen der alten Dame, als die sich ihm mit einem entsetzten Gesichtsausdruck zuwandte.

„Megan und Summer sind noch da darin. Sie müssen die beiden da rausholen!"

Sie atmete flach, blickte ihn aus geweiteten Pupillen an. Die Frau stand kurz davor, einen Schock zu erleiden. Mit ruhiger, klarer Stimme versuchte er nun, die Informationen von ihr zu erhalten, die er brauchte.

„Wer sind Megan und Summer?"

„Meine Nachbarinnen, eine Mutter und ihre kleine Tochter. Ich habe sie vor einer Weile in ihr Apartment gehen sehen." Die Frau schaute zu den anderen Hausbewohnern, die sich an den Einsatzfahrzeugen der Feuerwehr versammelt hatten und geschockt mitverfolgten, wie ihr Heim und ihre Habseligkeiten den Flammen zum Opfer fielen. Flammen, die von Sekunde zu Sekunde mehr außer Kontrolle zu geraten drohten. „Megan und Summer sind nicht bei den anderen." Sie umklammerte Gabes Arm fest. „Sie müssen noch mal rein und sie retten. Bitte!"

Gabe war nicht abergläubisch, lebte nicht nach Ritualen. Aber er glaubte an sein Bauchgefühl.

Und sein Bauchgefühl verriet ihm, dass es ein Problem gab. Ein riesiges Problem.

„In welchem Apartment wohnen die beiden?"

Mit zitternder Hand zeigte sie auf die Fenster in der zweiten Etage. „Nummer 31. Sie leben im obersten Stockwerk, in der Eckwohnung." Die Frau wirkte entsetzt. Die Situation machte ihr immer mehr zu schaffen.

„Alles wird gut", beruhigte ihr Ehemann sie. „Er wird Megan und Summer finden und in Sicherheit bringen." Er sprach mit seiner Frau, doch er schaute Gabe eindringlich

13

an. Wagen Sie es ja nicht, meine Frau zu enttäuschen! Sie liebt die beiden, als gehörten sie zu unserer Familie, besagte sein Blick.

Kurz darauf entdeckte Gabe den Captain und seinen Partner Eric. Die beiden führten die Menschenmenge auf den Bürgersteig und die Straße. Reporter liefen inzwischen auf der Straße herum und sorgten für ein noch größeres Durcheinander.

„Wir müssen noch mal rein! Eine Nachbarin hat mir gerade erzählt, dass eine Mutter und ihre Tochter noch immer in dem Gebäude sein könnten. Zweiter Stock, Eckwohnung."

Sie schauten in die Richtung, in die Gabe wies. Es war jedoch nur dichter schwarzer Rauch zu erkennen, der über dem Dach hing.

Todd wandte den Blick von Gabe zu dem Feuer, das im Inneren des Hauses wütete. „Beeilt euch, Jungs! Ihr habt vermutlich nicht mehr als zehn Minuten – höchstens", meinte er, ehe er sich umdrehte und dem Rest des Teams die Anweisung erteilte, die Wasserschläuche auf den oberen Teil des Hauses zu richten.

Sowie der laute Knall der Explosion die Menge durchzuckt hatte, herrschte Stille, als Eric und Gabe hintereinander zum Wohnkomplex eilten und einen Schlauch ins Gebäude zogen. Die Masken aufgesetzt und die Kopfhörer eingeschaltet, bewegten sie sich durch den Rauch. Er war dichter als der Nebel, für den San Francisco so berühmt war. Mit ihren Atemmasken kamen sie in der rauchgeschwängerten Luft zurecht. Ein Zivilist allerdings würde unter diesen Umständen ohne zusätzlichen Sauerstoff nicht lange überleben.

Gabe schob die Sorge um die Mutter und ihre Tochter beiseite und konzentrierte sich darauf, vom Erdgeschoss in den ersten und schließlich in den zweiten Stock zu gelangen.

Das Feuer schien immer lauter zu brüllen und zu fauchen, die Hitze war schier unerträglich. Durch eine Explosion flog im ersten Stock eine Tür aus den Angeln. Der Treppenabsatz erbebte.

Gabe und Eric zerrten den schweren Schlauch durch den dichten Qualm und die Trümmer. Trotz der steilen, engen Treppe und der körperlichen Anstrengung schafften sie es innerhalb weniger Minuten zu Apartment 31.

Gabe probierte, die Tür zu öffnen, aber sie war abgeschlossen. Er hoffte, betete, dass die Tatsache, dass das Feuer die Tür noch nicht herausgerissen hatte, bedeutete, dass die Leute in der Wohnung noch am Leben waren.

Während Eric ein paar Schritte hinter ihm wartete, holte Gabe die Axt aus seinem Gürtel hervor und hämmerte an die Tür. „Falls sich irgendjemand in der Nähe der Eingangstür aufhält, treten Sie bitte zurück. Ich werde die Tür jetzt mit der Axt aufbrechen." Obwohl er schrie, so laut er konnte, wurde seine Stimme durch die Atemschutzmaske gedämpft.

Der Rauch war so dicht, man hätte ihn fast schneiden können. Inzwischen herrschten Temperaturen von über vierhundert Grad.

Werden wir in dem Apartment noch Überlebende finden?

„Fertig?", schrie Eric und nahm ein paar schnelle Züge Sauerstoff.

Gabe nickte. Er hob die schwere Axt an und schlug dann mit voller Wucht auf den Türknauf. Eine leichter gebaute Tür hätte in Sekundenschnelle nachgegeben, doch diese alte Holztür war so massiv, dass er ein Dutzend Mal hintereinander zuschlagen musste, damit sie sich bewegte. Als er spürte, wie der Rahmen sich leicht löste, trat er gezielt und mit dem Schwung seiner neunzig Kilo gegen die Tür.

Endlich sprang die Tür auf, und Gabe war in der Wohnung.

Er steckte die Axt zurück in den Gürtel, griff nach dem Schlauch und wollte ihn hinter sich herziehen. Aber der Schlauch rührte sich nicht.

„Ich brauche noch ein Stück", rief Gabe Eric zu.

Er schaute über seine Schulter. Mit aller Kraft zerrte sein Partner am Schlauch. „Er hängt irgendwo fest, verdammt!", fluchte er. „Ich muss noch mal runter."

Beiden war bewusst, wie gefährlich die Situation plötzlich geworden war. Ein Feuerwehrmann ließ seinen Partner nie allein – es sei denn, sie befanden sich in einer außergewöhnlichen Notlage.

Zweifellos handelte es sich nun um eine solche außergewöhnliche Notlage, denn eine Mutter und ihre Tochter waren in dem Apartment vom Feuer eingeschlossen. Gabe und Eric hatten keine Wahl.

Die beiden Männer wechselten einen Blick, der alles sagte: Falls es einer von ihnen oder sie beide nicht aus diesem Gebäude schafften, hatten sie zusammen zumindest eine gute Zeit erlebt – voller Respekt füreinander, voller Lachen und mit unzähligen Schüsseln des legendären Feuerwachen-Chilis.

„Beeil dich!", brüllte Gabe.

Heute Abend standen Leben auf dem Spiel. Und die sechzig Sekunden, die es dauern würde, mit Eric zusammen nach unten zu laufen und ihm mit dem Schlauch zu helfen, könnten möglicherweise den Tod eines Kindes bedeuten.

Eric rannte so schnell er konnte die Treppe hinunter und durch den dichten Qualm. Gabe sah hoch zur Decke. Die Flammen hatten sich bereits ihren Weg gebahnt. Er öffnete die Düse des Schlauches und fing an, die Decke abzuspritzen, um das Feuer einzudämmen. Er fühlte die unerträgliche Hitze, die ihn umgab, während er nun weiter in das Apartment vordrang. Ruß bedeckte die Möbel. Offenbar hatte das Feuer in dieser Wohnung am schlimmsten gewütet. Es war durchaus möglich, dass der Brand hier ausgebrochen war.

Abrupt stoppte er. Hatte er jemanden um Hilfe rufen hören? Da der Schlauch noch immer festhing, blieb Gabe nichts anderes übrig, als ihn fallen zu lassen und sich auf die Stimme zuzubewegen. Die Person, die dort schrie, hielt sich offenbar hinter einer weißen verspiegelten Tür auf, welche ebenfalls verriegelt war. Mit einem Tritt seiner Sicherheitsstiefel öffnete Gabe sie.

Wieder quoll ihm schwarzer Rauch entgegen. Für einen Moment konnte er nichts erkennen. Doch auch wenn er auf den ersten Blick niemanden in dem kleinen Badezimmer entdecken konnte, wusste er genau, wo er nachschauen musste.

Er riss den Duschvorhang zur Seite und fand eine Frau, die zusammengekauert in der Badewanne mit Löwenfüßen hockte. Sie hielt ihre Tochter in den Armen.

Ich habe Megan und Summer gefunden.

Seine Gebete waren erhört worden. Die beiden waren am Leben.

„Megan, das haben Sie gut gemacht. Sehr gut", meinte er durch die Maske zu der Frau.

Die Augen der Frau waren weit aufgerissen, voller Angst. Sie hatte Panik. Gabes Herz zog sich zusammen, und für einen Moment berührte ihn die Situation mehr, als ihm lieb war. Doch für so etwas blieb keine Zeit. Nicht, wenn es darum ging, Megan, Summer und auch sich selbst lebend und unversehrt aus der Wohnung und dem Gebäude zu holen.

„Ich werde Summer und Sie jetzt hier rausbringen."

Megan öffnete Mund und wollte etwas sagen. Aber sie konnte nur husten. Tränen schossen ihr in die Augen. Sie schloss sie, und die Tränen rannen ihr übers Gesicht.

Erst jetzt bemerkte Gabe, dass das kleine Mädchen bewusstlos war. Er streifte sich einen seiner Handschuhe ab und prüfte den Puls der Kleinen. Erleichtert stellte er fest, dass der Pulsschlag kräftig und regelmäßig war. Er zog den Handschuh wieder an und wollte das Kind hochheben.

Die Mutter riss die Augen erneut auf. Ein paar Sekunden lang starrten Gabe und die Frau einander an, ehe sie das Kind losließ. Stumm formte sie mit den Lippen: *„Bitte! Passen Sie auf sie auf!"*

Er hütete sich davor, sich von ihrer Furcht, von ihrem Entsetzen davon abhalten zu lassen, zu tun, was getan werden musste, um sie alle zu retten. Und dennoch hielt ihr Blick ihn einen Moment länger gefangen, als Gabe es hätte zulassen dürfen. Die Liebe, die sie für ihre Tochter empfand, war so offensichtlich, so greifbar. Gabe spürte ihre Verzweiflung. Dieser eine kurze Blick weckte in ihm das Gefühl, diese Frau schon ewig zu kennen und nicht erst seit ein paar Sekunden. Sekunden, die in diesem Inferno viel zu schnell verstrichen.

„Ich nehme Summer, und dann werden wir hier rauskriechen. Schaffen Sie das?"

Sie nickte. Er fasste sie am Arm, damit sie aus der Wanne steigen konnte. Sie war schwach, aber sie war auch eine Kämpferin. Nachdem er ihr dabei geholfen hatte, sich auf den Boden zu legen, zog er eine weitere Atemschutzmaske hervor. Er wollte sie ihr anlegen, aber sie versuchte, die Maske wegzuschieben und sie über das Gesicht ihrer Tochter zu stülpen. Damit hatte Gabe schon gerechnet. Er schüttelte den Kopf.

„Zuerst müssen *Sie* Luft holen." Er sprach mit lauter, fester Stimme, damit sie ihn verstehen konnte. „Sonst klappen Sie zusammen und keiner von uns wird lebendig aus dem Haus rauskommen."

Sie griff die Maske und drückte sie sich aufs Gesicht. Unwillkürlich riss sie die Augen auf, als sie den ersten Atemzug tat. Er nahm ihr den Atemschutz ab, damit sie husten konnte, ehe er ihn ihr wieder aufsetzte. Behutsam hielt er die Maske fest, um sicherzustellen, dass Megan den Sauerstoff erhielt, den sie so dringend brauchte.

Als sie den Kopf schüttelte und hektisch zu ihrer Tochter schaute, zog er ihr die Maske ab und legte sie über Mund und Nase der Kleinen. Das Mädchen rührte sich, hustete und schien sich dann wieder zu beruhigen. Es war kaum eine Minute vergangen, seit er die beiden in der Badewanne gefunden hatte, aber diese sechzig Sekunden hatten den Flammen gereicht, um noch höher, heißer und höllischer zu brennen als zuvor.

Die drei lagen flach auf dem Boden, schützten sich so vor der sengenden Hitze. Gabe wollte Megan gerade die nächsten Schritte erklären, da ging der Alarm an seinem Gürtel los. Er stellte ihn aus, bevor irgendjemand von der Crew glaubte, dass es ihn erwischt hatte. Die Situation in der Wohnung im zweiten Stock war unglaublich gefährlich, und er wollte niemanden hier oben haben, solange es nicht zwingend nötig war.

„Wir werden an der Wand entlangkriechen, um möglichst unter dem Rauch und der Hitze zu bleiben, bis wir die Tür erreicht haben. Im Rest des Apartments ist es verdammt heiß, doch wenn Sie in Bewegung bleiben, verspreche ich Ihnen, dass wir es gesund hier rausschaffen."

Gabe gab niemals ein Versprechen, das er nicht halten konnte.

Und dieses Versprechen würde er auf jeden Fall halten.

Langsam krochen sie an der Fußleiste des gekachelten Badezimmers entlang zur Tür. Gabe hielt Summer im linken Arm und zog sich mit nur einer freien Hand den Boden entlang. Die schmerzenden Muskeln bemerkte er kaum.

Immer wieder schaute Gabe nach Megan, als sie nun durch die Tür ins Wohnzimmer gelangten. Hier war es deutlich heißer als im Bad. Er hoffte, dass die junge Frau durch die Hitze nicht ohnmächtig werden würde. Nur für den Fall half er ihr alle paar Sekunden, indem er den freien Arm um sie schlang und sie vorwärtszerrte. Er spürte, dass sie sich nicht hängen ließ, sondern mitarbeitete – ein sehr gutes Zeichen. Er spürte allerdings auch, dass sie schwächer wurde und dass sie mit aller Macht gegen eine Ohnmacht ankämpfte.

Endlich erreichten sie die Spitze des Schlauches. Eric hatte es nicht mehr zurück ins Apartment geschafft. Gabe hoffte, dass es ihm gut ging. Innerlich stellte er sich bereits darauf ein, dass seinem Partner der Rückweg versperrt gewesen war, weil die Treppe in Flammen stand oder sie zusammengebrochen war, während er Megan und Summer rausgeholt hatte. Er rief Megan zu: „Sie machen das ganz toll! Wir müssen jetzt nur noch den Schlauch packen und ihm nach unten folgen." Es blieb keine Zeit, um das Funkgerät hervorzuholen und dem Captain seine Position durchzugeben. Jetzt musste er sich ganz allein auf seinen Instinkt verlassen.

Der Löschschlauch stand unter enormem Druck. Gabe nahm Megans Hand und schloss ihre Finger darum. Nachdem er sich sicher war, dass sie ihn gepackt hatte, trat er hinter sie, um ihr zu helfen. Gemeinsam bewegten sie sich in gebückter Haltung durch die Wohnung Richtung Ausgang. Er half ihr auf, wenn ihre Beine unter ihr nachgaben oder wenn sie zu sehr husten musste.

Es war unglaublich kraftraubend, sich durch die Hitze und den Rauch zu kämpfen, und Gabe bewunderte Megan für ihre Stärke. Unter den gegebenen Umständen hätte er eigentlich damit rechnen müssen, *zwei* leblose Personen aus dem Haus tragen zu müssen, nicht nur das Kind. Aber irgendwie gelang es der jungen Frau, sich zusammenzureißen und sich trotz allem auf das Wesentliche zu konzentrieren. Ein Bein, ein Arm,

Stück für Stück. Sie legte ihre ganze Kraft in die Aufgabe, sich vorwärts zu bewegen.

Seine Sicherheitsausrüstung, der Sauerstofftank und das Mädchen, das er im Arm hielt, wogen einiges. Aber nicht *er* hatte in den vergangenen fünfzehn Minuten in Todesangst in einer Badewanne gekauert und verzweifelt gehofft, dass doch noch irgendjemand kommen würde. Daher hatte er es um Längen leichter als Megan.

„Drehen Sie sich um!", rief er ihr zu, als sie schließlich den Treppenabsatz erreichten. „Wir werden rückwärts hinuntergehen. Und wir werden weitergehen – was auch immer geschieht."

Wieder trat er hinter sie, damit er sie auffangen konnte, falls sie ins Straucheln geriet. Ihre Tochter fing an, sich zu bewegen, und er betete, dass sie nicht mitten in diesem Inferno wieder zu Bewusstsein kam.

Plötzlich erklang ein ohrenbetäubender Knall. Gabe sah nach oben. Ein Teil der Wand neben Megans Apartmenttür stürzte in sich zusammen. Der Sauerstoff, der bei ihrer Flucht aus dem Badezimmer in die Wohnung gedrungen war, hatte zu einer Verpuffung geführt.

Gabe schnappte sich Megan und lief, so schnell wie nur möglich, mit ihr und ihrer Tochter zusammen ein paar Stufen hinunter. Megan hatte den Kopf eingezogen und die Arme hochgenommen, um sich vor herabstürzenden Rigipsplatten zu schützen.

„Laufen Sie weiter!", brüllte Gabe.

Die Sekunden verstrichen, und sie gingen Stufe für Stufe weiter. Aber sie kamen nur langsam voran; die Lage war mehr als gefährlich. Die ausgetretenen Stufen konnten jeden Moment unter ihrem Gewicht zusammenbrechen.

Es gelang ihnen, zwei Treppenläufe hinabzusteigen, bevor

er sein Team über die kleinen Explosionen im Gebäude hinweg rufen hörte.

Ihnen blieb keine Zeit mehr. Sie mussten noch ein letztes Mal alle Kraft zusammennehmen und laufen, so schnell sie konnten.

Er konzentrierte sich und gab noch einmal alles, als er mit Megan und Summer im Arm die restlichen Stufen nach unten rannte.

Nachdem sie es fast geschafft hatten, wurde Gabe klar, was seinen Partner davon abgehalten hatte, wieder nach oben zu kommen: Ein riesiger Deckenbalken war auf die Treppe gestürzt und hatte alles in Flammen gesetzt. Eric hatte sich vermutlich darauf konzentriert, das Feuer zu löschen, ehe es die gesamte Treppe zerstörte und Gabe, Megan und die Kleine im oberen Teil des Gebäudes einschloss.

Verdammt! Irgendwie musste er es schaffen, um den Balken herumzugehen, doch der Träger war zu groß und zu heiß. Er würde Megan loslassen müssen, wenn er dran vorbei wollte, allerdings hatte er nicht vor, sie in diesem Inferno allein zu lassen, während er Summer in Sicherheit brachte.

„Gib sie uns!"

Erst in dieser Sekunde verlor Megan das Bewusstsein.

„Die Mutter ist gerade ohnmächtig geworden", rief Gabe. Ihr Griff lockerte sich, und schon im nächsten Augenblick zogen Eric und Todd Mutter und Tochter aus Gabes Armen und trugen sie aus dem Gebäude.

Gabe allerdings wartete eine Sekunde zu lange.

Er hörte ein lautes Krachen, dann löste sich ein Träger aus der Decke und traf ihn am Kopf. Gabe sackte zu Boden. Dunkelheit breitete sich vor ihm aus.

Das Letzte, was er wahrnahm, war der Bewegungsalarm an seinem Gürtel.

2. KAPITEL

Megan Harris erwachte mit ihrer Tochter in den Armen. Sie kuschelten oft miteinander, wenn sie einen Film schauten oder Summer schlecht geträumt hatte. Aber heute war irgendetwas anders. Nicht nur das Bett fühlte sich anders an. Sie spürte auch eine schmerzende Stelle an der Innenseite ihres Ellbogens, und ihr Hals war seltsam rau.

Sie konnte den Rauch in ihren Haaren, in Summers Haaren riechen. Sie zog die Nase kraus, als der Geruch von Feuer aus jeder ihrer Poren zu dringen schien.

Plötzlich kehrte die Erinnerung zurück. Aufkeuchend schreckte Megan hoch und riss die Augen auf. In dem Krankenzimmer hatte man zwei schmale Betten nebeneinandergeschoben, doch Summers war leer. Irgendwann in der Nacht war ihre Tochter unter ihre Decke gekrabbelt und hatte sich an sie geschmiegt.

Das Feuer.

Oh Gott, das Feuer!

Sie hätte beinahe …

Nein! Summer war bei ihr, lag in ihren Armen.

Megan drückte ihre Tochter an sich, und Summer drehte den Kopf und sah sie an.

„Mommy?"

„Hallo, Baby." Megans Stimme klang heiser, als hätte sie tatsächlich Feuer geatmet. Was vermutlich auch der Fall gewesen war. Megan gab der Kleinen einen Kuss auf die Stirn und jede Wange, bevor sie ihr einen Schmatzer auf den Mund drückte. „Wie geht es dir?"

Summer bewegte sich leicht. „Gut, aber die sollen die Nadel aus meinem Arm nehmen. Das juckt so." Sie hob den linken Arm und sah auf Megans Arm. „Wir haben beide das Gleiche."

Durch ihre Tränen der Erleichterung und Dankbarkeit hindurch lächelte Megan und nickte. „Das stimmt", sagte sie und hielt vier Finger in die Höhe. „Wie viele Finger halte ich hoch?"

„Sechs." Das schiefe Grinsen ihrer Tochter zeigte ihr, dass die Kleine sie aufziehen wollte. „Vier." Summer streckte einen Finger in die Höhe. „Und ich?"

„Einen", antwortete Megan und gab ihr einen Kuss auf die Fingerspitze. „Wie wär's, wenn wir den Arzt rufen und fragen, ob wir die Infusionen noch benötigen oder ob man uns davon befreien kann?"

Kurz nachdem Megan den Rufknopf gedrückt hatte, betrat eine Ärztin mittleren Alters das Zimmer. Sie lächelte. Die beiden waren wach und es ging ihnen augenscheinlich gut. Sie überprüfte die Werte, notierte sie zufrieden und entfernte dann die Infusionsnadeln. „Sie können gern noch eine Nacht bleiben, wenn Sie möchten, es besteht allerdings kein Verdacht auf Nachwirkungen. Zum Glück sind Sie beide jung und gesund."

Megan schaute zu Summer. Sie wollte ihre Tochter nicht ängstigen, doch sie musste der Ärztin eine wichtige Frage stellen. „Sind Sie sich sicher, dass Summer nicht zu einem Spezialisten muss? Sie war doch eine Weile bewusstlos."

Die Ärztin schüttelte den Kopf und lächelte Megan und Summer wieder an. „Nein. Machen Sie sich keine Sorgen." Sie wandte sich Summer zu. „Du bist in bester Verfassung, mein Kind."

Summer grinste die Ärztin an. „Ich bin die Schnellste in meiner Klasse! Ich laufe sogar schneller als die Jungs."

Die Ärztin lachte. „Daran zweifle ich nicht", erwiderte sie

und fragte dann Megan: „Wie haben Sie sich entschieden? Möchten Sie zur Sicherheit noch einen Tag hierbleiben?"

„Danke, aber ich glaube, wir würden beide gern nach Hause." Die Worte waren kaum ausgesprochen, als ihr einfiel, dass sie kein Zuhause mehr hatten, in das sie zurückkehren konnten.

Die Ärztin warf ihr einen mitfühlenden Blick zu. „Sie möchten sich bestimmt gern frisch machen und umziehen." Ehe Megan sie daran erinnern konnte, dass sie keine saubere Kleidung mehr hatten, reichte die Ärztin ihr eine Tasche. „Im Krankenhaus haben wir immer etwas Kleidung für Menschen in Ihrer Situation. Es tut mir so leid, was Ihnen passiert ist. Doch ich bin froh, dass es Ihnen gut geht."

Wieder drohte Megan in Tränen auszubrechen. Sie befand sich in einer *Situation*. Wie sehr sie sich gewünscht hatte, *das* endlich hinter sich zu lassen!

Tja, dachte sie, als sie entschieden die Tränen zurückdrängte, wir haben schon die *Situation* vor fünf Jahren gemeistert, also werden wir das hier auch überleben. Verdammt, genau genommen hatten sie doch schon überlebt, nicht wahr? Jetzt ging es um Details.

Und wenn es etwas gab, mit dem Megan sich auskannte, dann mit Details. In ihrem Job als Wirtschaftsprüferin musste sie oft die chaotischen finanziellen Details ihrer Klienten sichten und dann dafür sorgen, dass am Ende ordentliche Konten und Kalkulationstabellen standen. Nun musste sie dieses Wissen und Können eben auf sich selbst anwenden.

Im Laufe der Jahre hatte sie unzählige Witze über Wirtschaftsprüfer gehört, aber Megan liebte ihre Arbeit. Es machte ihr riesigen Spaß, aus dem Chaos etwas Sinnvolles zu machen und zuzusehen, wie sich die Zahlen in perfekte Reihen und Summen ordnen ließen. Nach allem, was sie mit Summers

25

Vater durchgemacht hatte, wusste sie die Sicherheit eines Jobs zu schätzen, in dem einfach keine Grauzonen existierten. Die Zahlen mussten am Ende stimmen, und für jede Abweichung gab es eine logische Erklärung, die das Problem aus der Welt schaffte.

Glücklicherweise war sie stets darauf bedacht gewesen, die Akten ihrer Klienten zusätzlich auf einem externen Server zu speichern. In der Hinsicht würde sie also keine Probleme bekommen. Sie mussten nur eine neue Bleibe finden, dann konnte sie wieder arbeiten.

Bevor die Ärztin den Raum verließ, ermahnte sie die beiden, es ein paar Tage lang ruhig angehen zu lassen, sich zu schonen und sich umgehend bei ihr zu melden, sollten sie Schwierigkeiten mit der Atmung oder Hustenanfälle bekommen oder sich schwindelig und verwirrt fühlen.

Ein paar Minuten später kam die Polizei, um ihre Aussage zum Brand aufzunehmen. Megan bemühte sich, ruhig und mit fester Stimme zu erzählen, während Summer zuhörte. Dennoch stockte ihr mehr als einmal die Stimme. Jedes Mal unterbrachen die beiden Polizisten die Befragung und machten eine kurze Pause, damit sie sich sammeln konnte.

Als sie schließlich wieder allein waren, sagte Megan zu Summer: „Ich brauche jetzt eine Dusche. Gehst du anschließend ins Bad?"

Summer nickte, schnappte sich die Fernbedienung und sah Megan mit ihren großen grünen Augen flehentlich an. „Darf ich fernsehen?"

Eigentlich war Megan streng, was das Fernsehen am Tag anging. Doch nach allem, was geschehen war, würde die Ablenkung ihrer Tochter sicher guttun. Sie nickte und zerzauste Summers kurzes blondes Haar, ehe sie aus dem Bett stieg. „Aber nicht zu lange."

„Jaaaa!"

Megan lächelte erleichtert, während sie die Dusche aufdrehte. Ihre kleine Tochter war stark. Sie würde das alles gut verarbeiten.

Doch als sie zusah, wie das warme Wasser den schwarzen Ruß von ihrer Haut und aus ihren versengten Haaren wusch, fragte sie sich, wie lange es dauern würde, bis es auch ihr selbst wieder gut ging. Was hätte nur alles passieren können …

Doch obwohl sie sich so erschöpft und ausgelaugt fühlte, hatte sie den heldenhaften Feuerwehrmann nicht vergessen, der sie aus der brennenden Wohnung gerettet hatte. Dieser Mann hatte sein Leben für sie beide riskiert! Sobald Summer und sie wieder auf den Beinen waren, würde sie ihn aufsuchen. Nicht nur, um sich zu bedanken, sondern auch, um einen Weg zu finden, sich für das Geschenk erkenntlich zu zeigen, das er ihnen gemacht hatte.

Im Angesicht des Todes hatte er ihnen das Leben geschenkt.

Megan schloss die Augen, um die grauenhaften Bilder zurückzudrängen. Sie reckte das Gesicht dem Wasser entgegen und ließ sich die Tränen der Angst von den Wangen waschen. Und die Tränen der Freude, weil sie weiterhin mit ihrer Tochter leben durfte. Sie bedeutete ihr absolut alles.

Als Megan und Summer zwei Stunden später durch ein Einkaufszentrum schlenderten, stellte sie erstaunt fest, dass die energiegeladene Persönlichkeit ihrer Tochter offenbar nicht unter dem Schrecken gelitten hatte.

Megan wünschte sich, sie könnte sich genauso schnell erholen. Sobald sie das Einkaufszentrum betreten hatten, steuerten sie auf einen Tisch in einem kleinen Café zu und erstellten eine To-do-Liste. Es gab so viele Dinge, die jetzt in Angriff genommen werden mussten.

Trotz der Entwarnung, die die Ärztin im Krankenhaus gegeben hatte, hatte Megan bereits einen Termin bei Summers Kinderarzt vereinbart; sie wollte kein Risiko eingehen. Und weil sie wusste, dass ihrer Tochter das nicht besonders gefallen würde, und damit es gerecht zuging – Gerechtigkeit bedeutete einem sechsjährigen Mädchen sehr viel –, hatte Megan auch gleich einen Termin für sich selbst ausgemacht.

Die beiden trugen nicht zusammenpassende Kleidung, die nicht richtig saß. Megan musste neben neuer Kleidung auch neue Papiere besorgen. Und ihre Haare waren an den Spitzen so versengt, dass sie unbedingt zum Friseur musste, wenn sie wieder halbwegs präsentabel aussehen wollte. Schließlich musste sie noch in Erfahrung bringen, ob es ihren Nachbarn gut ging. Als sie sich im Krankenhaus erkundigt hatte, hatte ihr niemand sagen können, ob noch jemand aus dem Haus eingeliefert worden war. Sie hoffte, dass es daran lag, dass alle anderen unversehrt geblieben waren.

Natürlich half es ihr nicht gerade, diese überwältigende Liste zu erstellen, nachdem sie gerade ungefähr eine Million Formulare für die Versicherung ausgefüllt hatte. Zwar war sie Papierkram gewöhnt, doch diese Flut an Unterlagen war selbst für sie zu viel.

Erst letzten Winter hatte sie ihr gemütliches kleines Apartment gekauft und in ihrer Freizeit renoviert. Jetzt blieb ihr nur das Versprechen der Versicherung, eine Entschädigung zu bekommen. Selbstverständlich erst, nachdem die Versicherung ihr Gutachten erstellt hatte. Bis das so weit war, hatte man ihr genug Bargeld gegeben, um über die Runden zu kommen, bis sie bei ihrer Bank neue Karten beantragt und erhalten hätte. Außerdem hatte man sie im Best Western Hotel in der Nähe des Krankenhauses untergebracht, bis sie etwas anderes gefunden hatte.

Wenn Megan sich ein neues Handy besorgt hatte, würde sie ihre Eltern anrufen und ihnen möglichst schonend mitteilen, was passiert war. Ohne Zweifel würden die beiden sich in den nächsten Flieger aus Minneapolis setzen, um sich um ihre Tochter und ihr Enkelkind zu kümmern. Und obwohl Megan sie natürlich sehen und ihre Umarmung spüren wollte, freute sie sich nicht gerade darauf, das Gleiche noch einmal zu erleben wie schon vor fünf Jahren. Bei Davids Tod

Bestimmt würden ihre Eltern sie drängen, nach Hause zu kommen. Zweifellos würden sie das Feuer benutzen, um ihr klarzumachen, wie viel besser Summer und sie in der Kleinstadt aufgehoben wären, in der sie aufgewachsen war.

Unbewusst reckte Megan das Kinn vor. Sie war stolz darauf, wie gut sie ihr Kind allein erzogen hatte. Und was auch immer ihre Eltern dachten: Sie hatte ihre Lektion gelernt! Die Männer, mit denen sie sich in den vergangenen Jahren verabredet hatte, waren Buchprüfer gewesen wie sie, Lehrer oder Betriebstechniker. Den Fehler, mit einem Mann zusammen zu sein, der das Risiko liebte und sich der Gefahr stellte, statt sie wie jeder andere vernünftige Mensch zu meiden, würde sie nie wieder machen.

Als Summers Magen knurrte, brach Megan erneut eine ihrer Regeln – dieses Mal die Regel, die Junkfood betraf. Sie bestellten sich Hotdogs und Nachos und große Slushies mit Kirschgeschmack. Während Summer alles verputzte, bekam Megan nur ein paar Bissen herunter.

„Wir kaufen heute nur ein paar Basics – Jeans, T-Shirts und so etwas." Megan wusste genau, wie sehr ihre Tochter neue Kleidung liebte – ach, wem wollte sie etwas vormachen: Sie beide liebten es, shoppen zu gehen.

„Aber wir brauchen doch *alles*, oder?"

Megan schickte ein stummes Dankgebet zum Himmel. Summer schien sich mehr Gedanken über neue Sachen zu machen als darüber, dass sie die alten im Feuer verloren hatte. Sie probierten einige Teile an und waren gerade auf dem Weg an die Kasse, als Megan einfiel, dass sie etwas vergessen hatte. Etwas Wichtiges.

Ja, sie brauchten Kleidung, und natürlich musste sie auch Lebensmittel kaufen. Doch egal, wie gut Summer mit der „Situation" umging: Sie durfte nicht vergessen, dass ihre kleine Tochter gerade alles verloren hatte – auch ihre Rapunzelpuppe, mit der sie jede Nacht eingeschlafen war.

Megan wusste, dass sie im Augenblick sehr sorgfältig mit dem Geld umgehen mussten. Sie legte eines der T-Shirts, das sie eigentlich hatte kaufen wollen, zurück und schob ihre Tochter in Richtung der Spielzeugabteilung.

„Schau mal! Sie haben Rapunzelpuppen. Warum suchst du dir nicht eine aus?"

Summers Augen begannen zu leuchten, und sie schlang die Arme um ihre Mutter. „Du bist die beste Mommy der Welt!" Und schon sauste sie davon. Megan blieb mit hängenden Schultern zurück. Sie war den Tränen nah.

Als sie in der Badewanne gekauert hatten, hatte Megan gehofft und gebetet, dass sie und ihre Tochter überleben würden, um eines Tages wieder etwas so Alltägliches tun zu können wie einzukaufen. Aber als die Flammen immer höher und heißer gewütet und die Sirenen geheult hatten, ohne dass jemand gekommen war, hatte sie die Hoffnung auf Rettung beinahe aufgegeben.

Als Summer mit der brandneuen Puppe in der makellosen Verpackung zurückkehrte, wischte sich Megan verstohlen die Tränen weg. Sie wusste, dass sie von ihrer Tochter, von ihrer Freude über eine neue Puppe, noch viel lernen konnte.

Sie hatten ihren Besitz verloren, doch sie hatten immer noch einander.

Megan wünschte sich nichts mehr, als ins Hotel einzuchecken, sich dann mit Summer ins Bett zu kuscheln und endlich zu schlafen. Aber als sie im Hotel ankamen, nahm ihre alte Nachbarin und Freundin Susan Thompson sie zur Seite.

„Megan! Summer! Gott sei Dank, es geht euch gut!"

Die alte Dame umarmte die beiden. Wieder schossen Megan Tränen in die Augen, und sie musste die Luft anhalten und sich auf einen alten Kaugummi im Teppich konzentrieren, um nicht zusammenzubrechen. Für gewöhnlich weinte sie nicht so schnell. Nicht einmal nach Davids Tod hatte sie es sich erlaubt, sich ihren Tränen hinzugeben. Sie war zu beschäftigt damit gewesen, sich um ihre zweijährige Tochter zu kümmern und dafür zu sorgen, dass sie ein Dach über dem Kopf hatten. Zudem hatte sie sich gegen den Druck ihrer Eltern wehren müssen, nach Minneapolis mitzukommen und für immer dort zu bleiben.

Mrs Thompson hielt ihre Tränen dagegen nicht zurück. Ihre Wangen waren feucht, als sie Megan und Summer schließlich wieder losließ. „Ich konnte dem Feuerwehrmann kaum sagen, dass ihr noch im Gebäude seid, da ist er schon losgerannt, um euch rauszuholen."

Im Laufe der vergangenen Stunden waren Megans Gedanken immer wieder zu dem Feuerwehrmann gewandert, der sie in der Badewanne entdeckt und der sie mit seiner festen, sicheren Stimme aus dem Inferno geholt hatte. Sie konnte noch immer seine Berührung spüren. Sie konnte noch immer die Stärke fühlen, mit der er sie und Summer hochgehoben, getragen, gezogen hatte, bis sie in Sicherheit gewesen waren.

Sie verdankten ihm ihr Leben.

Susan setzte sich mit Megan auf die verschlissene Couch in der Lobby. „Er hatte Larry und mir gerade auf den Gehweg geholfen, als ich mich umsah und bemerkte, dass ihr beide nicht bei den anderen standet." Ihre Lippen zitterten. „Ich hatte gesehen, wie ihr kurz vor dem Ausbruch des Feuers nach Hause gekommen wart, und wusste, dass etwas nicht stimmt."

Megan schluckte schwer und streckte den Arm aus, um ihre Hand auf die der alten Dame zu legen. „Danke", flüsterte sie. „Wenn du ihm nicht gesagt hättest …"

Megan warf einen Blick zu Summer, die glücklich ihre Puppe auspackte. Ihre Tochter schien ganz versunken in ihr neues Spielzeug zu sein, doch Megan wusste, dass die Kleine alles um sich herum sehr wohl wahrnahm. Jeden Gesichtsausdruck, jedes Wort. Megan wollte nicht, dass Summer aufgrund der Geschehnisse eine Angst zurückbehielt, die sie nie wieder loslassen würde.

Aber Mrs Thompson schüttelte den Kopf. „Dieser Feuerwehrmann ist ein echter Held! Sie wollten niemanden mehr ins Gebäude lassen, doch er hat keine Sekunde gezögert, um euch zu retten. Ich hoffe nur, dass es ihm gut geht – nach allem, was passiert ist …"

Entsetzt blickte Megan die alte Dame an. „Er wurde verletzt?"

Susan runzelte die Stirn. „Du weißt nichts davon?"

„Nein." An die Zeit, nachdem sie im Erdgeschoss angekommen waren, konnte Megan sich nicht mehr erinnern.

„Mommy?"

Megan wusste, dass sie sich ihrer Tochter zuliebe zusammenreißen musste und dass das im Augenblick das Wichtigste war, aber stattdessen konnte sie nur fragen: „Wie schlimm ist es?"

Susan seufzte und wirkte noch aufgewühlter. „Sie mussten ihn auf einer Bahre aus dem brennenden Gebäude tragen."

Megan fühlte sich genauso wie in den schier endlosen Minuten, in denen sie während des Feuers in der Badewanne

32

gekauert hatten: als könnte sie kaum atmen. Als würde Dunkelheit sie verschlucken.

Sie sprang von der Couch auf. „Ich muss auf der Feuerwache anrufen! Ich muss wissen, wie es ihm geht!" Susan erhob sich ebenfalls und folgte ihr an die Rezeption. „Ich muss Ihr Telefon benutzen. Bitte."

Der junge Mann hinter dem Tresen nickte knapp. Megan wurde klar, dass er die Unterhaltung mit angehört haben musste. „Natürlich", sagte er. „Kein Problem."

Ihre Hände zitterten, als sie die Auskunft anrief und die Nummer der Feuerwache erfragte. Sie bat die Dame von der Auskunft, sie direkt zu verbinden.

Kaum hatte sich eine männliche Stimme gemeldet, platzte sie heraus: „Ich bin die Frau, die der Feuerwehrmann gestern gerettet hat, also er hat meine Tochter und mich gerettet. Ich habe gerade erfahren, dass er verletzt wurde ... Ich muss wissen, wie es ihm geht! Ist die Verletzung schlimm? Wird er wieder gesund?" Megan war außer sich.

Der Mann am anderen Ende der Leitung schwieg eine Zeit lang. „Es tut mir leid, Ma'am, doch ich kann Ihnen keine Auskunft geben."

„Er hat sich in furchtbare Gefahr gebracht, um mich und meine Tochter zu retten. Ich muss mich bei ihm bedanken. Ich muss ihm sagen, wie viel das, was er für uns getan hat, uns bedeutet."

„Ich verstehe, dass Sie aufgeregt sind, aber ..." Er hielt inne, und sie hörte eine weitere Stimme im Hintergrund. „Warten Sie einen Moment."

Ein anderer Mann meldete sich. „Spreche ich mit Miss Harris?"

Einen Augenblick lang war sie überrascht, dass der Mann ihren Namen kannte. „Ja, hier ist Megan Harris."

„Mein Name ist Todd Phillips. Ich bin Captain der Feuerwache 5. Wie geht es Ihnen und Ihrer Tochter?"

„Wir haben das Krankenhaus vor ein paar Stunden verlassen", erzählte sie ihm schnell.

„Es freut mich, das zu hören. Und es tut mir leid wegen des Feuers in Ihrer Wohnung."

Megan wusste, dass sie den Verlust der wertvollen Erinnerungen an die Babyjahre ihrer Tochter und an David betrauern würde. Aber all das verblasste angesichts der furchtbaren Gewissheit, dass ihr Retter verletzt worden war.

„Ich *muss* dem Feuerwehrmann einfach persönlich für alles danken, was er für meine Tochter und mich getan hat."

Sie konnte beinahe hören, wie der Captain den Kopf schüttelte. „Es tut mir leid, Miss Harris ..."

„Bitte", flehte sie. „Ich verdanke ihm alles."

Alles.

Nach einem kurzen Schweigen antwortete er: „Ich muss zuerst mit Gabe reden."

„Vielen Dank."

Sie gab dem Captain die Nummer der Rezeption und legte auf. Doch auch während sie und Summer die Treppe hinauf in ihr vorübergehendes Zuhause gingen und ihre Tochter kurz darauf versunken vor dem *Disney-Channel* hockte, ließ Megan der Gedanke an diesen Mann nicht los. Gabe. Er hatte sein Leben für sie aufs Spiel gesetzt.

Sie telefonierte gerade mit einem Mitarbeiter ihrer Bank und erledigte weiteren Behördenkram, als es an der Tür klopfte. Der junge Mann von der Rezeption hatte eine Nachricht für sie.

„Ein Captain von der Feuerwehr hat angerufen. Er sagte, er würde sich gern in einer halben Stunde im Krankenhaus mit Ihnen treffen."

3. KAPITEL

Raus. Gabe Sullivan wünschte sich nichts mehr, als dieses verdammte Krankenbett zu verlassen. Er wollte sich auch die Infusionsnadel aus dem Arm reißen. Gerade wollte er seinen Plan in die Tat umsetzen, als seine Mutter das Zimmer betrat.

„Wage es ja nicht!"

Mary Sullivan war schon früher am Tag bei ihm gewesen, aber nun war sie mit zweien seiner Brüder und deren besseren Hälften zurückgekehrt.

Nicola stürzte auf Gabe zu. „Oh, mein Gott! Ich hab mir solche Sorgen um dich gemacht!"

Marcus' Freundin war ein berühmter Popstar. Als sie gehört hatte, dass die Feuerwehrstationen der Stadt massive Budgetkürzungen zu verkraften hatten, hatte sie spontan vorgeschlagen, ein Konzert zu geben, um Spenden zu sammeln. Sie war entsetzt gewesen, als gegen Ende ihres Benefizkonzerts ein Notruf eingegangen war und die Feuerwehrmänner von Wache 5 in die Conrad Street ausrückten. Und sie war geradezu außer sich gewesen, als sie erfahren hatte, dass Gabe bei dem Einsatz verletzt worden war.

Sie schlang die Arme um ihn. Gabe zog sie unter den Blicken seines Bruders absichtlich enger an sich als nötig. Marcus schüttelte nur den Kopf. An jedem anderen Tag wäre er ihm sofort an die Gurgel gesprungen, doch offensichtlich war er zu froh, dass Gabe überlebt hatte, um sich darüber aufzuregen, dass sein kleiner Bruder seiner Freundin zu nahe kam.

Offensichtlich hatte es auch Vorteile, in einem Krankenbett zu liegen. Dennoch war Gabe klar, dass er den Bogen nicht überspannen durfte, und fast im gleichen Moment schlang Marcus die Arme um Nicolas Taille und knurrte:

„Such dir eine eigene Freundin." Damit zog er sie entschlossen an sich.

Gabe verstand genau, warum sein ältester Bruder sich in den Popstar verliebt hatte. Sie war nicht nur wunderschön und unglaublich talentiert, sie hatte außerdem ein riesengroßes Herz. Gabe selbst war noch nie mit einer solchen Frau zusammen gewesen – mit einer Frau, mit der er sich vorstellen konnte, eine langfristige Beziehung zu führen und nicht nur ein paar vergnügliche Stunden im Bett zu verbringen.

Nachdem Nicola seinen Armen entrissen worden war, nahm zum Glück Chase' Verlobte Chloe ihren Platz ein.

„Verdammt! Jetzt hat er *meine* Freundin", murmelte Chase. „Es geht doch nichts darüber, ein Held zu sein! Dann werfen sich einem die schönsten Frauen an den Hals."

Augenscheinlich waren alle so glücklich und erleichtert, dass er den Einsatz überlebt hatte, dass sie ihm *alles* durchgehen ließen. Alle, bis auf seine Mutter, die ihn noch immer mit Argusaugen beobachtete.

„Ich habe gerade mit dem Arzt gesprochen. Du musst noch eine Nacht hierbleiben, damit sie noch eine Computertomografie machen können. Ich bin froh, dass sie das tun. Dein Kopf hat einiges abbekommen. Wir müssen sichergehen, dass alles in Ordnung ist."

„Ach, Mom!", entgegnete Gabe und klang eher wie ein vierzehnjähriger Junge als wie ein achtundzwanzigjähriger Mann. „Es geht mir gut." Sein Schädel brummte fürchterlich, aber er hatte schon Kater gehabt, die fast genauso schmerzhaft gewesen waren.

„Da dich der Deckenbalken augenscheinlich noch um das letzte Fünkchen Menschenverstand gebracht hat, werde ich dem Arzt vertrauen", erklärte seine Mutter. Angesichts der Aussicht, noch länger in diesem winzigen Krankenzimmer eingesperrt zu sein, konnte er sich ein Aufstöhnen kaum verkneifen. „Und du wirst das auch tun, mein Sohn", fügte sie hinzu.

Chase riss sich zusammen. Er tat so, als wäre der Verband an Gabes Kopf keine große Sache, und war dabei ziemlich überzeugend. Doch Marcus, der die Rolle ihres Vaters übernommen hatte, als der vor über zwanzig Jahren gestorben war, machte sich offensichtlich große Sorgen.

„Wie ist das passiert, Gabe? Ich weiß, dass du bei Einsätzen immer besonnen vorgehst. Aber in den Nachrichten sagen sie, dass es längst nicht mehr sicher war, in das Gebäude zu gehen, als du hineingestürmt bist." Die Miene seines Bruders wurde noch ernster. „Es war sogar *mehr* als gefährlich."

Gabe war nicht überrascht, dass ausgerechnet Marcus ihn auf sein Verhalten beim Einsatz ansprach. Sein Bruder hatte immer alles stehen und liegen lassen, um zu helfen, wenn es nötig war. Und obwohl Marcus nun mit einer ganz besonderen Frau zusammen war, wusste Gabe, dass er niemals aufhören würde, sich Sorgen um seine Geschwister zu machen.

Er hatte recht: Die Rettung wäre beinahe in einer Katastrophe geendet. Und doch würde Gabe auch heute nichts anders machen. Er sah noch immer das hilflose Mädchen in den Armen seiner Mutter vor sich und den flehentlichen Ausdruck in den großen Augen der jungen Frau, ihre stumme Bitte, den Menschen zu retten, den sie am meisten liebte.

„Es befanden sich noch Menschen in dem Gebäude." Das war für einen Feuerwehrmann die einzige Erklärung, die zählte.

„Du hättest dabei sterben können, Gabe."

Er hielt dem Blick seines ältesten Bruders stand. „Du hast recht. Ich hätte sterben können." Er wartete einen Herzschlag lang, ehe er fortfuhr: „Ich lebe allerdings noch."

37

Marcus stieß den Atem aus, den er unwillkürlich angehalten hatte. „Wie viele Leben willst du noch damit vertun, den Helden zu spielen?"

„Marcus!", rief ihre Mutter aus.

So war das nun mal, wenn man einen Feuerwehrmann in der Familie hatte. „Ist schon gut, Mom", versuchte Gabe, die angespannte Atmosphäre aufzulockern. „Das ist eben Marcus' Art zu zeigen, dass er mich mag."

Nicola lachte, und als Marcus seine Freundin daraufhin finster anfunkelte, schenkte sie ihm ein spitzbübisches Lächeln. „Wir wissen doch alle, dass du wie ein Bonbon mit weicher Füllung bist, Marcus." Sie stellte sich auf die Zehenspitzen und drückte ihm einen Kuss auf die Lippen.

Gabe gähnte laut, bevor Marcus oder jemand anderes auf die Idee kam, ihm noch mehr Vorwürfe zu machen. Einer seiner Brüder oder eine seiner Schwestern waren schon den ganzen Tag bei ihm gewesen; irgendwann hatte die Krankenschwester sich sogar erkundigt: „Wie viele von Ihnen gibt es eigentlich? Mein Patient braucht Ruhe!" Ryan hatte daraufhin schamlos mit ihr geflirtet, bis sie die Besuchszeiten für die Sullivans so weit ausdehnte, wie es ihr möglich war.

Gabes Mutter begriff sein Zeichen und scheuchte seine Brüder und deren Freundinnen aus dem Zimmer – nicht, ohne jeden Einzelnen vorher noch zu küssen. „Falls du morgen entlassen wirst, bringe ich dir etwas zu essen vorbei."

Natürlich hätte er sich auch selbst verpflegen können, aber ihm war klar, dass seine Mutter ihm nach allem, was passiert war – oder beinahe passiert wäre –, irgendwie helfen wollte. Sie selbst würde sich dann sicher auch besser fühlen; sie hatte die Gefahren, die sein Beruf mit sich brachte, ohnehin nie so einfach wegstecken können. Doch sie hatte dennoch immer hinter ihm gestanden und ihn unterstützt.

„Nicht *falls*", erwiderte er. „ *Wenn.* " Er umarmte sie noch einmal. „Danke, Mom!"

Seine Familie ging. Gabe hatte gerade für ein paar Minuten die Augen geschlossen, als es wieder an der Tür klopfte. Captain Todd betrat das Zimmer.

„Wie geht es dir, Gabe?"

„Gut, Captain."

Er wollte sich aufsetzen, aber Todd schüttelte den Kopf. „Bleib liegen. Dein Schädel muss höllisch wehtun." Er blickte Gabe eindringlich an. „Ich werde den Jungs auf der Wache erzählen, dass du gut aussiehst. Besser als die meisten von ihnen, ohne dass ihnen ein Deckenträger auf den Kopf gefallen wäre", scherzte er. Dann wies er mit einem Kopfnicken auf die Tür. „Miss Harris und ihre Tochter Summer sind da. Bist du bereit?"

Nein, dachte er, es ist besser, wenn ich diese Augen nie wiedersehe.

Für seinen Geschmack waren seine Gedanken viel zu oft um Megan und ihre Tochter gekreist. Nicht nur, weil er den Rettungseinsatz im Geiste wieder und wieder durchgegangen war, um zu überprüfen, ob er etwas hätte anders machen und sie schneller in Sicherheit hätte bringen können. Er hatte viel zu oft an sie denken müssen, weil er ihre Stärke nicht hatte vergessen können, ihren Willen, bei Bewusstsein zu bleiben. Während der gesamten gefährlichen Flucht aus dem brennenden Haus war sie eine Kämpferin gewesen.

Doch er hatte Verständnis dafür, dass ein Opfer sich bei seinem Retter bedanken wollte. Vor allem, wenn es so knapp gewesen war wie in diesem Fall.

„Klar." Er wollte nicken, allerdings hielt ein stechender Schmerz ihn davon ab.

Todd bemerkte, wie er gequält das Gesicht verzog. „Ich frage Megan und ihre Tochter, ob sie später noch einmal vorbeischauen können."

Megan passt zu ihr, schoss es Gabe zum wiederholten Male durch den Kopf. Megan war ein hübscher und zugleich ein starker Name. Er sollte sie lieber Miss Harris nennen. Ob es einen Ehemann gab? Wenn ja – wo war der während des Brandes gewesen? Und warum war er jetzt nicht bei seiner Frau und seiner Tochter?

„Nein", entgegnete Gabe. „Es ist besser, wenn wir das jetzt hinter uns bringen."

Er wusste ohnehin, wie das Treffen ablaufen würde: Sie würde sich bedanken, und er würde entgegnen, wie sehr er sich freute, ihre Tochter und sie wohlauf zu sehen. Dann hätte er es hinter sich. Ihre Augen würden ihn nicht länger verfolgen, und er würde auch nicht mehr über ihre erstaunliche Stärke nachdenken, die sie gezeigt hatte, als sie über den Boden ihrer Wohnung gekrochen und die Treppe hinuntergelaufen war.

Ein paar Minuten später kehrte Todd mit Megan und ihrer Tochter zurück. Ohne den Schmerz in seinem Kopf zu beachten, setzte Gabe sich im Bett auf und zwang sich zu einem Lächeln.

Und dann traf sein Blick Megans, und sein Lächeln gefror.

Mein Gott, schoss es ihm durch den Kopf, ohne dass er es verhindern konnte. *Sie ist wunderschön.*

Zuletzt hatte er ihr Gesicht im dichten Rauch und in der Gewissheit gesehen, dass ein falscher Schritt das Ende bedeuten würde. Ihre Augen waren so groß und schön, wie er sie in Erinnerung hatte. Ihr Körper war so schlank und stark, wie er ihn in den Minuten erlebt hatte, als er ihr geholfen hatte, sich über den Boden zu bewegen. Aber jetzt erkannte er auch noch ihre Weichheit, die zarten Wölbungen der Brüste und der Hüften in ihrer Jeans und dem T-Shirt. Es gelang ihm nicht, den Blick von ihren grünen Augen zu wenden, von ihrem seidigen Haar, das ihr über die Schultern fiel. Ihre Tochter war ihr wie aus dem Gesicht geschnitten und hatte nur eine andere Haarfarbe.

Sie wirkte genauso erstaunt, verblüfft wie er. Eine ganze Weile schauten die beiden sich nur schweigend an. Plötzlich lief ihre Tochter zu ihm und schlang die Arme um ihn.

„Danke, dass du mich und meine Mommy gerettet hast."

Die Arme der Kleinen waren genauso stark wie die ihrer Mutter. Gabe bemühte sich, nicht zusammenzuzucken, als sein Schädel zu pochen anfing. „Gern geschehen, Summer. Wie alt bist du?"

„Am Samstag werde ich sieben."

Sie strahlte ihn an, und in dem Moment verlor er ein Stück seines Herzens an das hübsche kleine Mädchen mit den zwei fehlenden Schneidezähnen.

„Herzlichen Glückwunsch." Er würde ihr von der Feuerwache aus ein Geschenk schicken.

Aus dem Augenwinkel nahm er eine Bewegung wahr. Megan kam näher, und wieder konnte er den Blick nicht von ihr wenden. Ohne dass es ihm bewusst gewesen wäre, suchte er an ihrer linken Hand nach einem Ehering. Er konnte keinen entdecken.

„Mr Sullivan, ich kann gar nicht in Worte fassen, wie dankbar ich Ihnen bin!"

Normalerweise hätte er sie gebeten, ihn Gabe zu nennen, doch er wusste, dass sein Name aus ihrem Mund viel zu gut klingen würde. Schon malte er sich aus, wie es wohl wäre, sie seinen Namen unter ganz anderen Umständen sagen zu hören – Umstände, bei denen ein Kind und ein Captain weniger im Raum und viel weniger Kleider im Spiel wären. Er hatte vielleicht mörderische Kopfschmerzen, aber alles andere funktionierte noch prächtig.

Und er konnte nicht aufhören, auf ihren wundervollen Mund zu starren. Ihre Lippen zitterten leicht. Sie presste sie zusammen, als sie sich hastig über die Augen fuhr.

„Es tut mir leid", sagte sie mit einem Lachen, das jedoch gezwungen und freudlos klang. „Ich habe mir eigentlich vorgenommen, nicht zu weinen."

„Das macht sie jetzt dauernd", flüsterte Summer nicht besonders leise, während ihre Mutter sich bemühte, die Tränen zurückzudrängen.

„Das ist ganz normal", erwiderte er, genauso laut flüsternd.

„Wir wollten, wir *mussten* vorbeikommen, um uns bei Ihnen zu bedanken." Megans Blick huschte über seine Verbände, ehe sie hinzufügte: „Und wir wollten sichergehen, dass es Ihnen gut geht."

Seine Stimme klang schroffer als sonst. „Es geht mir gut."

„Das freut mich so!"

„Wie geht es Ihnen beiden? Sie haben ziemlich viel Rauch eingeatmet."

Sie schenkte ihm ein kleines Lächeln, das ihn tief berührte und durcheinanderbrachte. „Uns geht es gut." Sie legte die Hand auf ihren Hals. „Die Ärztin meinte, dass ich noch ein paar Tage wie ein Frosch klingen werde."

„Du müsstest sie mal quaken hören!", meinte Summer und kicherte. „Sie hört sich genau an wie der Frosch, der bei uns im Klassenzimmer lebt. Mach mal, Mommy!"

Dieses Mal klang Megans Lachen schon echter. „Ich bin mir sicher, dass Mr Sullivan mich nicht quaken hören möchte, Summer."

Ihr Lächeln, das Leuchten in ihren Augen und das Grübchen, das auf ihrer linken Wange erschien, trafen ihn mitten ins Herz. Er konnte nicht genug davon bekommen. Ein kurzes Lächeln reichte schon, um ihn vollkommen aus der Bahn zu werfen.

Wenn er Megan in einem Café oder in einer Bar kennengelernt hätte, wenn sie die Freundin eines Bruders oder einer Schwester gewesen wäre, kurz, wenn er sie *nicht* aus einem brennenden Haus gerettet hätte, dann hätte er sie nicht nur dazu bewegt, noch länger zu bleiben, sondern auch noch nach ihrer Telefonnummer und einem Date gefragt.

Doch sie sah ihn nur aus einem Grund mit so viel Gefühl im Blick an: weil er ihr und ihrer Tochter das Leben gerettet hatte. Er musste sich davor hüten, sein Herz an sie und ihr hübsches Kind zu verlieren.

Seine Miene wurde ernst, hart, als er sich ins Gedächtnis rief, wie naiv er in der Vergangenheit gewesen war. Schon einmal hatte er die professionelle Distanz durchbrochen und sich – dummerweise – auf eine Frau eingelassen, die er gerettet hatte.

„Natürlich will er es hören", sagte das kleine Mädchen unvermittelt. Als er schwieg, sah Summer ihn an und fragte: „Oder?"

Gabe konnte das Kind nicht enttäuschen. „Klar", sagte er schließlich in einem Tonfall, der keinen Zweifel daran ließ, dass das Gegenteil der Fall war. „Warum nicht?"

Aber Megan durchschaute ihn, zog ihre Tochter von ihm weg und in ihre Arme.

„Wir wollten Sie nicht stören", sagte sie leicht abwehrend.

Gabe widersprach nicht. Es war besser für sie, wenn sie das glaubte. Auf diese Weise würden die beiden nicht noch einmal vorbeikommen. Auf diese Weise würde er sie nicht mehr wiedersehen.

Er nickte knapp, und sie sagte: „Vielen Dank, dass Sie sich heute Zeit für uns genommen haben." Sie nahm ihr Kind an die Hand und ging zur Tür. Beim Hinausgehen dankte sie Todd noch einmal dafür, dass er das Treffen möglich gemacht hatte.

„Müssen wir wirklich schon gehen?", protestierte das kleine Mädchen. „Ich wette, er kann eine Menge Geschichten über die gefährlichen Sachen erzählen, die er als Feuerwehrmann so tut."

In diesem Moment sah er in Summer denselben Hunger nach Abenteuer und Adrenalin, denselben Wunsch, jede Sekunde des Lebens auszukosten, die auch er immer verspürt hatte.

Megan wandte sich ihm zu. Sie wirkte vorsichtig. „Ich bin mir sicher, dass Mr Sullivan sich ausruhen muss." Sie setzte ein gezwungenes Lächeln auf, bei dem sich seine Brust anfühlte, als wäre gerade ein tonnenschweres Gewicht draufgefallen. „Sag jetzt ‚Auf Wiedersehen', mein Schatz."

Summer runzelte die Stirn und presste – wie ihre Mutter – ganz leicht die Lippen zusammen. Und statt sich zu verabschieden, wie ihre Mutter es verlangt hatte, sagte sie: „Können wir dich mal auf der Feuerwache besuchen? Damit du uns alles zeigen kannst?"

Megan ließ ihm nicht die Möglichkeit, etwas zu erwidern. „Summer!", stieß sie mit warnendem Unterton hervor, und ihre Tochter seufzte resigniert.

„Auf Wiedersehen, Mr Sullivan."

Er wollte der Kleinen ein Lächeln zuwerfen, wollte ihr zeigen, dass sein Verhalten nichts mit ihr zu tun hatte, sondern allein darin begründet lag, dass er sich nicht auf etwas einlassen konnte, bei dem am Ende nur alle verletzt werden würden.

Stattdessen sagte er: „Auf Wiedersehen, Summer."

4. KAPITEL

Zwei Monate später

Megan schlang ein großes flauschiges Badetuch um sich und verließ das Badezimmer, um sich anzuziehen. Das Apartment, das sie gemietet hatten, bis sie die perfekte neue Wohnung gefunden hatten, war so klein, dass sie einen Blick in die Küche werfen konnte, als sie ins Schlafzimmer lief.

„Summer, was machst du da?", fragte sie und bemühte sich, angesichts des Mehls auf den Wangen und in den Haaren ihres Kindes gelassen zu bleiben. Mehl, das mit Sicherheit auch in der ganzen Küche verteilt war.

Sie waren noch immer damit beschäftigt, die Wohnung einzurichten und allmählich alle notwendigen Möbelstücke, Küchenutensilien und Kleider zu besorgen. Megan rief beinahe täglich bei der Versicherung an und erkundigte sich nach dem zweiten Satz Formulare zur Anspruchsermittlung, die sie hatte ausfüllen müssen, nachdem der erste Schwung auf unerklärliche Weise verschwunden war. Die Versicherung hatte ihr versprochen, dass bald alles bearbeitet wäre. Ihre Daumen waren vom vielen Drücken schon ganz verkrampft.

Wann immer Summer sie in den vergangenen zwei Monaten wütend gemacht hatte, hatte Megan sich ins Gedächtnis gerufen, wie klein und zerbrechlich ihre Tochter während des Brandes gewirkt hatte. Sie hatte sich daran erinnert, wie sehr sie sich in dieser Badewanne gewünscht hatte, ihre kleine Tochter wieder so ungestüm zu erleben, wie sie nun einmal war – und ihr Ärger war augenblicklich verflogen. Doch in den vergangenen Tagen kam es Megan so vor, als würde Sum-

45

mer sich die größte Mühe geben, sie gegen sich aufzubringen. Und Megans Geduld war inzwischen beinahe am Ende.

„Ich backe Muffins", brüllte Summer. „Sie können gleich in den Backofen. Kannst du ihn anstellen?"

Sie backten schon zusammen, seit Summer alt genug war, um auf einem Hocker am Küchentresen zu stehen und mit Mehl, Zucker und Streuseln zu spielen. Megan liebte es, wie kreativ ihre Tochter mit den Zutaten und der Dekoration umging.

Natürlich hatte Summer laut genug geschrien, dass nun die gesamte Nachbarschaft im Bilde war, was in Apartment 1C vor sich ging. Obwohl Megan immer gern aus dem Fenster geblickt und unter sich die Straßen von San Francisco gesehen hatte, konnte sie sich inzwischen nicht mehr vorstellen, höher als im Erdgeschoss zu wohnen. Die Albträume, in denen sie durchlebte, wie sie im dritten Stock eingesperrt gewesen war, verblassten allmählich. Und doch zog sie das Gefühl von Sicherheit einer tollen Aussicht vor. Alles war besser, als wieder in eine *Situation* zu geraten.

„Gut", sagte sie langsam, während sie die Enden des Badetuchs feststeckte und barfuß in die Küche lief, um den Backofen einzuschalten. „Aber wie bist du auf die Idee gekommen, um … Wie spät ist es?" Sie hielt inne und warf einen Blick auf die Uhr am Herd. „… um Viertel nach sechs am Morgen Muffins zu backen?"

Sie waren beide Frühaufsteher, doch ihre Tochter war für gewöhnlich so früh noch nicht so fleißig – vor allem nicht am ersten Tag der Winterferien.

Summer schenkte ihr ein breites Lächeln, mit dem sie ihre Mitmenschen immer dazu brachte, ihr das zu geben, was sie wollte. Megan glaubte eigentlich, dass es bei ihr nicht funktionierte. Zumindest nicht besonders oft.

„Wir bringen die Muffins zur Feuerwache." Summers Lächeln wurde noch ein bisschen breiter. „Für die Feuerwehrmänner. Zum Frühstück."

In den ersten Wochen nach dem Brand hatte Summer nicht aufgehört, Fragen über Feuer, über Feuerwehrautos und über Gabe Sullivan zu stellen. Megan hatte mithilfe des Internets und einiger Bücher aus der Bibliothek die technischen Fragen beantwortet, so gut es ging. Aber sie hatte sich bemüht, den Fragen über den Feuerwehrmann, der sie gerettet hatte, auszuweichen. Vor allem der Frage, wann sie ihn endlich wiedersehen würden.

Als Summer ihn im Krankenhaus umarmt hatte, hatte sie aufrichtige Emotionen in seinem Blick gesehen. Doch dann hatte er sich mit einem Mal vollkommen verschlossen. Was sie tatsächlich ein wenig gekränkt hatte.

Sie hütete sich jedoch davor, das persönlich zu nehmen. Immerhin hatte er bei ihrer Rettung einen ziemlichen Schlag auf den Kopf bekommen, und außerdem war sie an diesem Tag sehr emotional gewesen; ihre Empfindungen waren regelrecht übergesprudelt. Sie redete sich ein, dass das der Grund war, warum sein Verhalten sie verletzt hatte.

Unglücklicherweise war Summer nicht die Einzige, die ständig an ihn dachte. Megan dachte auch jeden Tag an ihn. Daran, wie dankbar sie ihm für das war, was er für sie getan hatte. Wie selbstlos er sein Leben für sie aufs Spiel gesetzt hatte. Und manchmal, spätabends, wenn sie allein in ihrem Bett lag, dachte sie auch, wie toll er aussah und wie gut er gebaut war.

Nicht, dass diese Gedanken von Bedeutung wären. Denn selbst wenn er sie *nicht* nahezu aus dem Krankenzimmer geworfen hätte, so könnte sie doch niemals mit einem Mann wie ihm zusammen sein. Sie wusste nur allzu gut um die

Risiken und den Schmerz, den eine Beziehung mit jemandem mit sich brachte, der die Gefahr liebte. Vor fünf Jahren, als David gestorben war, hatte sie diese Lektion auf die harte Tour gelernt.

Megan wünschte sich eine gemeinsame Zukunft mit einem Mann, der jeden Abend nach Hause kam. Sie wollte keinen weiteren Tag, keine weitere Nacht mit der Angst leben müssen, dass jemand anrief oder an ihre Tür klopfte, um ihr die Nachricht zu überbringen, dass sie ihren Partner verloren hatte.

Dass eine Woche später von Feuerwache 5 ein Geschenk zu Summers Geburtstag kam – eine kleine Feuerwehrpuppe mit blonden Zöpfen, breitem Lächeln und einem kleinen Dalmatiner mit feuerroter Leine –, war nicht gerade hilfreich. Summer nahm die Puppe und den Hund überall mit hin, schlief mit den beiden im Arm ein, kuschelte abends auf dem Sofa mit ihnen. Selbst jetzt standen die Puppe und der Plüschhund auf der Küchenanrichte und sahen Summer zu.

„Ich bin mir sicher, dass sie schon gut und reichlich gefrühstückt haben", sagte Megan sanft zu ihrer Tochter, während sie sich das Blech nahm, um die Küchlein in den Ofen zu schieben.

„Aber sie haben bestimmt nicht so etwas Leckeres wie meine Muffins bekommen", erwiderte Summer.

Dagegen konnte Megan nichts einwenden. Summers Schokolade-Banane-Blaubeer-Muffins waren legendär. Die Kombination passte auf den ersten Blick eigentlich nicht zusammen, doch wenn man sie probierte, schwebte man auf Wolke sieben.

Ganz sicher hatte ihre Tochter das Kochtalent nicht von ihr geerbt. Nein, das hatte sie von David. Er war ein fantastischer Koch gewesen. Summer ähnelte ihrem Vater so sehr –

bis hin zu den hellblonden Haaren –, dass Megan manchmal das Gefühl hatte, er wäre noch am Leben.

„Wir reden darüber, wenn ich mich angezogen habe. Sag Bescheid, wenn die Eieruhr klingelt, damit ich die Muffins rausholen kann, bevor sie verbrennen."

„Okay, Mommy", trällerte ihre Tochter fröhlich. Sie war sich durchaus bewusst, dass sie auf dem besten Wege war, ihren Willen durchzusetzen. Megan seufzte. Tatsächlich gingen ihr langsam die Ausreden aus, warum sie den Feuerwehrmännern nicht mal Hallo sagen konnten.

Also gut. Sie würden die Muffins abgeben, die glänzenden Löschfahrzeuge bewundern und anschließend in den Park gehen. Sie würde sich nicht verkrampfen, nur weil die Möglichkeit bestand, Gabe zufällig wiederzusehen. Genau genommen, hatte er ihr ja nicht mal angeboten, ihn Gabe zu nennen, auch wenn er nicht viel älter sein konnte als sie. Wie auch immer … Wie standen schon die Chancen, dass er ausgerechnet heute Morgen Dienst hatte? Oder dass er sich überhaupt an sie erinnerte?

Megan erhaschte im Spiegel auf ihrer Kommode einen Blick auf sich. Sie konnte es nicht länger ignorieren: Sie machte sich etwas vor. Allein der Gedanke an diesen Feuerwehrmann machte sie nervös. Und sie konnte nichts daran ändern.

Falls er da war, würde er sie selbstverständlich wiedererkennen. Schließlich hatten zwischen ihnen beinahe greifbare Funken gesprüht.

Sie ging zu ihrem Schrank, öffnete die Türen und seufzte. Denn ob sie sich nun etwas vormachte oder brutal ehrlich war, so war doch eines klar: Für einen Besuch auf einer Feuerwache an einem kalten Dezembermorgen hatte sie absolut nichts anzuziehen.

49

Summer sprang vor Megan her, die eine Plastikschüssel mit den noch warmen Muffins trug. Mindestens einen halben Block vor sich sah Megan, wie Summer durch die offene Tür in die Feuerwache hüpfte. Es war die älteste Feuerwache der Stadt, und sie befand sich in einem wirklich schönen Gebäude. Megan wusste, dass ihr Herz eigentlich nicht hätte schneller schlagen sollen. Ja, sie waren einen Hügel hinaufgelaufen, aber dank der Yoga-DVD, mit der sie jeden Morgen trainierte, war sie gut in Form.

Im nächsten Moment kam ihre Tochter mit *ihm* zusammen nach draußen. Megans Herz hätte beinahe völlig aufgehört zu schlagen. Auch ihre Beine versagten den Dienst, also blieb sie verlegen auf dem Gehweg stehen, die Muffins in den Händen.

Schon als er im Krankenhausbett gelegen hatte, einen Verband um seinen Kopf und den Großteil seines Körpers von der Decke verhüllt, hatte er umwerfend ausgesehen. Doch jetzt …

Ja, *jetzt*.

Es gab keine Worte – zumindest keine, die ihr mit ihrem vor Lust umnebelten Hirn eingefallen wären –, um diesen Mann zu beschreiben. „Groß", „gefährlich" und „hübsch" trafen es nicht einmal annähernd, und „atemberaubend" und „schön" waren viel zu sachlich für diese breiten Schultern, diese schmalen Hüften, diese strahlend blauen Augen, dieses starke Kinn und diesen vollen, männlichen Mund.

Megan musste sich zusammenreißen, um nicht loszurennen und sich dem Mann an den Hals zu werfen. Ihre eingeschlafene Libido hatte anscheinend ausgerechnet diesen Augenblick gewählt, um wieder zum Leben zu erwachen. Aber das hatte nichts zu bedeuten. Irgendwann, allein in ihrem Bett, würde sie sich um diesen neu erwachten Trieb kümmern.

Doch unter keinen Umständen würde sie ihr Herz oder das ihrer Tochter für einen Mann aufs Spiel setzen, der vielleicht nicht einmal den nächsten Tag erlebte.

Der Gedanke brachte sie wieder so weit runter, dass sie die Verlegenheit über ihre nur allzu offensichtliche Reaktion auf sein gutes Aussehen beiseiteschieben konnte.

Endlich gehorchten ihr auch die Beine wieder, und sie ging weiter. Während sie auf ihn zuging, achtete sie darauf, dass sie die Schultern gestrafft hatte und den Kopf hoch erhoben. Er sollte nicht denken, sie sei ein Loser, auch wenn sie sich selbst im Moment so fühlte.

„Geht es Ihnen gut?"

Er nickte. „Mir geht es sehr gut."

Erleichterung durchflutete sie. „Gut! Freut mich wirklich, das zu hören." Als sie ihm nun so nahe war, wurde ihr fast ein wenig schwindelig, sodass es ein paar Sekunden dauerte, bis ihr wieder einfiel, was sie in den Händen hielt. „Summer hat die hier für Sie gebacken."

Sie reichte ihm die Schüssel mit den Muffins, und er lächelte Summer an. „Danke." Er hob den Deckel der Schüssel an und schnupperte. Anscheinend war er überrascht, wie köstlich sie tatsächlich dufteten. „Die sehen echt lecker aus! Die anderen werden mich darum anbetteln."

„Du kannst ihnen gern was abgeben, dann backe ich noch welche!"

Megan hatte geahnt, dass genau das passieren würde: Wenn sie nur ein einziges Mal nachgab und einem Besuch der Feuerwache zustimmte, würde das auf regelmäßige Besuche hinauslaufen.

Während ihr dieser Gedanke durch den Kopf ging, wandte Gabe sich ihr zu. Seine Miene war wieder ausdruckslos. Für sie hatte er kein Lächeln übrig – nur für ihre Tochter. Ganz offensichtlich war er genauso begeistert darüber, sie wiederzusehen, wie sie.

Umso besser. Vielleicht konnten sie es dann kurz machen.

Summer zupfte ihn am Ärmel. „Danke für die Puppe! Das war mein Lieblingsgeschenk zu meinem siebten Geburtstag. Der Hund ist auch süß."

Als sie sich so feierlich bei ihm bedankte, ging Gabe in die Knie, um mit ihr auf Augenhöhe zu sein. „Das freut mich. Siebte Geburtstage sind nämlich echt wichtig."

Summer nickte. „Kannst du mir jetzt das Feuerwehrauto und alle Knöpfe und so zeigen, Mr Sullivan?"

Nein, sie würden es nicht kurz machen. Megan seufzte unterdrückt. Aber dann kehrte dieses Lächeln für ihre Tochter zurück, und Megan spürte, wie sie gegen ihren Willen dahinschmolz. Auch die hohen, dicken Schutzmauern, die sie um sich errichtet hatte, erwiesen sich gegen seine Anziehungskraft als nutzlos.

Wie lange war sie auf der Suche nach einem Mann gewesen, der ihre Tochter so anblickte? Als würde mit Summer die Sonne aufgehen, ganz wie ihr Name es vermuten ließ? Als wäre sie ihm wichtig und nicht nur ein nerviges Kind, das Megan mit irgendeinem anderen Kerl hatte?

„Klar." Er warf Megan einen fragenden Blick zu. „Natürlich nur, wenn es für deine Mom in Ordnung ist."

Sie wollte gerade antworten, als sie die verblasste Narbe auf seiner Stirn entdeckte, die von seiner linken Augenbraue bis in seinen Haaransatz reichte. Ihre Beine fingen an zu zittern. Beim letzten Mal, als sie ihn im Krankenhaus gesehen hatte, war sein Kopf verbunden gewesen. Sie wusste, dass der Deckenträger ihn dort getroffen haben musste, nachdem Gabe sie und Summer die Treppe hinuntergebracht hatte. Sie wollte etwas sagen, wollte ihm noch einmal danken und sich ent-

52

schuldigen, ihn in eine solche Lage gebracht zu haben, doch ihr war klar, dass es sich seltsam und falsch anhören würde.

Stattdessen sagte sie einfach: „Ich habe bestimmt nichts dagegen. Summer liebt große Maschinen und will wissen, wie sie funktionieren."

Genau wie ihr Vater. Nur war die Maschine seiner Wahl ein Flugzeug und kein Feuerwehrauto gewesen.

Gabe ergriff Summers ausgestreckte Hand und ging mit dem Mädchen zu dem glänzenden historischen Feuerwehrfahrzeug im hinteren Teil der Feuerwache.

Normalerweise wäre Megan ihnen gefolgt, aber sie war sich nicht sicher, ob es eine so gute Idee war, länger als unbedingt nötig in seiner Nähe zu sein. Nicht solange ihre Hormone noch immer verrücktspielten.

Sie schlenderte in der Feuerwache herum und fand sich schnell in einer Gruppe von starken Männern wieder. Doch trotz all des Testosterons, trotz der muskulösen Oberkörper, der schmalen Hüften und der kantigen Gesichter erwachten die Schmetterlinge in ihrem Bauch nicht zu neuem Leben.

Nur ein einziger Feuerwehrmann schien diese Wirkung auf sie zu haben.

Sie verdrängte diese nutzlose Erkenntnis und ergriff die Gelegenheit, sich bei allen zu bedanken, was sie zu ihrer beider Rettung geleistet hatten.

Summer und der Mann, der ihr Herz höher schlagen ließ, lachten gerade gemeinsam über etwas. Einen Moment lang wollte Megan so tun, als wären sie mehr als nur Fremde füreinander, als hätte ihre Tochter einen Vater gefunden, der ihr Dinge beibrachte, der stolz auf sie war und der ihr sagte, wie lieb er sie hatte, ehe er sie zudeckte und ihr einen Gutenachtkuss gab.

„Rieche ich da etwa Blaubeer-Muffins?"

Todd, der Captain der Feuerwache, kam um die Ecke. Sie lächelte den gut aussehenden Mann mittleren Alters an, der das Treffen im Krankenhaus arrangiert hatte.

„Summer hat sie gebacken", sagte sie und ging dann kurz zurück, um die Schüssel mit den Muffins zu holen.

Als sie sich umdrehte, stieß sie mit einer hübschen jungen Frau zusammen. „Oh, hallo! Entschuldigen Sie, ich wollte Sie nicht umrennen …"

Sie brach mitten im Satz ab, und die Überraschung war ihr deutlich anzusehen. Was machte ihre alte Collegefreundin hier?

„Sophie? Ich bin's, Megan Harris." Sie lächelte. „Im College hieß ich noch Megan Green."

„Natürlich! Megan!" Sophie nahm sie in die Arme und drückte sie an sich. „Ich kann gar nicht glauben, wie lange es her ist, seit wir uns zum letzten Mal gesehen haben! Sechs Jahre? Sieben Jahre?"

Sie hatten beide stundenweise in der Bibliothek von Stanford gearbeitet und genug Zeit zwischen den Bücherregalen verbracht, um neben dem Einsortieren und Katalogisieren Freundinnen zu werden. Doch dann wurde Megan mit Summer schwanger. Und nachdem David und sie geheiratet hatten, hatte sie – vorübergehend – das College verlassen, um ihrem Ehemann nach San Diego zu folgen. Er war Pilot bei der Navy.

„Du siehst toll aus!", sagte sie zu Sophie.

„Du auch!" Ihre alte Freundin wirkte verwirrt. „Ich hab dich hier noch nie gesehen. Arbeitest du hier an irgendetwas?"

Megan hatte ein schlechtes Gewissen, weil sie den Kontakt nicht gepflegt hatte. „Das wollte ich dich auch gerade fragen! Wir …" Sie hielt inne. Wie viel wollte sie Sophie erzählen?

„Wir haben neulich einige der Feuerwehrmänner kennengelernt, und meine Tochter wollte ihnen Muffins vorbeibringen."

„Deine Tochter?" Aber Sophie beantwortete sich die Frage selbst. „Wie konnte ich das nur vergessen! Du hast ja geheiratet und ein Kind bekommen! Sie muss jetzt sechs oder sieben Jahre alt sein, richtig?" Als Megan nickte, fragte Sophie: „Wo ist sie?"

Megan wies zu dem altertümlichen Einsatzfahrzeug. „Summer ist mit Gabe bei dem Feuerwehrauto. Er ist einer der Feuerwehrmänner."

Sophie runzelte die Stirn. „Einen Augenblick mal! Deine Tochter heißt Summer?" Sie riss die Augen auf. „Oh, mein Gott! Dann seid ihr die Mutter und die Tochter, die Gabe neulich gerettet hat?"

In ungefähr derselben Sekunde wurde Megan klar, dass ihr etwas Wichtiges entgangen war; Sullivan war ein so geläufiger Nachname, dass sie Sophie und Gabe nicht miteinander in Verbindung gebracht hatte.

„Du bist seine *Schwester*?" Als Sophie nickte, konnte Megan nicht glauben, wie klein die Welt doch war: Der Mann, der ihr und ihrer Tochter das Leben gerettet hatte, war der Bruder von Sophie Sullivan.

„Ja, dein Bruder hat uns gerettet. Er ist für immer Summers Held." Sie senkte kurz den Blick. „Und meiner auch", fügte sie leise hinzu. Sie fing an zu lächeln. „Summer hat ihm heute Morgen Muffins gebacken, und ich glaube, sie überzeugt ihn gerade davon, sie mit dem alten Wagen eine Runde um den Block drehen zu lassen."

Sie bemühte sich, locker und fröhlich zu klingen. Auf keinen Fall sollte Sophie mitbekommen, dass Megan sich lächerlicherweise zu Gabe hingezogen fühlte. Wie peinlich!

„Du musst dir mal die Knöpfe und Tasten ansehen!" Summer rannte, so schnell sie konnte, über den Betonfußboden zu ihrer Mutter. Gabe war nicht zu sehen. „Das ist so toll! Ich liebe die Feuerwehr! Danke, dass wir endlich hierhergekommen sind!"

Megan ergriff die Hand ihrer Tochter, die aufgeregt in der Luft herumfuchtelte, als sie von dem tollen Feuerwehrauto erzählte. „Süße, das hier ist eine Freundin vom College. Sie heißt Sophie."

Sophie beugte sich herunter, um Summer in die Augen blicken zu können. „Meine Güte, du bist genauso hübsch wie deine Mutter. Es freut mich, dich kennenzulernen, Summer! Deine Mom und ich hatten auf dem College jede Menge Spaß."

Summer schenkte Sophie ihr strahlendstes Lächeln. „Du bist auch hübsch."

Sophie lachte. „Bist du gern in der Bücherei?" Als das kleine Mädchen nickte, fragte sie: „Welche Bücher magst du am liebsten?"

Die Kleine dachte kurz nach. „Ich mag *alle* Bücher!"

Sophie warf Megan einen erfreuten Blick zu. „Perfekt! Ich bin Bibliothekarin in der Bücherei um die Ecke. Bitte besucht mich bald mal, das würde mich riesig freuen! Vor allem, weil ich immer auf der Suche nach guten Vorlesern bin, die mir bei der Märchenstunde für die ganz Kleinen helfen."

Summer hob die Hand. „Ich kann das tun! Ich kann richtig gut lesen."

„Das glaub ich sofort – bei deiner klugen Mutter!"

In diesem Moment rieselte Megan ein Schauer über den Rücken. Sie blickte auf und sah, wie Gabe auf sie zukam.

Megan wünschte sich, sie wäre sich seiner Anwesenheit nicht so überaus bewusst. Und sie wünschte sich, er wäre

56

nicht so attraktiv. Es war gut, dass Sophie und Summer sich gerade über ihre Lieblingsbilderbücher unterhielten, kaum auf sie achteten und auch nicht mit Megans Teilnahme an dem Gespräch rechneten. Denn Gabes Nähe schien fatale Auswirkungen auf ihre Denkfähigkeit zu haben.

Plötzlich fiel Megan ein, was Sophie einmal über ihre Familie erzählt hatte. Sophie hatte nicht nur eine Zwillingsschwester, sondern auch so viele Brüder, dass Megan über die vielen verschiedenen Berufe verblüfft gewesen war. Es gab einen Fotografen, einen Winzer, einen Profi-Baseballspieler und einen starken, mutigen Feuerwehrmann. Wenn sie sich doch nur die Namen von Sophies Brüdern gemerkt hätte, dann hätte sie vielleicht schon eher eins und eins zusammenzählen können.

Überrascht stellte sie fest, dass Gabe sich nicht unbedingt zu freuen schien, Sophie zu erblicken. Die knappe Begrüßung bestätigte diesen Eindruck. „Sophie! Was tust du denn hier?"

Seine Schwester grinste ihn ungerührt an. „Ich dachte, ich bringe dir was Gesundes zum Frühstück vorbei." Sie hob eine Tüte und machte sie auf, damit Gabe einen Blick hineinwerfen konnte. „Vollkornbrötchen. Ohne Zuckerzusatz und Konservierungsstoffe."

Er verzog das Gesicht. „Auf mich warten ein paar echt leckere Muffins. Trotzdem: Danke."

Achselzuckend machte sie die Tüte wieder zu. „Unglaublich, dass Megan und ich uns vom College kennen, oder? Verrückt, findest du nicht?"

Er blickte zwischen den beiden hin und her und wirkte noch missmutiger als zuvor. „Verrückt." Er klang ein bisschen verärgert.

Megan war froh, dass die anderen Feuerwehrmänner sich mit Summer beschäftigten und ihr gerade versicherten, sie sei die beste Muffinbäckerin auf der Welt. Denn sonst wäre nicht einmal ihrer Tochter entgangen, wie abrupt Gabes Stimmung umgeschlagen war.

Aber dieses Mal nahm Megan sich das nicht zu Herzen. Es machte sie vielmehr wütend. Was auch immer er für ein Problem hatte – er wusste überhaupt nichts über sie! Und sie hatte es ganz sicher nicht verdient, seine schlechte Laune abzubekommen.

Sie war ihm für den Rest ihres Lebens zu Dank verpflichtet, weil er sie und Summer gerettet hatte. Aber sie konnte diese Dankbarkeit in Zukunft auch für sich behalten, statt sich von ihm behandeln zu lassen, als hätte sie eine ansteckende Krankheit.

„Danke, dass Sie Summer das Einsatzfahrzeug gezeigt haben", sagte sie so höflich und distanziert, wie es ging. Dann wandte sie sich Gabes Schwester zu, der sie ein warmherziges, aufrichtiges Lächeln schenkte. „Ich freue mich so, dass wir uns wiedergefunden haben, Sophie!"

„Ich mich auch! Ich kann nicht glauben, dass du so lange ganz in der Nähe gewohnt hast."

Megan schüttelte den Kopf. „Ich fürchte, nach der Hochzeit und dem Umzug nach San Diego habe ich es irgendwie versäumt, den Kontakt zu den meisten Leuten aufrechtzuerhalten."

„Wie geht es David?"

Sophie konnte nicht wissen, was geschehen war. „Er ist bei einem Unfall ums Leben gekommen."

„Oh nein!" Sophie wirkte geschockt. „Das tut mir so leid, Megan! Ich hatte ja keine Ahnung!"

Megan wollte ihre Freundin beruhigen, doch sie wollte auch nicht zu viel sagen, denn Gabe stand noch immer mit finsterer Miene bei ihnen und hörte jedes Wort mit an. „Es ist schon ein paar Jahre her."

Sophie blickte zu Summer. Das Mädchen stand noch immer im Mittelpunkt von Wache 5. „Du hast sie ganz allein großgezogen?" Bevor Megan etwas sagen konnte, fügte sie hinzu: „Oder hast du wieder geheiratet?"

„Nein. Ich bin mit Summer allein." Sie setzte ein Lächeln auf, von dem sie hoffte, dass es zumindest annähernd echt wirkte. „Wir kamen sehr gut zurecht."

„Bis zu dem Brand in eurem Haus. Das ist so ungerecht."

„Ehrlich, wir kommen gut zurecht", wiederholte Megan, um sowohl Gabe als auch Sophie zu beruhigen.

Sophie legte die Hand auf Megans Arm. „Ich wünschte, die Dinge hätten sich für euch anders entwickelt."

„Sophie", stieß Gabe hervor. „Wie oft muss sie dir noch sagen, dass es ihr gut geht?"

Offensichtlich wollte er seine Schwester zur Zurückhaltung ermahnen. In einem anderen Fall hätte Megan das wahrscheinlich zu schätzen gewusst. Aber sie wusste, dass Sophie nur ihre Gefühle zum Ausdruck brachte – so, wie sie es schon immer getan hatte. Geradeheraus.

Sophie blickte ihren Bruder nur an, zog die Nase kraus und wandte sich dann wieder Megan zu. „Weißt du was? Unsere Mom gibt dieses Wochenende anlässlich der Feiertage das alljährliche Familienfest in Palo Alto – du weißt schon, in der Nähe unserer alten Wirkungsstätte. Versprich mir, dass Summer und du auch kommt und alle kennenlernt!" Ehe Megan etwas entgegnen konnte, fügte Sophie an ihren Bruder gewandt hinzu: „Glaubst du nicht auch, dass alle begeistert von den beiden wären, Gabe?"

Er sah an ihnen vorbei. „Klar." Gleichgültiger hätte er nicht klingen können. Genauso hatte er sich auch angehört, als Summer ihn im Krankenhaus gefragt hatte, ob er Megans Froschimitation hören wolle.

Tja. Es war ziemlich eindeutig, was Gabe von dieser Idee hielt. Sie spürte, wie Sophie zwischen Gabe und ihr hin- und herblickte. Mit Sicherheit fragte sie sich, was hier eigentlich los war – und warum Gabe Megans Anblick offenbar nicht aushalten konnte.

In das peinliche Schweigen hinein sagte Sophie: „Einige meiner Brüder lieben Kinder übrigens."

Oh Gott! Sophie wollte sie doch nicht etwa verkuppeln, oder?

Aber ehe sie sie davon abhalten konnte, noch mehr zu sagen, erklärte ihre Freundin: „Chase und Marcus sind bereits vergeben. Ihre Freundinnen – na ja, in Chases Fall sogar die Verlobte – sind toll. Bleiben noch Zach, Ryan und Smith. Sie sind Singles, zumindest soweit ich weiß."

Megan fiel wieder ein, dass Smith Sullivan, der Filmstar, auch ein Bruder von Sophie war. Genau wie Ryan Sullivan, der Profi-Baseballspieler. Ihr war es immer so vorgekommen, als wären die Sullivans zu eindrucksvoll, zu unvergesslich, als gut war. Doch Smith in einem Kino auf der großen Leinwand zu erleben oder zu beobachten, wie Ryan Baseball spielte, hatte in ihr nie die Gefühle ausgelöst wie Gabes finsterer Blick in diesem Moment. Er starrte sie an, als wollte er sie fragen, wie sie es wagen könne, in seiner Anwesenheit überhaupt zu atmen.

Sophie redete weiter, während Megan zuhörte und sich bemühte, einen bedächtigen Atemzug nach dem anderen zu machen.

„Sie werden euch lieben! Ich habe nicht den geringsten Zweifel, dass meine Brüder sich um dich streiten werden. Meinst du nicht, Gabe?"

„Zach und Ryan sind die größten Frauenhelden der Welt." Er schüttelte den Kopf. „Smith ist sogar noch schlimmer. Gott weiß, was in seiner Filmstar-Welt mit einem Kind passieren würde."

Mit einer Handbewegung wischte Sophie seine Bedenken beiseite. „Ich finde euch alle toll. Und die Jungs sind nur Frauenhelden, weil sie bisher noch nicht die Richtige gefunden haben."

Megan entging nicht, dass Sophie nicht sagte, ob auch Gabe ein Frauenheld war oder nicht. Sie hatte ihn auch nicht als möglichen Partner genannt. Wahrscheinlich hatte er eine Freundin.

Eine Freundin, von der Megan schon jetzt sicher war, dass sie sie hassen würde. Einfach nur, weil sie seine Freundin war.

„Bitte, versprich mir, dass ihr kommt! Summer und du seid herzlich willkommen! Ihr macht das Fest sicher noch schöner."

Um ehrlich zu sein, wollte Megan nicht noch mehr Zeit mit Gabe verbringen, als sie das ohnehin schon getan hatte. Aber irgendetwas brachte sie dazu zu sagen: „Wir kommen gern." Gabe versteinerte. „Was sollen wir mitbringen?", fragte sie vergnügt. „Summer möchte sicher liebend gern etwas für das Fest deiner Mutter backen."

Nachdem Megan und Sophie ihre Telefonnummern und E-Mail-Adressen ausgetauscht hatten, versprach die Freundin, ihr alle weiteren Details zur Party per Mail zu schicken.

Als alles erledigt war, lächelte Megan Gabe zu. Sie wusste, dass sie bis Samstagabend dringend daran würde arbeiten müssen, ihr lächerliches Verlangen und ihre wild gewordenen Hormone in seiner Nähe in den Griff zu bekommen. „Tja ... Summer und ich sollten gehen, damit sich alle wieder an die Arbeit machen können."

Sie rief ihre Tochter und ging nicht auf das flehentliche „Können wir nicht noch ein bisschen bleiben? Das ist der schönste Tag meines Lebens! Bitte, Mom!" ein.

Irgendwann ergriff Summer schweren Herzens die Hand ihrer Mutter, und Megan konnte endlich aus der Feuerwache fliehen. Obwohl sie auf dem Weg nach Hause waren, schlug ihr Herz noch schneller als am Morgen.

Und das alles, weil sie sich dieses Mal *sicher* sein konnte, dass sie Gabe Sullivan wiedersehen würde.

Während sie Megan und Summer hinterherblickten, knuffte Gabe seine Schwester in die Seite. „Du hast doch nicht *wirklich* vor, sie mit Zach oder Ryan zu verkuppeln, oder?" Bei dem Gedanken daran, dass einer seiner Brüder Megan auch nur berühren könnte, sah er rot.

Sophie zuckte die Achseln. „Ich wüsste nicht, warum ich es nicht versuchen sollte. Sie ist nett und klug, findest du nicht? Im Übrigen hatte sie so ein Pech mit dem Wohnungsbrand, dass ihr und der Kleinen ein bisschen Spaß nicht schaden könnte."

Darauf würde er nicht reagieren! Denn er hatte auf keinen Fall vor, seiner Schwester zu verraten, dass er Megan für die schönste Frau der Welt hielt.

„Sie werden sie auffressen, durchkauen und wieder ausspucken."

Seine Schwester verschränkte die Arme vor der Brust. „Sie hat einen Ehemann verloren und ganz allein ein Kind großgezogen. Und offenbar erholt sie sich sehr gut davon, dass alles, was sie besessen hat, einem Brand zum Opfer gefallen ist. Ich glaube, das zeigt, wie stark diese Frau ist." Wieder folgte ein Schulterzucken. „Wer weiß? Vielleicht gelingt es ihr ja, Ryans oder Zachs Herz zu gewinnen."

Verdammt! Bloß das nicht! Sie war ihm schon so unter die Haut gegangen. Er wollte nicht, dass einer seiner Brüder das auch erlebte.

„Ich weiß, was du vorhast, Engelchen!"

Normalerweise passte ihr Spitzname zu ihr. Heute allerdings nicht. Heute zielte seine Schwester eindeutig darauf ab, ihn völlig durcheinanderzubringen, indem sie Megan und ihre Tochter in den inneren Kreis, den Schoß der Familie, einlud.

Sophie warf ihm einen betont unschuldigen Blick zu – viel zu unschuldig. „Megan ist meine Freundin. Ich mag sie sehr. Ich möchte sie wiedersehen."

„Also willst du behaupten, dass diese Einladung zum Fest nichts mit mir zu tun hat?"

Seine Schwester musterte ihn aufmerksam. Es bestand kein Zweifel, dass sie genau wusste, was er für ihre Freundin empfand. „Sag du es mir, Gabe! Hat es etwas mit dir zu tun?"

Er nahm ihr die Tüte, die sie mitgebracht hatte, aus der Hand. „Danke für das … leckere Frühstück. Ich muss jetzt wieder an die Arbeit."

Bevor er sich umdrehen und seine Schwester, die er für gewöhnlich sehr mochte, stehen lassen konnte, bemerkte er ihr Grinsen. Und er wusste genau, was sie dachte.

Sophie dachte, dass er sich Hals über Kopf in Megan und ihre süße Tochter verlieben würde.

Da irrte sie sich.

Und zwar total.

5. KAPITEL

Samstagabend

*M*egan und Summer hatten ein paar Besorgungen gemacht und bogen gerade in die Tiefgarage ein. Plötzlich fuhren sie über irgendetwas hinüber. Es gab einen unsanften Stoß. Das Zischen der Luft, die aus dem Reifen entwich, war sogar durch die geschlossenen Fenster zu hören.

Megan wusste, dass dieses Geräusch nur eines bedeuten konnte: Sie hatten einen Platten.

Am Samstag schlossen die Autowerkstätten um acht, und es war ausgeschlossen, die fast fünfunddreißig Meilen bis Palo Alto mit dem Ersatzreifen zurückzulegen. Das hieß, dass sie nicht am Fest der Sullivans teilnehmen konnten.

Natürlich wollte sie Sophie wiedersehen und mit ihr darüber reden, was in den vergangenen Jahren alles passiert war. Doch dabei auch Gabe Sullivan zu begegnen?

Allein beim Gedanken an ihn liefen ihr kleine Schauer über den Rücken und Hitze breitete sich in ihrem Inneren aus. Und aus genau diesem Grund musste sie sich von ihm fernhalten.

Gabe hatte beinahe sein Leben verloren, als er sie und ihre Tochter gerettet hatte. Dafür würde sie ihm ewig dankbar sein. Aber sie konnte, sie *durfte* in ihm nichts anderes sehen.

Nein! Für Megan durfte er nur der mutige Feuerwehrmann sein. Was bedeutete, dass die Party der Sullivans der letzte Platz war, an dem *sie* heute sein sollte. Denn sein Anblick brachte ihre Hormone auf eine Art in Wallung, die so gar nichts mit Dankbarkeit zu tun hatte, sondern nur mit Verlangen, mit Lust.

„Es tut mir leid, meine Süße", wandte sie sich an ihre Tochter, „aber mit dem platten Reifen werden wir heute Abend nicht nach Palo Alto fahren können." Sie sollte nicht so erleichtert klingen, schließlich hatte Summer die ganze Woche lang fast ausschließlich von Gabe und der Feuerwache gesprochen. Trotzdem hatte sie sich noch nie in ihrem Leben so sehr über einen Platten gefreut.

Obwohl Summer ein temperamentvolles Kind mit enormer Energie war, blieb sie in solchen Situationen für gewöhnlich sehr ausgeglichen. Leider deutete der trotzige Gesichtsausdruck ihrer Tochter darauf hin, dass sie dieses Mal ausnahmsweise einen Wutanfall bekommen würde.

„Ich will aber da hin!"

„Es sind doch nur Erwachsene da." Megan verstand das Problem nicht – oder sie wollte es nicht verstehen. „Ich begreife nicht, was dir an dieser Feier so wichtig ist."

„Du weißt *genau*, was so wichtig ist", warf Summer ihr vor, ehe sie aus dem Zimmer stürmte und die Tür hinter sich in Schloss warf. „Wir sollten eigentlich schon da sein. Aber wegen deiner doofen Erledigungen, die heute gar nicht hätten gemacht werden müssen, sind wir zu spät!", schrie sie durch die geschlossene Tür.

Megan musste ein paarmal tief durchatmen, um nicht die Nerven zu verlieren und ruhig zu bleiben.

Es funktionierte nicht. Denn angesichts der Aussicht, zu der Party gehen zu müssen und Gabe wiederzusehen, war sie sowieso schon den ganzen Tag über gereizt gewesen. Und diese Gereiztheit brach sich jetzt Bahn.

„Wage es ja nicht, die Tür noch mal so zuzuschlagen, Fräulein!", rief Megan zurück. „Und jetzt machst du sie schön wieder auf."

Ein paar Sekunden später öffnete die Tür sich einen Spaltbreit. Megan wollte sie gerade weiter aufstoßen und wütend eine Entschuldigung verlangen, als sie sich in letzter Sekunde doch noch zurückhielt.

Sie machten hier beide aus einer Mücke einen Elefanten. Bald würde alles wieder so sein wie früher, und sie würden gemeinsam unter einer Decke auf der Couch kuscheln und sich einen Film ansehen.

Megan ging zurück in die Küche und nahm ihr Telefon, um ihrer Freundin zu sagen, dass sie es nicht zur Party, die schon in vollem Gange war, schaffen würden. Eigentlich hätte sie damit gerechnet, nur Sophies Mailbox zu erwischen, und war erstaunt, als ihre Freundin sich meldete.

„Megan, findet ihr das Haus nicht?", fragte Sophie.

„Genau genommen werden wir es gar nicht zur Party schaffen", entgegnete Megan.

„Oh nein! Warum nicht? Es ist doch niemand krank geworden, oder?"

Plötzlich wünschte Megan sich, auf die Idee gekommen zu sein, eine Erkältung vorzutäuschen. Allerdings schwindelte sie nicht gern. Und ganz sicher wollte sie ihre Tochter nicht dazu erziehen. „Nein, uns geht es gut. Meinem Auto dagegen nicht. Ich habe einen Platten und kann ihn erst Montag reparieren lassen."

„Kann ich dich gleich zurückrufen?"

Megan stimmte zu und legte auf. Während sie auf den Rückruf wartete, beschlich sie ein ungutes Gefühl. Ein ungutes Gefühl, das vollkommen unangemessen und lächerlich war – das zumindest versuchte sie, sich einzureden.

„Tolle Neuigkeiten!", verkündete Sophie ein paar Minuten später vergnügt, als sie zurückrief. „Gabe ist auch noch nicht losgefahren. Er kommt gern bei euch vorbei, um euch mitzunehmen."

Megan lehnte den Kopf an die Wand und schloss die Augen. „Das ist nett von ihm, aber ich möchte nicht, dass er sich unseretwegen solche Umstände macht. Es ist schade, dass wir nicht kommen können, doch …"

„Er wohnt ganz bei euch in der Nähe", versicherte Sophie. „Das ist überhaupt kein Problem. Soll ich ihm deine Adresse geben?"

Nein!

„Summer und ich müssen ja nicht nur eine Mitfahrgelegenheit nach Palo Alto haben, sondern auch wieder zurückgebracht werden. Das ist zu viel verlangt. Vor allem so spontan", beharrte Megan.

Statt sie vom Haken zu lassen, erwiderte Sophie: „Ich würde mich so freuen, wenn ihr beiden kämt! Und du solltest wissen, dass mein Bruder Gabe der netteste Mensch der Welt ist. Er hilft anderen gern."

Wenn man bedachte, dass er fast sein Leben gegeben hätte, um ihres und Summers zu retten, war das die Untertreibung des Jahres.

Megan konnte nur mit Mühe ein resigniertes Seufzen zurückhalten. „Na gut." Ihr war bewusst, dass sie nicht besonders dankbar geklungen hatte, und sie fügte hinzu: „Danke, Sophie. Summer wird sich riesig freuen, wenn sie hört, dass es doch klappt."

Draußen wurde es bereits dunkel, und Megan konnte im Küchenfenster ihr Spiegelbild sehen, als sie auflegte. Sie war nicht überrascht, dass sie verstört wirkte. Und besorgt. Aber es stand noch etwas anderes in ihrem Gesicht. Etwas, das nicht dort hätte stehen sollen.

Freudige Erwartung.

Schnell wandte sie sich vom Fenster ab. „Gute Neuigkeiten, Summer", rief sie betont fröhlich. „Sieht so aus, als kämen wir doch noch zur Party."

Summer jubelte laut und kam in die Küche gerannt, um das Karamell, das sie am Morgen schon für die Party zubereitet hatte, in Stücke zu schneiden.

Sophie hat sich ja offenbar diebisch über Megans platten Reifen gefreut, dachte Gabe grimmig, als er seinen Truck in zweiter Reihe vor dem Apartmenthaus parkte, um seine beiden unerwarteten Mitreisenden abzuholen. Und da sie schon dabei gewesen war, hatte sie ihm gleich die Hölle heiß gemacht, weil er Megan und Summer nicht von sich aus angeboten hatte, sie mitzunehmen.

Das Schlimmste daran war, dass Sophie recht hatte. Er hätte den beiden eine Mitfahrgelegenheit anbieten sollen.

Aber das hatte er nicht getan, denn er traute sich selbst nicht, wenn er in Megans Nähe war. Er fürchtete, dass ungeahnte Gefühle aufflammen und sie beide verbrennen könnten.

Er klopfte an, und die Tür flog auf, ehe er ein zweites Mal klopfen konnte.

„Mr Sullivan!" Summer schlang die Arme um ihn.

Er drückte sie und sah dann in die Wohnung, wo Megan gerade um die Ecke kam. Ihm stockte der Atem.

Überrascht, ihn zu sehen, sagte sie: „Oh. Hallo. Ich habe Sie gar nicht klopfen hören." Der Ausdruck in ihren Augen wirkte warmherzig und weich, als sie ihn zusammen mit ihrer Tochter sah. „Danke, dass Sie so spontan vorbeigekommen sind, um uns mitzunehmen."

Es gab unzählige Dinge, die er hätte sagen können – zumindest ein halbes Dutzend Erwiderungen, die Sinn ergeben hätten. Doch obwohl ihm klar war, dass es ein Fehler war, stieß er hervor: „Sie sehen wunderschön aus."

Und das war die Wahrheit. Sie war so verdammt schön, dass

sein Herz sich nicht entscheiden konnte, ob es aussetzen oder wie wild hämmern sollte.

Sie hatte nur so viel Make-up aufgetragen, dass ihre großen Augen betont wurden und wundervoll strahlten. Beim Anblick des verführerischen Lippenstifts und ihrer sanften Locken musste er sich schon sehr zusammenreißen, um nicht die Hand auszustrecken und sie zu berühren. Das Kleid, das sie trug, schmiegte sich eng an ihren Körper. Er konnte den Blick kaum von ihren verlockenden Kurven wenden. Es war das erste Mal, dass er sie in High Heels sah. Was diese Schuhe mit ihren Beinen machten, hätte eigentlich verboten werden müssen …

Irgendwie gelang es ihm, sich zusammenzureißen. Er bemerkte, dass sie verblüfft über das unerwartete Kompliment war. Und dann ihr Lächeln …

„Danke."

Heilige Scheiße.

Dieses Lächeln.

Diese süße und so sinnliche Art, wie sie den vollen Mund zu einem Lächeln verzog, berührte ihn so tief wie schon bei ihrer Begegnung im Krankenhaus. Er hatte ihre Entschlossenheit, Tränen und erzwungene Höflichkeit gesehen. Aber ihr umwerfendes, aufrichtiges Lächeln brachte ihn jedes Mal vollkommen durcheinander.

Er fühlte, wie Summer an seinem Ärmel zupfte. Es gelang ihm kaum, den Blick von ihrer Mutter zu wenden. „Du bist natürlich auch atemberaubend, Kleine", sagte er zu dem Mädchen, das eine Pirouette drehte, um das glitzernde grüne Kleid zu zeigen. „Und wenn du ‚Mr Sullivan' sagst, denke ich immer, dass du über meinen Großvater sprichst. Nenn mich doch Gabe, ja?"

„Okay, Gabe! Können wir jetzt losfahren?"

„Klar, wenn deine Mom so weit ist …"

69

Er sah zu Megan. Sie nickte, nahm ihre Handtasche und dann ein leuchtend rotes Tablett mit etwas, das nach Karamellbonbons duftete. Er war überzeugt davon, dass seine Familie verrückt nach Megan und Summer sein würde. Auf jeden Fall würde er in Megans Nähe ein Auge auf seine Brüder haben müssen. Sie war zu hübsch, als dass einer von ihnen nicht versuchen würde, bei ihr zu landen.

„Danke, dass Sie uns abholen", sagte Megan leise, als sie den Flur entlanggingen und hinaus zu seinem Truck liefen. „Ich weiß, dass es ein Umweg war."

„Das ist kein Problem." Und das war es auch nicht. Selbst wenn er sich unglaublich anstrengen musste, um seine Reaktion auf sie unter Kontrolle zu halten.

Er hielt die Beifahrertür auf. Und während er den beiden half, hineinzuklettern, reagierte sein Körper prompt, als sein Blick auf Megans nackte Beine fiel.

Glücklicherweise stellte Summer, sobald er sich ans Steuer gesetzt hatte, eine Frage nach der anderen.

„Wann hast du beschlossen, Feuerwehrmann zu werden? Wie ist es, *so* viele Brüder und Schwestern zu haben? War es schwer, Feuerwehrmann zu werden? Warum ist dein Feuerwehrhelm rot?"

Er fädelte sich in den fließenden Verkehr ein und fuhr in südlicher Richtung aus der Stadt, um zu dem Vorstadthäuschen zu gelangen, in dem er aufgewachsen war. Die Flut an Fragen von der Siebenjährigen, die zwischen ihm und Megan im Fahrerhäuschen des Trucks saß, hätte ihn genug von Megan ablenken müssen. Vor allem, da die wunderschöne Frau neben ihm ganz ruhig blieb und schwieg. Er konnte nicht genau sagen, ob sie in seiner Gegenwart nervös war, aber sie schien sich im Gegensatz zu ihrer Tochter nicht mit ihm unterhalten zu wollen.

Während der gesamten Fahrt war sich Gabe – trotz des Aromas der Karamellbonbons – Megans zartem Duft überaus bewusst. Es war ein blumiger, frischer Duft. Dazu noch ihre umwerfenden Kurven in dem knielangen Samtkleid und die leicht gebräunten Beine, denen er kaum widerstehen konnte, seit er Megan von der Wohnung aus zum Truck gefolgt war.

Als Gabe schließlich vor dem Haus seiner Mutter hielt und ausstieg, um die Beifahrertür zu öffnen, holte er tief Luft. „Ich parke nur schnell den Wagen. Bis gleich im Haus!"

Megan nickte, ohne ihn jedoch anzusehen, und half Summer aus dem Truck.

Es hatte kaum länger als fünf Minuten gedauert, um den Truck ein paar Meter weiter zu parken und zurück zum Haus seiner Mutter zu laufen. Wie zum Teufel hatten seine Brüder also Megan so schnell entdeckt?

Ryan und Zach hatten sie zwischen sich genommen. Sie lachte gerade über irgendetwas und sah wunderschön aus. So wunderschön, dass sich etwas in Gabes Innerem zusammenzog, wann immer er sie sah.

Er würde seine Brüder umbringen! Wenn sie ihr zu nahe kamen, waren sie tot.

Im gleichen Moment beobachtete er – fast in Zeitlupe –, wie Zach seine patentierte Flirtmethode startete, indem er Megan eine Strähne aus dem Gesicht strich.

Gabe ballte die Hände und hatte das Zimmer schon halb durchquert, als seine Mutter ihn umarmte.

„Schatz, ich bin so froh, dass du endlich hier bist!" Sie sah zum anderen Ende des Zimmers, wo Megan von Gabes Brüdern unterhalten wurde. „Und ich bin froh, dass du Megan und Summer mitgebracht hast. Sie sind beide reizend, absolut reizend."

Gabe versuchte, seinen Blutdruck wieder auf ein Normalmaß herunterzubringen. Er hatte keinen Anspruch auf Megan. Sie gehörte ihm nicht. Vielleicht hatte Sophie recht. Vielleicht war jemand wie Megan genau das, was Zach brauchte, um endlich klar zu sehen und sein Leben zu ändern. Er liebte seinen Bruder, doch es stand außer Frage, dass Zach, was Frauen betraf, ein Draufgänger war.

Die Vorstellung, dass Zach und Megan zusammenkommen könnten, brachte Gabes Blut zum Kochen.

Er spürte den Blick seiner Mutter auf sich und schaffte es irgendwie, sich zusammenzureißen. Zwischen zusammengebissenen Zähnen presste er hervor: „Es scheint wieder einmal ein tolles Fest zu sein, Mom."

„Solange ihr alle da seid, bin ich glücklich. Na ja, alle bis auf einen – aber ich weiß ja, dass Smith sein Bestes tut, um zu kommen."

Smith hatte es leider nicht geschafft, seinen Drehplan zu ändern, um nach San Francisco zu fliegen. Zu seiner Verteidigung musste Gabe allerdings zugeben, dass sein Filmstar-Bruder es erstaunlich oft schaffte, an Familienfeiern teilzunehmen. Zwischen ihnen war es das reinste Kopf-an-Kopf-Rennen: Während Smith sich bei manchen Filmen nicht einfach freinehmen konnte, um zu einem Familientreffen zu kommen, wurde Gabe genauso oft direkt von der Feier zu einem Einsatz gerufen.

Megans Lachen fesselte seine Aufmerksamkeit, auch wenn er sich bemühte, in die andere Richtung zu sehen. Er war hinund hergerissen zwischen dem Wunsch, dass ein Notruf ihn zwang, die Feier zu verlassen, und dem Bedürfnis, Megan für immer anzusehen.

Wenn man bedachte, wie Zach an ihren Lippen hing, schien es ihm nicht anders zu gehen.

„Megan hat mir bei unserer ersten Begegnung etwas Wundervolles gesagt." Seine Mutter hatte ihm die Hand auf den Arm gelegt und ihn so dazu gebracht, sie anzusehen. „Sie hat mir dafür gedankt, den tollen Menschen aufgezogen zu haben, der ihr Leben so sehr verändert hat." Gabe sah, dass seine Mutter schlucken musste. „Ich hätte beinahe mitten in der Küche angefangen zu weinen, als ich daran denken musste, was ihr und ihrem kleinen Mädchen zugestoßen wäre, wenn du nicht da gewesen wärst."

Er hütete sich vor solchen Gedanken, hütete sich vor der Vorstellung, was passiert wäre, wenn er nicht rechtzeitig vor Ort gewesen wäre. Stattdessen rief er sich ins Gedächtnis, dass er schon einmal den schlimmen Fehler gemacht hatte, sich auf eine Frau einzulassen, die er gerettet hatte. Damals war alles schiefgelaufen. Auch all die Jahre später konnte er nicht glauben, was Kate getan hatte, als er sich von ihr getrennt hatte …

„Gabe, Schatz, geht es dir gut?"

Als er die Hand seiner Mutter auf seinem Arm spürte und ihre besorgte Frage hörte, schob er die Erinnerung entschlossen beiseite. Megan war nicht anders als jeder andere Mensch, den er gerettet hatte. Zwischen ihnen war gar nichts. Seine Mutter wusste nicht, was zwischen seiner Exfreundin und ihm vorgefallen war, und er wollte ihr nachträglich keinen Schreck einjagen, indem er ihr die ganze Geschichte erzählte.

„Ich habe über das nachgedacht, was Megan zu dir gesagt hat", erklärte Gabe. „Sie verarbeitet noch immer, was geschehen ist. Das ist absolut normal."

„Das denke ich auch", entgegnete sie. „Aber ich hätte nicht damit gerechnet, dass sie sich bei mir entschuldigt."

Er runzelte die Stirn. „Sie hat sich entschuldigt?"

„Sie fühlt sich verantwortlich dafür, dass du verletzt wurdest. Sie sagte, wenn sie schneller gewesen wäre, wenn sie sich etwas mehr zusammengenommen hätte, dann wärst du nicht mehr im Gebäude gewesen, als der Deckenträger heruntergestürzt ist."

„Das ist absoluter Mist!"

Ihm war nicht bewusst, dass er laut geflucht hatte, bis ihm auffiel, dass seine Mutter ihn mit hochgezogenen Augenbrauen anblickte. Doch er konnte den Gedanken nicht ertragen, dass Megan sich in irgendeiner Form die Schuld für das gab, was geschehen war.

„Sie war so unglaublich stark! Normalerweise hätte sie längst bewusstlos sein müssen, aber sie hat um das Leben ihrer Tochter gekämpft." Eine Sekunde lang schloss er die Augen und war wieder mitten im Feuer. „Du hättest sie erleben sollen."

„Wenn ich mit einem von euch in einem brennenden Haus eingeschlossen gewesen wäre, dann hätte ich auch mit allen Mitteln gekämpft, um euch zu retten. Das tun Mütter nun mal."

Er umarmte sie, und als er sie schließlich losließ, schimmerten Tränen in ihren Augen. „Sophie freut sich sehr, dass sie wieder Kontakt haben. Ich hoffe, ich sehe sie jetzt öfter."

Nur sein Bruder Zach wusste, dass Gabe sich nicht mehr mit Frauen traf, die er gerettet hatte. Und nur Zach kannte auch den Grund dafür. Deshalb ging er wahrscheinlich davon aus, dass er sich gefahrlos an Megan heranmachen konnte – denn wenn Gabe sich mit ihr verabreden würde, würde der damit ja seine eigene unumstößliche Regel brechen.

Und seine Mutter? Sie hatte noch nie zwei Menschen verkuppelt. *Gott sei Dank!* Deshalb versuchte er auch, nichts in ihre Äußerung hineinzuinterpretieren. „Ich bin mir sicher, dass die beiden sich in Zukunft öfter treffen werden, nachdem sie sich nun endlich wiedergefunden haben." Megan war nur hier bei den Sullivans, weil seine Schwester und sie einander vom College kannten.

„Was kann ich dir zu trinken holen, mein Schatz?"

Im Augenblick hätte er ganz sicher etwas gebrauchen können, um sich zu entspannen. Das Problem war allerdings, dass wegen der Winterferien einige Kollegen auf der Feuerwache fehlten. Zwar hatte Gabe offiziell keinen Dienst, aber er hatte zugestimmt, im Notfall zur Verfügung zu stehen. Und das bedeutete, dass es heute Abend keinen Alkohol für ihn gab.

„Geh und unterhalte dich mit deinen Gästen, Mom! Ich hole mir selbst was zu trinken."

„Gut. Und könntest du, wenn es dir nichts ausmacht, draußen auf der Feuerstelle ein Feuer machen?" Draußen war es kühl und trocken – für diese Jahreszeit das typische Wetter in Nordkalifornien. Nur in den Bergen um den Lake Tahoe, der einige Stunden von Palo Alto entfernt lag, würde es Schnee geben.

Jeder seiner Geschwister hätte das Feuer auch anzünden können, doch er wusste, dass seine Mom es am liebsten sah, wenn er diese Aufgabe übernahm.

„Kein Problem."

Sie gab ihm einen Kuss auf die Wange und ging dann zu einer Gruppe alter Freunde. Aber statt sich ein Wasser zu holen, lief Gabe schnurstracks zu der Frau, der er für den Rest des Abends eigentlich hatte aus dem Weg gehen wollen.

6. KAPITEL

Warum sieht Gabe mich nur so an?

Megan war zwar leicht schwindelig von dem Glas Champagner, das sie viel zu schnell getrunken hatte, doch sie war weit davon entfernt, betrunken zu sein. Warum also geriet sie auf ihren hochhackigen Schuhen ins Wanken, als Gabe durch das überfüllte Wohnzimmer auf sie zukam, wo sie mit seinem Bruder stand?

Als sie angekommen waren, hatte Mary Sullivan Summer in das Spielzimmer im Keller gebracht und den anderen Kindern vorgestellt. Gabes Mutter war unglaublich freundlich und fürsorglich. Aber Megan war auch klar, dass sie eine sehr starke Frau sein musste – schließlich hatte sie allein acht Kinder großgezogen.

Megan war versucht gewesen, den ganzen Abend bei den Kindern zu verbringen, doch als Mary angeboten hatte, ihr einen Drink zu holen und sie dem Rest der Familie vorzustellen, konnte Megan einfach nicht Nein sagen. Sie spürte, dass Gabe beobachtet hatte, wie sie sich mit Zach und Ryan unterhalten hatte. Vielleicht hatte sie aus dem Grund ab und zu ein bisschen zu laut gelacht – um sicherzustellen, dass er nicht glaubte, sie wäre irgendwie an ihm interessiert.

„Rufen Sie mich morgen wegen Ihres Plattens an! Ich kümmere mich darum." Zach Sullivan ließ seinen Worten ein Lächeln folgen, bei dem sie errötete.

Aber nicht, weil sie sich zu ihm hingezogen gefühlt hätte. Okay: Sie war auch nur eine Frau, und Zach war ohne Zweifel der Sullivan, der objektiv betrachtet am besten aussah. Sie protestierte; schließlich konnte sie den Wagen auch zu der Werkstatt in ihrer Straße bringen. Woraufhin er beiläufig fallen ließ, dass er der Besitzer von *Sullivan Autos* sei und er darauf bestehe, dass sie ihren Wagen ab jetzt immer zu ihm bringe. Alle Reparaturen und Inspektionen würden selbstverständlich aufs Haus gehen.

Diese Sullivan-Männer waren einfach unfassbar. Und dennoch … Es war zwar aufregend, Zachs ungeteilte Aufmerksamkeit genießen zu können, im Vergleich zu dem Erdbeben, das Gabes heißer Blick in ihrem Inneren verursachte, war das jedoch gar nichts. Ein Erdbeben, das sie innerlich zerriss und Dinge an die Oberfläche zu bringen drohte, die sie eigentlich für immer in ihrem Herzen hatte verschließen wollen.

Sie machte den Mund auf, um ihm für das Angebot zu danken, doch ehe sie etwas sagen konnte, stellte Gabe sich zwischen sie und Zach. „Kann ich Ihnen noch ein Glas Champagner holen, Megan?"

Ihr Herz geriet ins Stocken. „Danke, ich habe noch genug!", sagte sie. Als sie ihr Glas hob, zitterte ihre Hand ein wenig. Sie bemerkte kaum, dass Zach sich diskret zurückzog, um sie beide allein zu lassen.

„Ist Summer bei den Kids im Spielzimmer?", erkundigte Gabe sich.

Trotz des Champagners hatte Megan den Eindruck, ihr Mund wäre mit einem Mal unglaublich trocken. „Ja, Ihre Mutter hat sie den anderen Kindern vorgestellt. Ich war noch ein bisschen bei ihr. Sie hat sich schon mit einigen der Kids angefreundet."

„Gut." Sein Blick war finster. Intensiv. Eindringlich. „Wir müssen reden." Er wies zum Garten. „Am besten ungestört."

Obwohl er mit ihrer Tochter ganz locker umging, schien Gabe in ihrer Nähe immer angespannt zu sein. Jetzt wirkte er sogar noch ernster als sonst. Irgendetwas stimmte hier nicht, da war Megan sich sicher. Bloß was? Sie kannte ihn einfach noch nicht gut genug, um ihn zu durchschauen.

Sie ging durch die Glastüren in den Garten hinter dem Haus, in dem sich keiner der anderen Gäste aufhielt. Gabe folgte ihr hinaus. Er war ihr so nahe, dass die Wärme, die er ausstrahlte, sie warmhielt, als die kühle Abendluft sie empfing. Sie ging tiefer in die Dunkelheit hinein, weg von den Menschen, die im Haus zusammen tranken, aßen, lachten.

Er zog sich die Lederjacke aus. „Hier, damit Ihnen nicht kalt wird."

Ehe sie dankend ablehnen konnte, hatte er ihr die Jacke schon über die Schultern gelegt. Megan konnte nicht verhindern, dass nicht nur die Jacke, sondern auch seine fürsorgliche Geste sie wärmte, nicht nur äußerlich, sondern auch innerlich. Und sie liebte seinen einzigartigen männlichen Duft.

„Worüber müssen Sie denn mit mir reden?"

„Brände zu löschen ist mein Job, Megan", begann er ohne Umschweife. „Ich bin ausgebildet, mich gefährlichen, eventuell sogar tödlichen Situationen zu stellen. Wenn Feuerwehrleute im Dienst verletzt werden, ist es entweder ihre eigene Schuld, weil sie nicht die richtigen Sicherheitsvorkehrungen getroffen haben, oder es ist die natürliche Konsequenz eines Feuers, das niemand kontrollieren kann." Er betrachtete aufmerksam ihr Gesicht. Als er dort nicht sah, wonach er gesucht hatte, sagte er: „Sie sollten sich nicht bei meiner Mutter dafür entschuldigen, was mir zugestoßen ist."

Sie konnte ihre Überraschung nicht verhehlen. „Aber es ist wahr. Wenn ich …"

Er unterbrach sie. „Eigentlich hätte ich zwei bewusstlose Personen rausbringen müssen. Doch Sie haben nicht aufgegeben, aus eigener Kraft mit Ihrem Kind aus der Wohnung und dem Gebäude zu entkommen. Sie haben bis zum Schluss gekämpft – bis Sie sicher sein konnten, dass Ihre Tochter in Sicherheit war."

Die Lampions, die in der Eiche hingen, leuchteten hell genug, damit Megan den Ausdruck auf Gabes Gesicht sehen konnte.

Respekt, durch und durch.

Respekt vor ihr.

„Sie haben das toll gemacht, Megan. Und ich möchte nicht, dass Sie sich meinetwegen schuldig fühlen. Nie mehr."

Sie war mehr als überrascht. „Danke, dass Sie das sagen, obwohl ich an meinen Empfindungen vermutlich nichts ändern kann."

„Ich auch nicht."

Sie starrten einander an, und zwischen ihnen schienen wieder Funken zu sprühen. Plötzlich war Megan sich nicht mehr sicher, ob sie noch über das Feuer sprachen oder schon über die erotische Spannung, die zwischen ihnen herrschte.

„Ich hätte nicht mit Ihnen nach draußen gehen sollen", sagte Gabe unvermittelt. „Es ist zu kalt. Ich bringe Sie sofort ins Haus, wenn ich das Feuer angezündet habe."

Offensichtlich wollte er sie loswerden. Und Megan wusste, dass es klüger wäre, zu gehen, ehe die Funken, die zwischen ihnen hin- und hersprangen, sich entzündeten. Aber sie dachte nicht daran zu gehen, nur weil er das beschlossen hatte. Erst recht nicht, als er sich abwandte und schweigend anfing, Feuerholz zu stapeln.

So schnell vergessen zu werden, gefiel keiner Frau. Auch nicht, wenn sie sich geschworen hatte, die Aufmerksamkeit des fraglichen Mannes sowieso nicht zu wollen.

Und weil Megan manchmal richtig stur sein konnte, ging sie zum Feuerholz und nahm sich einige Scheite herunter.

Gabe wirkte nicht gerade erfreut, dass sie noch immer da war. „Wollten Sie nicht ins Haus gehen?"

79

Vermutlich kamen die meisten Frauen einer Aufforderung aus Gabes umwerfendem Mund augenblicklich nach. Megan aber kniete sich hin. „Ich dachte, ich helfe Ihnen mit dem Lagerfeuer", sagte sie, während sie die Feuerstelle bewunderte. „Das ist toll! Summer wird mich anbetteln, in unserem Garten auch so etwas zu bauen. Sie liebt S'mores."

„Sie haben einen Garten?"

Sie schüttelte den Kopf. „Momentan nicht. Doch sobald ich eine neue Wohnung gefunden habe, lege ich mir vielleicht auch eine solche Feuerstelle zu." Doch schon während sie die Worte aussprach, wurde ihr klar, dass sie es vermutlich nicht tun würde. Zu groß war ihre Angst, dass das Feuer außer Kontrolle geraten könnte.

„Ich hoffe, Sie finden bald die perfekte Wohnung, Megan." Er schwieg einen Moment lang, ehe er hinzufügte: „Ich war bei unzähligen Bränden in unzähligen Wohnungen, aber das ist nicht mit dem Gefühl zu vergleichen, wenn es einem selbst passiert. Es tut mir leid, was Sie verloren haben."

Sie schichtete die Scheite zu einer Pyramide auf und blickte nicht hoch. „Mir tut es auch leid."

Das und nicht mehr hatte sie auch zu Summer gesagt, weil sie für ihre Tochter stark sein wollte. Und zu ihren Klienten, die sie nicht beunruhigen wollte; sie bewahrte ohnehin eine Sicherungskopie ihrer Unterlagen an einem sicheren Ort auf. Und zu ihren Eltern? Die machten sich sowieso Sorgen – egal, was sie zu ihnen sagte. Doch nicht mal mit ihnen hatte sie darüber gesprochen, wie es in ihrem Inneren wirklich aussah. Und was Freundinnen betraf … Neben ihrer Arbeit und Summer hatte sie nicht die Zeit gehabt, um soziale Kontakte zu pflegen. Einige der Mütter von Summers Mitschülern waren nett, aber eine richtige Freundin war nicht dabei. Umso mehr hatte sie sich gefreut, Sophie wiederzutreffen.

Sie schluckte schwer. „Zum Glück waren die meisten Fotos auf einem Online-Speicher abgelegt", fuhr sie dann leise fort. „Doch all die Dinge, die ich von Summer aufbewahrt habe, vom Tag ihrer Geburt bis zum ersten Milchzahn … All diese Dinge sind verbrannt. Ich wünschte mir, ich hätte sie nicht verloren." Sie zwang sich zu einem Achselzucken und versuchte zu lächeln, während sie nach den Streichhölzern griff, die er ihr reichte. „Die Erinnerungsstücke sind weg, aber alles in allem kommen wir gut zurecht. Ich habe ein großartiges Kind."

Er nickte und starrte in das Feuer, das sie gerade angezündet hatte. „Das haben Sie wirklich." Das Feuer prasselte, und er grinste sie an. „Übrigens: Das haben Sie gut gemacht."

Er hatte Summer schon oft angelächelt, doch Megan gegenüber hatte er sich damit zurückgehalten. Die Kraft dieses Lächelns, das so aufrichtig war und nicht so bewusst eingesetzt wie von seinen Brüdern Ryan oder Zach, denen klar war, welche Wirkung es auf Frauen hatte, weckte in ihr den Wunsch, zu ihm zu gehen und ihn zu küssen.

Als hätte er ihre Gedanken erraten, erstarb sein Lächeln und ein Schatten legte sich über seinen Blick. In seinen Augen konnte sie eine Hitze erkennen, die sie magisch anzog, die sie erleben wollte und von der sie sich fragte, ob sie tatsächlich die Kälte in ihrem Inneren vertreiben könnte.

„Ich sollte wieder rein und nachschauen, wie es Summer geht."

Sein Blick war noch immer heiß, eindringlich, während er nickte. „Tun Sie das ruhig."

Sie hatte beinahe die Glastüren erreicht, als sie bemerkte, dass sie noch immer seine Jacke trug. Sie drehte sich um, schritt zu Gabe, der ihr hinterhergesehen hatte, und streifte die Jacke von ihren Schultern. „Danke."

Seine Fingerspitzen berührten sie, als er die Jacke entgegennahm. Megan war froh, dass sie die kühle Abendluft als Ausrede für die Gänsehaut hatte, die sich mit einem Mal auf ihren Armen ausbreitete. Es reichte, wenn sie wusste, dass es nicht an den Außentemperaturen lag.

Sie wartete nicht ab, bis er sagte: „Gern geschehen!" Sie wandte sich um und flüchtete auf sicheres Terrain.

Das Lagerfeuer im Garten zog Kinder und Erwachsene an. Die Kids suchten sich Stöcke, um die Marshmallows zu schmelzen, die Mrs Sullivan auf einen Tisch gestellt hatte. Aber geschmolzener Zucker am Stock war noch längst nicht alles an köstlichen Überraschungen für sie.

„Es gibt hier ein Clubhaus in einem der Bäume", erzählte Summer ihrer Mutter. Ihre Augen leuchteten. Die Party war genauso lustig, wie sie es sich erträumt hatte. „Gabe hat gesagt, dass er uns hinaufbringt und uns alles zeigt, wenn die Eltern damit einverstanden sind."

Ohne die Stimme in ihrem Inneren zu beachten, die *Ich will auch im Baumhaus spielen!* flüsterte, strich Megan ihrer Tochter über das weiche Haar. „Natürlich darfst du mit! Sei bitte vorsichtig."

Summer verdrehte die Augen. „Ich bin doch kein Baby mehr."

Megan umarmte sie. „Du bist *mein* Baby."

„Mom!" Summer löste sich aus der Umarmung. „Ich muss mir eine Taschenlampe sichern, bevor alle weg sind."

Sie rannte durch den Garten zu Gabe, der mit den Lampen auf die Kinder wartete. Megan bemühte sich, innerlich nicht dahinzuschmelzen, als er mit den Kids zu dem großen Abenteuer aufbrach und mit den Kleinen lachte und scherzte.

Bisher hatte sie noch keinen Mann kennengelernt, der mit Kindern so gut zurechtkam und sich in ihrer Nähe so wohlfühlte. Aber es war noch mehr als das. Er mochte Kinder – so einfach war das. Selbst Summers Vater, der die Kleine vergöttert hatte, hatte oft nicht gewusst, was er mit ihr anfangen sollte. Und Megan hatte häufig den Eindruck gehabt, dass David die Minuten bis zum Schlafengehen heruntergezählt hatte, damit er sich wieder aufregenderen Dingen widmen konnte.

Megan ermahnte sich stumm. Sie sollte David nicht mit Gabe vergleichen! Plötzlich sah sie, wie Sophie über die Terrasse eilte und dann im Garten verschwand.

Megan hatte nach ihrer Freundin Ausschau gehalten, seit sie eingetroffen waren, doch bisher hatte sie sie noch nicht entdeckt. Dabei hätte sie doch so gern mit ihr über alte Zeiten geredet. Eigentlich hatten die beiden Frauen schon in den letzten Tagen versucht, sich zu verabreden, aber angesichts von Sophies stressigem Job und Summers Winterferien hatte es nicht geklappt. Die Party war die erste Gelegenheit, um sich in Ruhe zu unterhalten.

Inzwischen wollte sie nicht mehr nur mit einem Menschen, den sie schon immer sehr gemocht hatte, Gespräche unter Frauen führen, inzwischen war sie auch ein bisschen besorgt wegen ihrer Freundin.

Megan war sicher, dass Summer bei Gabe in guten Händen war. Also folgte sie dem Weg, den Sophie eingeschlagen hatte, bis zu einem kleinen Geräteschuppen. Langsam öffnete sie die Tür, warf einen Blick in den Schuppen und sah ihre Freundin auf einem großen umgedrehten Kübel sitzen.

„Sophie?"

„Oh!" Sophie wollte gerade aufspringen, als sie erkannte, wer dort gekommen war. „Megan! Hallo." Sie wirkte ein bisschen verlegen, weil sie im Gartenschuppen erwischt worden war, allerdings lächelte sie. „Möchtest du mir Gesellschaft leisten?"

Megan erwiderte das Lächeln und schloss die Tür hinter sich. Eine nackte Glühbirne an der Decke erhellte den kleinen Schuppen, der Geruch von Pflanzerde hing in der Luft. „Ist alles in Ordnung?"

Sophie seufzte tief. „Wolltest du schon mal einen Mann, mit dem du eigentlich nicht zusammen sein solltest?"

Die offene Frage ihrer Freundin erwischte Megan vollkommen unvorbereitet. Dabei wusste sie doch eigentlich, dass Sophie nie lange um den heißen Brei herumredete. Das hatte es bei ihr nie gegeben, und das hatte Megan immer bewundert.

Sie hoffte sehr, dass sie ihre College-Freundschaft wieder aufleben lassen würden – umso mehr, weil sie nicht weit voneinander entfernt wohnten. Und so nickte sie, obwohl sie versucht war, Sophies Frage auszuweichen.

„Ich weiß genau, wie sich das anfühlt." Eben noch, als sie mit Gabe im Garten gewesen war, hatte sie diese Hitze gespürt, die nichts mit dem prasselnden Lagerfeuer zu tun gehabt hatte, das sie gemeinsam entfacht hatten.

Ihr Bekenntnis schien Sophies Stimmung allerdings nicht zu bessern.

Während Sophie auf ihre Hände starrte, folgte Megan ihrem Blick und betrachtete ihre gepflegten, unlackierten Nägel. Sophie trug ein schlichtes blaues Strickkleid, das ihre Arme und den größten Teil ihrer Beine bedeckte. Sie hatte sich nicht geschminkt, keinen Schmuck angelegt. Andere Frauen hätten vielleicht wie ein graues Mäuschen gewirkt, doch Sophie war unbestreitbar schön.

Megan selbst hatte eine gute halbe Stunde für ihr Haar und ihr Make-up aufgewendet und alle Kleider anprobiert, die sie seit dem Feuer gekauft hatte. Sie fühlte sich ein wenig overdressed. Ungeachtet dessen drehte sie einen leeren Pflanzkübel um und nahm gegenüber von Sophie darauf Platz. „Möchtest du darüber reden?"

Man musste kein Hellseher sein, um zu wissen, dass ihre Freundin wegen eines Mannes so durcheinander war. Megan musste sich jedoch eingestehen, dass sie keine Ahnung hatte, um wen es sich handelte.

„Nein", entgegnete Sophie kopfschüttelnd. „Ich muss einfach nur darüber hinwegkommen. Ich muss das Thema abhaken und hinter mir lassen." Sie grinste schief. „Vor allem, weil ich jetzt offiziell den Titel ‚Schlechteste Freundin der Welt' für mich beanspruchen kann – immerhin habe ich dich zu einer Party eingeladen und bin dann in den Gartenschuppen verschwunden, um Trübsal zu blasen."

Megan musste über Sophies bekümmerten Gesichtsausdruck lachen. „Ich mochte Gartenarbeit schon immer."

„Komm", sagte Sophie, stand auf und reichte Megan die Hand. „Lass uns ein paar Gläser Champagner trinken und uns über die vergangenen sieben Jahre austauschen."

Megan sah Sophie an, dass sie noch längst nicht über die Sache hinweg war, die sie in den Gartenschuppen getrieben hatte, doch sie wollte offensichtlich nicht darüber reden. Jedenfalls im Moment noch nicht. Vielleicht würde sie, wenn sie einander wieder etwas nähergekommen wären, etwas mehr Vertrauen haben und sich ihr öffnen.

Andererseits konnte Megan sehr gut nachempfinden, wie es war, heimlich in jemanden verliebt zu sein, der eigentlich absolut tabu war. Es spielte keine Rolle, wie nahe sie und Sophie sich irgendwann als Freundinnen stehen würden – sie würde niemals zugeben, dass sie aufgeregt und atemlos war, sobald Gabe in der Nähe war.

Wenn überhaupt, so hatte die kurze Unterhaltung, die sie gerade geführt hatten, nur bestätigt, was ihr ohnehin schon klar gewesen war: Wenn sie sich ihren Gefühlen für Gabe hingeben würde, so würde es unweigerlich mit einem gebrochenen Herzen enden.

Oder schlimmer noch: Es würde ihrer Tochter das Herz brechen.

7. KAPITEL

Während die Feier der Sullivans ihren Lauf nahm, kamen die Geschwister irgendwann am Lagerfeuer zusammen. Normalerweise wäre Gabe bei ihnen gewesen, aber Sophie saß mit Megan an der Feuerstelle, und er hatte sich Summers Mutter gegenüber noch immer nicht richtig im Griff.

Natürlich war nichts zwischen ihnen, und natürlich würde auch in Zukunft nichts zwischen ihnen sein. Doch ab und zu brauchte ein Mann eine Pause von den bohrenden Blicken seiner Geschwister, die möglicherweise sahen, was er nicht preisgeben wollte. Seine Schwester Lori hatte ihn ohnehin schon zur Seite genommen und ihn gefragt, ob alles in Ordnung sei. Glücklicherweise hatte sie ihm die kleine Notlüge von der langen Schicht auf der Feuerwache abgenommen.

Gabe beschäftigte sich damit, mit den Kids im Baumhaus Pirat und anschließend im Schein der Taschenlampen Fangen im Garten zu spielen, bis seine Mutter die Kinder rief. Sie konnten sich im Spielzimmer einen Film ansehen.

Gabe blieb nichts anderes übrig, als der Tatsache ins Auge zu blicken, was er da gerade eigentlich tat: Er lief davon. Das war ungewöhnlich, denn man konnte ihn ganz sicher vieles nennen, nur nicht einen Feigling. Er spürte Zachs Blick auf sich. Sein Bruders wollte offenbar beobachten, was er nun wegen Megan zu tun gedachte.

Chloe gähnte, als Gabe schließlich zum Feuer kam. „Tut mir leid, dass wir ausgerechnet dann gehen, wenn du dich zu uns gesellst", entschuldigte sie sich müde, während Chase und sie aufstanden. „Irgendwie bin ich total erledigt."

Nachdem sein Bruder und seine Verlobte sich verabschiedet hatten und Gabe sich auf einen der leeren Stühle gesetzt hatte, kam Jake McCann und nahm auf dem anderen Stuhl Platz. Jake und Zach hatten sich in der fünften Klasse angefreundet, und Jake hatte, als sie noch Kinder waren, so viel Zeit in diesem Haus verbracht, dass er „der neunte Sullivan" geworden war. Obwohl Jake eine schlimme Kindheit gehabt hatte – sein Vater war Alkoholiker und seine Mutter nie für ihn da gewesen –, war er ein toller Mensch. Und er führte sehr erfolgreich eine Kette von Irish Pubs. In den vergangenen sechs Monaten war er nicht im Lande gewesen, weil er dabei war, eine weitere Kette mit Pubs aufzubauen, und so sahen die Sullivans ihn nach langer Zeit endlich einmal wieder.

„Hey, Jake." Lori, Sophies Zwillingsschwester, warf einen Blick über seine Schulter hinter ihn. „Wo ist deine Verabredung abgeblieben?"

Gabe sah, wie Jake die Frau anlächelte, die seit zwanzig Jahren – seit er die Sullivans kannte –, wie eine Schwester für ihn war.

„Ich musste sie vorhin in ein Taxi setzen."

Lori verdrehte die Augen. „Du hast einen furchtbaren Geschmack, was Frauen betrifft", zog sie ihn auf. „Wir wollten gerade ‚Wahrheit oder Pflicht' spielen. Komm, spiel mit!"

Es war egal, dass sie inzwischen alle erwachsen waren. Die Spiele, die die Sullivans seit Jahren spielten, waren die gleichen geblieben. An Thanksgiving traf man sich noch immer zum Football, bei dem es eigentlich sanft zugehen sollte, das jedoch von Jahr zu Jahr härter wurde. Und die Geheimnisse des anderen wollte man auch noch immer wissen.

Gabe war durchaus bewusst, wie viel Glück er mit seiner großen Familie hatte, in der alle so gut miteinander auskamen. Natürlich blieben bei sechs Brüdern und zwei Schwestern kleine Streitereien nicht aus, aber zum Glück war keiner von ihnen besonders nachtragend.

Lori warf ihrer Zwillingsschwester über das Feuer hinweg ein Marshmallow entgegen. „Warum fängst du nicht an, Sophie?"

Sophie fing die Süßigkeit gerade noch rechtzeitig auf, ehe sie in ihrem Gesicht landete. Sie funkelte Lori wütend an und warf das Marshmallow in die Flammen. Die Flammen loderten auf, zuckten und knisterten. „Wahrheit", sagte sie.

Das Verhältnis der Schwestern war seit einiger Zeit angespannt. Niemand wusste genau, warum das so war. Obwohl ihre Mutter sich darüber Sorgen machte, verrieten weder Lori noch Sophie, was vorgefallen war. Selbst wenn sie stritten, waren sie darauf bedacht, alles unter sich auszumachen. Sie waren ein eingeschworenes Team, das niemanden zwischen sich ließ. Nicht einmal Gabe gelang das, obwohl er nicht viel älter als die beiden war und mehr Zeit mit ihnen verbracht hatte als jeder andere seiner Brüder – abgesehen von Marcus, der seine Schwestern praktisch mit großgezogen hatte.

„Warum bist du heute Abend so herumgeschlichen?", fragte Lori ihre Zwillingsschwester.

Sophie starrte mit sorgenvollem Blick in die Flammen. Es war ihr noch nie sonderlich gut gelungen, ihre Gefühle zu verbergen. Aus dem Grund hatte sie auch den Spitznamen „Engelchen", während Lori, die gern Unruhe stiftete, „Teufelchen" genannt wurde.

Schließlich sagte Sophie knapp: „Ich bin nicht herumgeschlichen."

Lori verengte die Augen zu schmalen Schlitzen. „Ich habe dich aus Moms Gartenschuppen kommen sehen."

„Das ist meine Schuld", warf Megan mit fröhlicher Stimme ein. „Ich habe nach Summer gesucht und bin durch Zufall dort gelandet."

Als ihr erstes Opfer nun also durch den Gong gerettet worden war, wandte Lori sich Jake zu. „Wahrheit oder Pflicht?"

Langsam schüttelte er den Kopf, während er sich die Hände am Feuer wärmte. „Wenn du diejenige bist, die sich die Aufgaben für die ‚Pflicht' ausdenkt, Teufelchen, dann entscheide ich mich lieber für ‚Wahrheit'."

Sie warf ihm ein freches Lächeln zu, ehe sie die Ellbogen auf ihre Knie stützte, das Kinn auf die Hände legte und sich vorbeugte. „Waren Sie jemals verliebt, Mr McCann?"

Gabe fiel auf, dass Sophie, die neben ihm saß, zu zittern begann. „Ist dir kalt, Schwesterherz?"

„Nein." Sie schüttelte entschieden den Kopf.

Er runzelte die Stirn. Irgendetwas stimmte heute Abend ganz und gar nicht mit ihr. Er war jedoch zu fixiert auf Megan, um den Grund dafür herauszufinden.

Jakes Lachen hallte im Garten wider. „Verliebt?", wiederholte er. „Nicht einmal annähernd. Und ich glaube auch nicht, dass es in absehbarer Zeit passieren wird."

Offensichtlich enttäuscht, dass sie nicht mehr aus Jake herausgekitzelt hatte, sah Lori Gabe an. „Du bist dran."

Gabe war alles andere als in der Stimmung für dieses Spiel, aber es war in der Regel einfacher, mit Lori zu spielen, als mit ihr zu diskutieren.

„Pflicht." Dass er „Wahrheit" wählte, war heute Abend ausgeschlossen – nicht, wenn Megan so nahe bei ihm saß und im Schein des Lagerfeuers so unglaublich hübsch aussah.

Lori lachte frech. „Sing uns ein Lied vor!"

Marcus stöhnte auf und hielt Nicola die Ohren zu. „Gabe zum Singen aufzufordern, ist aber eher ‚Pflicht' für uns …"

Marcus' Freundin schob seine Hände weg und lächelte Gabe zu. „Ich mag es gern, wenn andere Leute singen."

Statt wütend auf Lori zu sein, beschloss Gabe, ihr dankbar für diese Aufgabe zu sein. Denn nachdem Megan ihn singen gehört hätte, würde ganz bestimmt nichts mehr zwischen ihnen laufen.

Er fing an, „Home on the Range" zu singen. Sein Gesang war schauderhaft. Nicolas Lächeln verblasste, und als er das sah, gab Gabe grinsend noch einmal alles. Kurz darauf hielt sie sich tatsächlich die Ohren zu.

Marcus, der fast genauso wenig singen konnte wie Gabe, stimmte mit der zweiten Stimme ein. Schließlich mussten die Geschwister und Megan so lachen, dass Gabe ganz vergaß, dass er sie nicht anstarren wollte.

Ja, sie war eine atemberaubende Frau. Doch sie war darüber hinaus auch noch lustig und passte perfekt in seine Familie.

Verdammt.

Ihre Blicke trafen sich, und sie hörten auf zu lachen. Abrupt schob Megan ihren Stuhl zurück. „Summer müsste längst im Bett sein."

Gabe erhob sich ebenfalls. „Ich fahre Sie zurück in die Stadt."

Während sie sich verabschiedeten, hoffte Gabe, dass niemand eine Bemerkung fallen lassen würde, weil er mit Megan verschwand. Er wollte nicht, dass sie sich deswegen unwohl fühlte.

Sie wollten gerade das Haus betreten, als Zach ihnen hinterherrief: „Vergessen Sie nicht, morgen anzurufen, Megan! Dann komme ich vorbei und repariere den Reifen. Sie haben doch meine Handynummer, oder?"

Gabe war im Laufe der Jahre im dichten Rauch Hunderte von Treppenstufen hinauf- und hinuntergerannt, ohne aus der Puste zu kommen. Aber zu hören, dass sein Bruder bereits ein Wiedersehen mit Megan in die Wege geleitet hatte – unter dem Vorwand, ihr den Wagen reparieren zu wollen –, ließ ihm tatsächlich den Atem stocken.

Er wusste, dass er sich eigentlich nicht darüber aufregen sollte. Wenn er nur halb so viel Mann war, wie er zu sein glaubte, sollte er glücklich darüber sein, dass sein Bruder endlich einmal guten Frauengeschmack bewies. Hatte er nicht gerade noch darüber nachgedacht, wie gut sie in seine Familie passte?

Doch das alles half nicht, den Knoten in Gabes Hals zu lösen, als er mit Megan ins Spielzimmer ging. Summer lag schlafend vor dem alten Fernseher. Einige der älteren Kinder sahen sich noch immer den Disney-Film an. Summer hatte sich auf dem Sofa unter einer Decke zusammengerollt, die Gabes Mutter vor langer Zeit genäht hatte.

Megan wollte sie hochheben, aber Gabe hielt sie zurück. „Lassen Sie mich das machen", flüsterte er, um die Kleine nicht aufzuwecken. Mühelos hob er das kleine Mädchen von der Couch und ging mit ihr zusammen die Treppe zum Erdgeschoss hinauf.

Während Megan sich von seiner Mutter verabschiedete, legte er das kleine Mädchen im Wohnzimmer auf die Couch, bevor er den Truck holte. Megan stand bereits mit Summer auf dem Arm auf dem Gehweg, als er vorfuhr. Genau so hatte er sie auch bei ihrer ersten Begegnung gesehen. Summer war für ihr Alter nicht besonders groß, doch er wusste, dass es für Megan kraftraubend war. Er half ihr dabei, die Kleine auf der Rückbank des Trucks anzuschnallen und legte dem Kind als Kissen ein zusammengerolltes Sweatshirt unter den Kopf.

Während sie im Dunkeln zurück nach San Francisco fuhren, sagten weder er noch Megan ein Wort – genau wie auf der Hinfahrt.

Da war er erleichtert gewesen, dass Summer so viele Fragen gestellt und ununterbrochen geplappert hatte. So war er gar nicht in Versuchung gekommen, Megan näherzukommen. Eigentlich sollte er sich jetzt auch über ihr Schweigen freuen. Warum tat er es nicht? Warum wünschte er sich stattdessen, Megan besser kennenzulernen?

Kurz darauf hielt er vor dem Haus, in dem sich Megans Apartment befand. Er löste Summers Sicherheitsgurt und hob die Kleine hoch, um sie in die Wohnung zu tragen. Als Megan das Licht einschaltete, fiel ihm auf, wie gemütlich es hier war. Megan und Summer wohnten noch keine zwei Monate dort und es sollte auch nur eine Übergangslösung sein, aber dennoch gefiel ihm das Ambiente.

Gabes Apartment hatte enorm viele Fenster und einen atemberaubenden Blick. Doch es hatte sich nie wie sein Zuhause angefühlt. Nicht so wie Megans Wohnung es tat.

„Danke, dass Sie uns mitgenommen haben", bedankte sich Megan, nachdem sie ihre Tochter zugedeckt, ihr einen Kuss auf die Wange gegeben und die Schlafzimmertür geschlossen hatte.

Die Lichter des Weihnachtsbaums leuchteten hinter ihr. Sie sah aus wie ein Engel. Aber sie wirkte ein wenig nervös. Summer war aus dem Spiel – da die Kleine sich nicht gerührt hatte, als er sie zuerst ins Auto gebracht und anschließend in die Wohnung getragen hatte, würde sie so schnell nicht aufwachen.

„Darf ich Ihnen einen Kaffee oder irgendetwas anderes anbieten?"

Jeder Mensch mit ein wenig Verstand hätte gewusst, dass sie das Angebot aus reiner Höflichkeit machte. Ihm war klar, was er eigentlich tun sollte: Er sollte seinen Plan weiterverfolgen und schnell verschwinden – weg von ihr. Keine Unterhaltungen. Keine Unachtsamkeiten.

Aber trotz seiner Willensstärke und trotz seiner sonst so strengen Selbstbeherrschung brachte Gabe es heute Abend nicht über sich, einfach zu verschwinden.

Nicht, wenn er Megan jetzt für sich allein hatte.

Also würde er jetzt noch nicht gehen. Er würde die nächsten Minuten nutzen, um sich selbst zu beweisen, dass er sich in ihrer Nähe unter Kontrolle hatte – und dass sie keine Versuchung für ihn darstellte.

„Sicher", meinte er lässig. „Kaffee klingt toll."

Einen Moment lang wirkte sie überrascht. Zweifellos, weil er sich den ganzen Abend lang keine besondere Mühe gegeben hatte – ganz anders als Zach oder Ryan.

„Es dauert nur eine Minute. Nehmen Sie doch Platz."

Gabe zog sich am Küchentresen einen der Barhocker heran, während sie eine Packung Kaffee aus einer kleinen Vorratskammer holte und den kläglichen Rest herausschüttete. Sie warf ihm einen süßen bestürzten Blick zu. Gabe fragte sich, ob es nur daran lag, dass die Kaffeebohnen zur Neige gegangen waren oder ob seine Anwesenheit der eigentliche Grund war.

„Ich habe noch welchen da", murmelte sie. „Irgendwo …" Sie drehte sich um und durchsuchte ihre Schränke, ehe sie gestand: „Ich habe mich immer noch nicht ganz an die neue Wohnung gewöhnt. Manchmal bin ich mir absolut sicher, dass ich noch dieses oder jenes da habe, und dann wird mir klar, dass es dem Feuer zum Opfer gefallen ist und ich noch nicht dazu gekommen bin, es zu ersetzen."

Gabe musste sich sehr zusammenreißen, um sie nicht in die Arme zu nehmen und sie zu trösten. „Es kann eine Weile dauern, bis man das alles verarbeitet hat, Megan", erwiderte er.

Sie seufzte. „Ich hätte nur nicht gedacht, dass ich mich ohne meine Habseligkeiten so verloren und entwurzelt fühlen würde. Es sind doch nur Dinge, wissen Sie?" Sie schüttelte den Kopf und warf ihm ein Lächeln zu. „Summer und ich sind wohlauf, und das ist alles, was zählt."

Wieder war er erstaunt darüber, wie viel Stärke sie sich immer abverlangte. Er wollte ihr gerade sagen, dass es in Ordnung war, einen Verlust zu betrauern – auch wenn es nur Kleinigkeiten betraf –, als sie unvermittelt mit den Fingern schnipste. „Jetzt fällt mir wieder ein, wo die Kaffeebohnen sind." Sie wies auf einen Schrank, der bis zur Decke hinauf-reichte. „Da oben."

Sie wollte nach einem Hocker greifen, der zwischen dem Kühlschrank und der Anrichte stand, als Gabe sagte: „Ich hole sie."

Er erreichte die Packung Kaffee auf dem obersten Bord mü-helos. Aber ihm war nicht klar gewesen, wie klein die Küche war, wenn zwei Menschen darin hantierten. Und als er sich nun mit dem Kaffee in der Hand umdrehte, wurde Megan irgendwie gegen die Anrichte gedrückt.

„Danke."

„Gern geschehen."

Doch sie nahm ihm den Kaffee nicht ab und er reichte ihn ihr auch nicht. Stattdessen blickten die beiden sich nur stumm an.

Als er in ihrem Blick sein eigenes Verlangen erkannte, legte er die Packung hinter sich auf der Anrichte ab und umfasste dann Megans Gesicht sacht mit beiden Händen. Er beugte sich vor, als sie sich auf die Zehenspitzen stellte, die Arme um seinen Nacken schlang und ihn erwartungsvoll anschaute.

Im nächsten Moment trafen sich ihre Lippen. Es war ein leidenschaftlicher Kuss, weit davon entfernt, sanft oder süß zu sein. Dieser Kuss hatte sich schon lange angekündigt, und nun, da es endlich geschah, gab es kein Zurück mehr. Sie schmeckte nach Zucker, Champagner und irgendetwas, das nur Megan war. Ihr Haar fühlte sich weich an, und das leise Aufstöhnen, das sie ausstieß, während sie sich küssten, raubte ihm den Verstand.

Er strich mit der Zungenspitze über ihre sinnliche Unterlippe, und Megan schmolz dahin, schmiegte sich enger an ihn. Er erkundete ihre Lippen, bevor er mit der Zunge wieder in ihren Mund eintauchte.

Von null auf hundert in einer Millisekunde. Seine Lust stieg ins Unermessliche. Er wollte Megan, wollte sie im Stehen nehmen – hier, direkt in der Küche, an die Schränke gelehnt, schnell und hart, mit der gleichen Leidenschaft, die ihr erster Kuss versprochen hatte.

Doch Gabe wusste, dass er sich bremsen musste, so groß sein Verlangen auch sein mochte. Er *musste* sich bremsen, und zwar schnell. Gerade wollte er von ihr abrücken, da stemmte Megan die Hände gegen seinen Brustkorb.

Während sie hervorpresste: „Ich sollte dich nicht küssen!", sagte er: „Ich kann das nicht."

8. KAPITEL

Er sollte sich eigentlich von ihr zurückziehen. Sie sollte sich eigentlich aus seinen Armen winden. Aber keiner von ihnen rührte sich.

Ohne zu wissen, wen genau er überzeugen wollte, meinte Gabe: „Ich treffe mich nicht mit Frauen, die ich gerettet habe."

Noch bevor er aussprechen konnte, erklärte sie: „Ich kann nicht mit jemandem zusammen sein, der in seinem Job jede Sekunde ums Leben kommen könnte."

Es war ein Moment voller Aufrichtigkeit. Ihr erster.

Nein. Der Kuss war ihr erster aufrichtiger, ehrlicher Moment miteinander gewesen. Aufrichtige Leidenschaft. Atemberaubendes Verlangen.

Als sie sich schließlich aus seiner Umarmung löste und er sie losließ, fügte sie hinzu: „Nachdem Summers Vater gestorben ist, kann ich das einfach nicht mehr."

Er hätte gehen sollen. Genau genommen hätte er schon vor zehn Minuten gehen sollen – dann wäre das alles nie passiert. Diesen heißen Kuss konnte er allerdings nicht bereuen. Und er wollte Megans Gründe genauso verstehen wie seine eigenen.

„Wie ist er denn gestorben?"

„Er war Kampfpilot."

„Bei der Navy?"

Sie nickte. Er konnte ihr ansehen, dass ihr Herz gebrochen war, und empfand tatsächlich Eifersucht auf den Verstorbenen. Was passierte hier gerade mit ihm?

„Ich verabrede mich nicht mit Männern, die Jobs wie du haben. Nicht mehr. Summer war noch klein, als David starb, aber sie hat dennoch gelitten und getrauert. Wenn ich wieder einen Mann, der so einer Arbeit nachgeht, der eine Bindung

97

zu ihr aufbauen würde ... und dann würde er eines Tages nicht mehr nach Hause kommen ..."

Ihr schien bewusst zu werden, dass sie viel zu viel über sich selbst geredet hatte. Schnell lenkte sie die Aufmerksamkeit wieder auf ihn. „Und ich nehme an, dass du dich nicht mit Frauen triffst, die du gerettet hast, weil ..."

„Es funktioniert einfach nie." Sie wollte nie wieder mit einem Mann zusammen sein, der einen gefährlichen Job hatte, das hatte er begriffen. Doch er konnte noch immer den Kuss schmecken, konnte noch immer ihr sexy Stöhnen hören. Dennoch hatte er keine Ahnung, ob es eher für ihn selbst oder für sie bestimmt war, als er erklärte: „Es sind keine gewöhnlichen ersten Begegnungen. Das alles erweckt Erwartungen. Erwartungen, die man im alltäglichen Leben niemals erfüllen kann."

Wohl wissend, dass *er* jetzt derjenige war, der zu viel gesagt hatte, war er erleichtert, während sie nun noch einen Schritt nach hinten machte. „Gut", meinte sie.

Sie warf ihm ein Lächeln zu, das ein wenig unsicher wirkte. „Ich bin froh, dass es raus ist." Mit der Zungenspitze strich sie sich über die Lippe. „Dann ist das also geklärt."

Er hätte in diesem Moment nicht denken sollen, wie süß sie aussah, wenn sie nervös war – aber genau das schoss ihm durch den Kopf. Und ganz sicher hätte er nicht den Wunsch verspüren sollen, sie noch einmal zu küssen.

Gabe schob die Hände in die Hosentaschen, um sie nicht wieder nach ihr auszustrecken. Er musste verschwinden – je eher, desto besser. Sie würde Kaffee kochen. Er würde ihn trinken. Und danach würde er sich verabschieden, nach Hause fahren und nie mehr an sie denken.

Wäre er doch nur seinem ursprünglichen Plan gefolgt und hätte sich so weit von ihr ferngehalten wie nur irgend möglich. Aber sie war bei seiner Mutter zu Hause gewesen. Sie hatte seine Familie kennengelernt. Sie war eine Freundin seiner Schwester – derselben Schwester, die ganz offensichtlich vorhatte, sie beide zusammenzubringen.

Als müsste sie ihre Hände auch irgendwie beschäftigen, griff Megan die Tüte, die er auf die Anrichte gelegt hatte, und schüttete einige der Kaffeebohnen in die Kaffeemühle.

„Sophie ist deine Freundin. Wir werden uns wahrscheinlich wiedersehen …"

„Also sollten wir versuchen, Freunde zu bleiben", beendete Megan den Satz für ihn. „Keine große Sache." Sie warf ihm ein weiteres leichtes Lächeln zu und drückte den Startknopf der Kaffeemühle. Als die Bohnen gemahlen waren, gab sie das Pulver in den Kaffeebereiter. „Ich meine, nachdem wir nun wissen, woran wir sind …"

Obwohl er sie noch immer mehr wollte, als je eine andere Frau zuvor, nickte Gabe. „Klar."

Megan flüchtete sich in hektische Betriebsamkeit, räumte einen Stapel Bilder von Frosty, dem Schneemann, weg, die Summer gemalt hatte, holte einen hübschen Teller und arrangierte ein paar mit Zuckerguss glasierte Kekse darauf, die aussahen wie Schneeflocken.

Gabe war noch nie mit einer Frau zusammen gewesen, die Kinder gehabt hatte. Nicht, dass Megan und er zusammen gewesen wären … Doch es war das erste Mal, dass er – außer mit seiner Mutter– mit jemandem Zeit verbracht hatte, der mehr als nur sein eigenes Leben managte.

Sie reichte ihm eine Tasse Kaffee. „Wollen wir uns setzen?"

Er folgte ihr in den kleinen Wohnbereich auf der anderen Seite der offenen Küche. Ihm entging nicht, dass sie sich lieber auf den kleinen, mit Samt bezogenen Sessel sinken ließ, als sich zu ihm auf das Sofa zu setzen.

Sie schlüpfte aus den hohen Schuhen, zog die Beine unter sich und rieb sich die schmerzenden Füße. „Meine Füße bringen mich um."

Gabe hatte keinen besonderen Bezug zu Füßen. Füße waren Füße. Aber Megans Füße mit den pink lackierten Nägeln waren unglaublich sexy. Am liebsten hätte er ihre Hand beiseitegeschoben und weitermassiert. Wenn ihr Mund schon so süß, ihr Haar schon so weich war – wie würde sich dann wohl ihre Haut anfühlen?

Na bravo! Derartige Gedanken untergruben ja schon jetzt ihren festen Entschluss, Freunde zu bleiben. Was es noch schlimmer machte: Gabe war nicht nur genauso entschlossen, sich nicht in Megan zu verlieben, wie sie sich nicht in ihn verlieben wollte, sondern er verstand auch ihre Gründe. Sie hatte jedes Recht, sich einen Mann an ihrer Seite zu wünschen, der nicht vollkommen unerwartet sein Leben verlor.

Es stand außer Frage, dass er diesen Anforderungen nicht entsprach. Ganz und gar nicht.

In einer Ecke des Wohnbereichs standen ein Schreibtisch, zwei große Aktenschränke und ein Bücherregal, das aussah, als würde dort nur Fachliteratur stehen und keine Romane.

Sie folgte seinem Blick. „Ich arbeite von zu Hause aus. Ich bin Buchprüferin."

Bis zu diesem Abend war Gabe der Meinung gewesen, bei diesem Beruf hätte man es mit trockenen, leidenschaftslosen Freaks zu tun, die sich nur mit Taschenrechnern und Tabellenkalkulationen beschäftigten.

Megan war jedoch alles andere als leidenschaftslos.

„Gefällt dir diese Arbeit?"

„Ja." Sie nahm einen Schluck von ihrem Kaffee. „Ich mag es, wenn alles Hand und Fuß hat. Die Zahlen ergeben immer einen Sinn. Und wenn es nicht so ist, lässt sich der Fehler irgend-

wann auf jeden Fall finden, und dann kann man ihn beheben."
Sie blinzelte ihn mit ihren wunderschönen grünen Augen an.
„Und du liebst deinen Job als Feuerwehrmann, stimmt's?"

„Als Kind konnte ich nie lange still sitzen. Und ich habe
ein bisschen zu gern mit Streichhölzern gespielt. Feuer hat
mich schon immer fasziniert."

„Deine Mutter fand das sicher ganz toll", entgegnete sie
voller Ironie.

„Tja, ehrlich gesagt, nicht", gab er zu.

„Die Faszination fürs Feuer muss da sein", sagte sie langsam, als würde sie zum ersten Mal darüber nachdenken. „Ansonsten würdest du nicht so ohne Weiteres in ein brennendes
Haus *hinein*laufen statt *davon* wie der Rest von uns."

Ob sie ahnte, dass sie ihn genauso faszinierte? Dass er sich,
auch wenn ihm klar war, dass er besser weglaufen sollte, doch
zu ihr hingezogen fühlte?

„Du hast eine tolle Familie, aber einige von euch waren sicherlich ein bisschen anstrengend. Hut ab vor deiner Mutter!
Und", fragte sie vorsichtig, „dein Vater?"

„Er starb, als ich fünf Jahre alt war. Sie hat uns allein großgezogen."

Der Tod seines Vaters war ein weiterer Grund für seine
Berufswahl und für seine Zusatzausbildung als Sanitäter gewesen. Er wurde oft zu medizinischen Notfällen gerufen.
Sicher, er konnte nicht jeden Verletzten retten, aber er wollte
zumindest alles tun, was in seiner Macht stand.

Megan sah ihn mit großen Augen an. „Sie hat acht Kinder
allein großgezogen?" Sie legte die Hand auf ihr Herz. „Ich
fühle mich oft schon mit Summer allein etwas überfordert."

„Du bist eine tolle Mutter."

Sie musste lächeln. „Danke. Obwohl ich mir nicht sicher
bin, ob du das immer noch sagen würdest, wenn du sehen

könntest, wie ich sie manchmal wegen Hausarbeiten, Kleidern auf dem Boden oder ihrer viel zu langen Telefonate mit ihren Freundinnen anschreie."

Er sollte sich nicht wünschen, das alles wirklich zu sehen. Er sollte sich nicht wünschen, Megan und ihrer Tochter noch näher zu kommen. Doch je länger er hier mit ihr zusammensaß und über die Familie redete, desto stärker wurde der Wunsch in ihm.

Er trank seinen Kaffee aus, erhob sich und stellte die leere Tasse auf den Küchentresen. Dabei fiel ihm auf, dass das Fenster in der Küche einen Spalt offen war. Eine kühle Brise wehte in die Wohnung.

„Soll das offen stehen?"

„Nein, das Fenster klemmt", erwiderte sie und kam mit ihrer halb vollen Tasse Kaffee zu ihm in die Küche. „Der Vermieter hat gemeint, er würde versuchen, in dieser Woche vorbeizukommen, und mal zu sehen, ob er es reparieren kann."

Gabe wollte nicht, dass es in dem Apartment kalt wurde und dass die warme Luft nutzlos verpuffte. Er rüttelte an dem Fenster, allerdings passierte nichts. „Hast du einen kleinen Schraubenzieher?"

Sie holte das Werkzeug aus einer Schublade. „Hier."

Es dauerte nicht lange, und er hatte das Problem behoben. „Ein bisschen Lack war unter das Metall gelaufen." Er reichte ihr den Schraubendreher. „In deiner alten Wohnung musst du eine tolle Aussicht gehabt haben."

„Darum habe ich das Apartment damals gekauft. Ich wusste, dass es ein altes Gebäude war, doch ich fand, der Blick war all das wert." Ein Schatten legte sich über ihre grünen Augen. „Ich habe nie einen Gedanken daran verschwendet, wie sicher oder unsicher es im Falle eines Brandes ist."

„Und was ist dir heute wichtig? Der Blick auf die Stadt und ein Garten für die Feuerstelle?"

„Die Aussicht ist nicht mehr so ausschlaggebend wie früher", entgegnete sie leise. „Und ich bin mir auch nicht sicher, ob eine Feuerstelle eine so gute Idee ist."

Obwohl Megan nach außen hin immer stark wirkte, obwohl sie den Tod ihres Mannes und das Feuer scheinbar so gut verkraftet hatte, konnte Gabe plötzlich ihre Verletzlichkeit sehen.

Und die Ängste, die sie zu verbergen versuchte.

Als würde ihr mit einem Mal klar werden, dass sie ihm einen viel zu tiefen Einblick in ihr Innerstes gewährte, sagte sie: „Danke, dass du das Fenster repariert hast. Und danke, dass du uns mitgenommen hast."

Er verstand, was sie ihm damit sagen wollte: Es war Zeit, zu gehen.

Sie hatte recht. Er musste verschwinden, ehe er sie wieder küsste.

Sie ging ihm voran zur Wohnungstür, öffnete sie und wartete, bis er an ihr vorbeigegangen war – nahe, viel zu nahe.

Er hätte einfach den Flur entlanggehen und hinaus zu seinem Wagen laufen sollen, ohne einen Blick zurückzuwerfen und ohne noch etwas zu sagen. Aber ebenso richtig, wie es sich angefühlt hatte, in ihrer Wohnung zu sein, Summer ins Bett zu bringen und noch auf einen Kaffee zu bleiben, fühlte sich es jetzt falsch an, zu gehen.

„Sag Summer bitte, dass es mir viel Spaß gemacht hat, im Dunkeln und mit Taschenlampen bewaffnet mit ihr Fangen zu spielen."

Er stand nahe genug bei ihr, um ihr Parfüm riechen zu können. Es war ein dezenter, blumiger Duft, der in ihm den Wunsch weckte, die Nase in ihrer Halsbeuge zu vergraben und herauszufinden, nach welcher Blume genau sie duftete.

„Gut."

Das Wort klang leicht atemlos. Als ihm auffiel, dass ihr Blick auf seinen Mund gerichtet war, wusste er, dass sie ihn genauso sehr wollte wie er sie.

Nur ein Kuss. Das war alles, was er wollte.

Was er *brauchte*.

Gabe hatte sich gerade beinahe eingeredet, dass es nicht schlimm wäre, dass ihm ein einziger Kuss reichen würde und dass er sofort aufhören könnte, als sie abrupt den Blick von seinen Lippen wandte, scharf einatmete und einen Schritt nach hinten trat.

„Nur Freunde." Sie schüttelte den Kopf. „Ich mag dich sehr, Gabe, und der Kuss in der Küche ..." Wieder schüttelte sie den Kopf. „Wir müssen diesen Kuss vergessen. Weil wir beschlossen haben, dass es so richtig ist, dass es so sein muss. Auch wenn es nicht leicht ist, müssen wir doch versuchen, eine rein platonische Freundschaft aufzubauen."

Nach diesen Worten legte sie die Hand über ihren Mund, als müsste sie sich davon abhalten, zu ihm zu gehen und ihn zu küssen. Das Problem war, dass sich die Anziehung, die zwischen ihnen herrschte, trotz aller Vernunft der Welt nicht leugnen ließ.

Gabe hatte das Gefühl, so aufrichtig und ehrlich sein zu müssen wie in der Küche, als sie ihrem Verlangen einen viel zu kurzen Moment freien Lauf gelassen hatten, und sagte: „Ich will dich. Und wenn du jemand anderes wärst, würde ich jetzt nicht gehen." Erschrocken über seine Ehrlichkeit, schaute sie ihn mit großen Augen an. „Aber ich kenne dich und Summer schon gut genug, um zu wissen, dass wir nicht einfach eine Nacht miteinander verbringen können."

„Nein", entgegnete sie atemlos. „Das können wir nicht."

Mit jedem Wort über den Sex, den sie nicht haben würden, wuchs sein Verlangen nach ihr. „Ich sollte jetzt gehen."

„Ja", flüsterte sie. „Solltest du."

Doch statt zu verschwinden, presste er sie an sich, die Hände auf ihren Hüften. „Noch ein letzter Kuss."

„Gott, ja", brachte sie seufzend hervor „Noch ein Kuss."

Und dann berührten sich ihre Lippen, Gabe schob sie gegen die Tür, schmiegte sich eng an Megan, nahm sie, gab alles von sich, geriet immer tiefer in den Bann, in den Megan ihn seit ihrer ersten Begegnung unaufhaltsam zog.

Ihr Geschmack machte ihn süchtig. Er konnte nicht anders, vertiefte den Kuss, hielt sie fest, bis er ihre aufgerichteten Brustwarzen durch ihre Kleidung hindurch spürte. Er drängte sich zwischen ihre Schenkel, und sie spreizte sie für ihn. Er drückte sie an die Tür, und sie rieb sich begierig an ihm. Noch nie war er so erregt gewesen, seine Lust noch nie so groß wie in diesem Augenblick.

Hier. Er könnte sie direkt hier nehmen. Er könnte ihr Kleid hochheben, seine Hose öffnen und in der nächsten Sekunde schon in ihr sein, während sie die Beine um seine Taille schlang.

Aber ein Geräusch aus dem Flur erreichte ihn durch die Begierde hindurch, die sein Hirn umnebelte. Er wusste, dass er nicht mit Megan schlafen konnte, wenn ihre Tochter praktisch im Nebenzimmer lag.

Gleichzeitig rückten sie voneinander ab. Sie atmeten schwer.

„Das war der letzte Kuss", sagte sie mit zitternder Stimme. „Der allerletzte Kuss."

Irgendwie gelang es ihm, sich umzudrehen und seine Beine zu bewegen. Doch mit jedem Schritt, den er sich von ihr entfernte, wuchs in Gabe die Überzeugung, dass es die schwierigste Aufgabe seines Lebens werden würde, Megan von nun an nicht mehr zu küssen.

Megan schloss die Tür und lehnte sich dagegen. Sie senkte die Lider und versuchte zu verarbeiten, was gerade passiert war. Vorsichtig strich sie mit den Fingerspitzen über ihre Lippen. Sie kribbelten, und Megan spürte noch seinen Kuss.

Sie konnte sich nicht daran erinnern, jemals einen Mann so begehrt zu haben wie Gabe. Seit David vor fünf Jahren gestorben war, war sie mit ein paar Männern zusammen gewesen, aber keiner von ihnen hatte einen solchen Eindruck bei ihr hinterlassen. Tatsächlich verblassten ihre Gesichter in ihrer Erinnerung.

Es war nicht so, dass sie sich nach Davids Tod hingesetzt und bewusst die Entscheidung gefällt hätte, sich von Männern mit gefährlichen Jobs fernzuhalten. Genau genommen, hatte sie überhaupt nicht an andere Männer gedacht. Sie hatte sich darauf konzentriert, ihre Tochter allein großzuziehen, Geld zu verdienen und nebenbei ihren Abschluss als Buchprüferin zu machen.

Es war eher eine Erkenntnis gewesen, die nach und nach gekommen war, nachdem sie aus der Trauer erwacht war. Sie konnte das alles nicht noch einmal durchmachen. Sicher, auch ein Geschäftsmann konnte bei einem Autounfall sterben. Aber es war doch eher unwahrscheinlich, dass ein Mann, der von neun bis fünf am Schreibtisch saß, früh starb. Man musste kein Statistiker sein, um einschätzen zu können, dass diese Wahrscheinlichkeit sehr viel geringer war als bei einem Kampfpiloten.

Oder für einen Feuerwehrmann.

Dennoch ging ihr nicht mehr aus dem Kopf, wie Gabe Summer aus dem Haus seiner Mutter getragen und dann in ihre Wohnung gebracht hatte. Es war ganz anders gewesen als in den Minuten, als er die Kleine aus dem brennenden Haus gerettet hatte. Bei dem Einsatz war er ganz der Feuerwehrmann gewesen. Heute Abend hatte er eher wie ein Vater gewirkt, der sich um seine schlafende Tochter kümmerte.

Ihre Hände zitterten leicht, als sie die Wohnungstür abschloss, die Lichter in der Küche und im Wohnzimmer ausschaltete und dann ins Bad ging, um sich fürs Bett fertig zu machen. Ihr war klar, dass sie sich davor hüten sollte, in Gabe etwas anderes zu sehen als den Feuerwehrmann, der tabu für sie war. Sie hätten sich nicht küssen dürfen. Aber da es nun einmal passiert war, hatten sie wenigstens die richtige Entscheidung getroffen und aufgehört.

Als sie ein paar Minuten später in ihr großes leeres Bett schlüpfte, verdrängte sie die Gedanken an Gabe. Die Gedanken daran, wie es gewesen wäre, mit ihm zusammen hier zu liegen und seinen muskulösen Körper zu spüren.

Ihn zu spüren.

Nein, dachte sie und zog das Kissen über den Kopf, um die viel zu lebhaften Bilder zu verdrängen. Sie durfte sich das nicht ausmalen.

9. KAPITEL

*M*ommy, wo waren wir letztes Jahr skilaufen?", fragte Summer, als sie am nächsten Morgen frühstückten.

„Im Heavenly Ski Resort am Lake Tahoe." Megan hatte eigentlich vorgehabt, in diesem Jahr wieder dorthin zu fahren. Das Skigebiet war nur gute dreieinhalb Autostunden von San Francisco entfernt. Doch seit dem Brand war alles so verrückt, dass sie noch keine Zeit gefunden hatte, sich über Urlaub Gedanken zu machen.

„Ich liebe Schnee!"

„Ich weiß."

„Ich meine, ich liebe Schnee *wirklich*! Ich wünschte, wir könnten gaaaaanz bald wieder in die Berge fahren."

Megan grinste ihre Tochter an. Summer liebte nicht nur den Schnee, sie liebte auch die Sonne, den Wind und den Regen. Sie war bei jedem Wetter draußen. Megan hatte den Eindruck, dass ihre Tochter extremes Wetter vorzog – nur des Nervenkitzels wegen.

Wegen des Feuers und der Suche nach einer neuen Wohnung hatten sie Summers Geburtstagsfeier ausfallen lassen müssen. Zwar hatten sie einige ihrer Freundinnen zum Pizzaessen eingeladen, aber Megan wusste, dass es nicht mit einer richtigen Party mit Spielen und selbst gebackenem Kuchen vergleichbar war. Aber sie hatten in den nächsten Tagen nichts vor – und ein spontaner Skiausflug war doch das perfekte Geburtstagsgeschenk.

Außerdem, schoss es Megan durch den Kopf, würde Summer, wenn sie in der Stadt blieben, bestimmt fragen, ob sie Gabe nicht mal wieder auf der Feuerwache besuchen könnten.

108

Und Megan konnte ihn in absehbarer Zeit *unter keinen Umständen* wiedersehen.

Erst, wenn sie sich wieder einigermaßen im Griff hatte.

Obwohl am Lake Tahoe Hochsaison war, hoffte Megan auf ein bisschen Glück. Sie nahm das Telefon. Summer beobachtete mit großen Augen, wie Megan im *Heavenly Ski Resort* anrief.

„Hallo. Ich weiß, es ist etwas kurzfristig, aber haben Sie vielleicht noch ein Zimmer für uns? Ach, gerade ist die Buchung eines Zimmers storniert worden?" Sie reckte Summer den Daumen entgegen. „Und für morgen Nacht auch? Wunderbar!"

Sie gab dem Mitarbeiter des Hotels gerade ihre Kreditkartennummer, als Summer auch schon in ihr Zimmer rannte und ihre neuen Winterkleider zusammensuchte.

Kurz darauf stand Megan in der Tür. „Hast du dir das gewünscht?"

Ihre Tochter hätte sie beinahe vor Begeisterung umgerissen. „Ja! Ja! Jaaaaaaaaa!"

Komisch, dachte Megan, als sie sie umarmte, *so* aufgeregt war Summer noch nie gewesen, wenn wir in die Berge fahren.

„Oh nein!", seufzte Megan plötzlich. „Ich habe ja ganz vergessen, dass wir einen Platten haben! Ich glaube nicht, dass irgendeine Werkstatt den Reifen am Sonntag reparieren kann." Summers Mundwinkel gingen so schnell nach unten, dass Megan fürchtete, ihre Tochter könnte einen Wutanfall bekommen. „Warte … Zach Sullivan hat doch gesagt, er könnte uns helfen."

Eigentlich hatte sie nicht vorgehabt, ihn anzurufen. Doch jetzt kramte sie in ihrer Tasche nach seiner Handynummer.

Wie hatte es innerhalb weniger Tage dazu kommen können, dass sie es erst mit keinem einzigen und nun schon mit drei Sullivans zu tun hatte?

Zach löste sein Versprechen, ihren Reifen zu wechseln, umgehend ein. Als sie ihm zum Dank ein Sandwich machte, verbrachte er die ganze Zeit damit, Megan und Summer mit all den tollen Dingen zu unterhalten, die Gabe je getan hatte. Megan konnte sich nicht helfen – Sophie und Zach schienen alles daranzusetzen, um sie beide zusammenzubringen.

Natürlich wusste keiner von ihnen, warum sie lieber einen großen Bogen um ihn machte.

Fünf Stunden später erreichten sie das Skiresort am Lake Tahoe. Megan war inzwischen davon überzeugt, dass der Ausflug eine gute Idee war. Während der Fahrt hatten Summer und sie lautstark Lieder aus dem Radio mitgesungen und ausführlich über die zweite Klasse gesprochen, von der Lehrerin über Summers Freundinnen bis hin zu Jungs.

Als sie nun eincheckten, sah Summer sich unentwegt um. Warum, wusste Megan nicht. „Sieh mal", sagte sie, als der Mitarbeiter an der Rezeption die Buchung von einem Zimmer im ersten Stock auf eines im Erdgeschoss änderte und Megan dann die Liste mit den vom Hotel angebotenen Aktivitäten reichte, „heute Abend um sechs findet eine Fahrt mit dem Pferdeschlitten statt." Es war schon später Nachmittag, und die ersten Skiläufer kamen beschwingt von ihrem Tag im Schnee ins Hotel zurück. „Das wird bestimmt lustig."

„Aber das ist nur für Kinder, Mom!"

Megan runzelte die Stirn. „Oh. Das ist mir gar nicht aufgefallen. Na ja, vielleicht können sie ja für mich eine Ausnahme machen."

Summer schwieg einen Moment lang und blickte sich wieder aufmerksam in der Lobby um. Irgendetwas stimmte hier nicht. Ihr Töchterchen führte doch etwas im Schilde!

„Summer, was verschweigst du mir?"

Ihre Tochter presste die Lippen aufeinander, als würde das bedeuten, dass sie die Frage nicht beantworten müsste. Megan beschloss, der Sache auf den Grund zu gehen, wenn sie erst einmal in ihrem Zimmer waren und ihre Taschen abgestellt hatten. Sie wollte gerade nach dem Gepäck greifen und sich auf den Weg machen, als sie eine vertraute Stimme hörte.

Dieselbe tiefe Stimme, von der sie schon den ganzen Tag lang träumte.

„Megan? Summer?"

Oh Gott.

Jetzt wusste sie, was los war. Megan blieb keine Zeit mehr, Summer einen strengen Blick zuzuwerfen. Sie wandte sich zu Gabe um.

„Hallo."

Sie würde ihre Tochter *umbringen*!

Er war offensichtlich überrascht, die beiden in der Lobby zu sehen. Genauso überrascht wie Megan.

Summer dagegen wirkte überhaupt nicht erstaunt. *Erleichtert* traf es eher.

„Hallo, Gabe!"

Sein Stirnrunzeln wich einem Lächeln für ihre Tochter. „Hallo, Süße. Seid ihr zum Skilaufen hier?"

Sie nickte glücklich. „Ich hoffe, ich lerne morgen, wie man Snowboard fährt."

Das hörte Megan zum ersten Mal.

„Kannst du Snowboard fahren?", fragte Summer.

Nein! Megan ahnte, in welche Richtung das hier ging. Sie versuchte, Gabe einen Blick zuzuwerfen, der ihm sagen sollte, dass er im Moment nichts versprechen solle und dass sogar ein „Ja" zu viel wäre. Aber Gabe nickte bereits.

„Kannst du es mir beibringen?"

111

Nein! Du hast selbst Urlaub und schon etwas anderes vor. Es gibt haufenweise professionelle Snowboardlehrer, die wir dafür bezahlen können.

Als Gabe sie ansah, nahm Megan all ihre telepathischen Fähigkeiten zusammen. Er sah aus, als würde er nachdenken, als würde er Tatsachen abwägen, ehe er zu einem Entschluss kam.

Als er ihr schließlich knapp zunickte, wäre Megan vor Erleichterung fast auf die Knie gefallen. Er hatte sie offenbar verstanden.

„Klar tu ich das."

„*Wie bitte?*" Die Frage war aus ihr herausgeplatzt, ehe Megan sich bremsen konnte. Sie wandte sich ihrer Tochter zu. „Gabe wird dir *nicht* das Snowboarden beibringen."

„Er hat doch gerade gesagt, dass er das möchte!" Summer reckte trotzig das Kinn vor.

Megan stemmte die Hände in die Hüften. „Zuerst einmal hast du mich nicht einmal gefragt, ob du snowboarden lernen darfst. Und zweitens ..." Sie wollte ihre Tochter gerade ausschimpfen, weil sie dieses zufällige Aufeinandertreffen mit Gabe eingefädelt hatte, als ihr klar wurde, wie sehr es Summer bloßstellen würde.

Selbstverständlich würde sie Summer das hier nicht durchgehen lassen. Aber sie würde sie nicht vor Gabe oder hier an der Rezeption, wo das halbe Hotel zuhören konnte, zur Rede stellen.

„Megan, ich stimme dir zu, dass Summer dich zuerst hätte fragen sollen", sagte Gabe besonnen. „Doch wenn du nichts dagegen hast, würde ich ihr sehr gern das Snowboarden beibringen."

Bei seinen Worten fing Summer praktisch an zu glühen. Megan hatte sie zuletzt so strahlen sehen, als David noch am

112

Leben gewesen war. Wie sehr die Kleine ihren Vater doch geliebt hatte!

Und dieses Glühen war der *einzige* Grund, warum Megan sagte: „Gut."

Sie rechnete nicht damit, dass Gabe fragen würde: „Und was ist mit dir? Kannst *du* Snowboard fahren?"

„Nein."

Er lächelte, und Megans Pulsschlag beschleunigte sich mit einem Mal wie verrückt. Er sollte sie nicht so ansehen, nachdem sie am Abend zuvor doch beschlossen hatten, dass sie sich zum ersten und zum letzten Mal geküsst hatten.

Das hatten sie doch ausgemacht!

„Willst du es lernen?"

Irgendjemand musste vernünftig sein. Irgendjemand musste standhaft bleiben und sachlich denken. Aber warum musste ausgerechnet sie diesen Part übernehmen? Und warum musste er so ein verflucht guter Küsser sein?

Sie brachte ein „Nein" über die Lippen.

Doch aus irgendeinem Grund verfehlten ihre knappen Erwiderungen ihre Wirkung, und Gabe tat genau das, was er *nicht* tun sollte: Er lächelte sie an und nickte, als wüsste er genau, wovor sie Angst hatte. Nicht davor, eine neue Sportart zu lernen – sondern davor, den ganzen Tag mit ihm zusammen zu sein. Er lächelte, als wüsste er, dass sie das nicht durchstehen und ihn irgendwann küssen würde.

Forderte er sie etwa heraus? Sollte sie das hier etwa als Herausforderung sehen? Kein Problem! Ihre Tochter war schließlich nicht von ungefähr so stur – diese Eigenschaft hatte ihre Mom ihr vererbt. Genau diese Sturheit hatte ihnen geholfen, Davids Tod so gut zu verarbeiten. Und sie hatte geholfen, den materiellen Verlust durch das Feuer zu verkraften und ein neues Leben zu beginnen.

113

Deshalb konnte sie auch nicht verhindern, dass sie ebenfalls das Kinn vorstreckte und verkündete: „So schwierig kann Snowboarden ja nicht sein." Und ihm zu widerstehen, konnte ja wohl auch nicht so schwer sein. Sie musste nur ihre Weiblichkeit, alles, was sie zur Frau machte, und alles, was mit Anziehungskraft und Lust zu tun hatte, gründlich wegsperren – dann würde alles gut gehen. Kein Problem.

Eine junge Frau läutete in der Halle, in der sich der große Kamin befand, eine Glocke. „Die Kinder, die an der Schlittenpartie teilnehmen wollen, treffen sich hier in fünf Minuten."

Summer umfasste Megans Hand. „Mom, darf ich bitte mitfahren?"

Eigentlich war Megan noch immer wütend auf ihre Tochter, weil sie nur auf diesen Ausflug bestanden hatte, um Gabe wiederzusehen. Andererseits: Wie konnte sie ihr vorwerfen, dass sie den netten Mann wiedersehen wollte, der ihnen das Leben gerettet hatte?

Wie konnte sie Summer verdenken, dass sie in Gabes Nähe sein wollte? Immerhin übte Gabe eine unwiderstehliche Anziehung auf Mädchen jeden Alters aus. Vor allem auf siebenundzwanzigjährige alleinstehende Mütter, die es eigentlich hätten besser wissen müssen.

„Kannst du kurz auf unsere Sachen aufpassen?", fragte sie Gabe, ehe sie Summers Hand nahm und mit ihrer Tochter zusammen zur Betreuerin der Kindergruppe ging.

„Meine Tochter würde gern an der Schlittenfahrt teilnehmen."

„Wundervoll!", entgegnete die Frau und wandte sich Summer zu, um sich vorzustellen.

Vor dem Brand hätte Megan sich keinerlei Gedanken über Erste-Hilfe-Maßnahmen gemacht, bevor sie ihre Tochter mit einer Gruppe Kids auf eine Pferdeschlittenfahrt in den Schnee geschickt hätte. Aber mittlerweile musste sie sichergehen, dass für alles gesorgt war.

Nachdem alles zu ihrer Zufriedenheit geklärt war und Summer versprochen hatte, sich um Punkt acht Uhr vor dem Kamin mit ihr zu treffen, gab sie ihr einen Kuss und ging zurück zu ihrem Gepäck.

Und zu Gabe.

„Du fährst nicht mit?"

„Das ist nur für Kinder." Sie wies auf ihre Taschen. „Danke, dass du darauf aufgepasst hast. Ich gehe jetzt aufs Zimmer." Sie würde den Zimmerservice anrufen und sich ein eBook herunterladen. Etwas Mathematisches, Trockenes. Es würde ein wundervoll entspannter Abend werden. Sie freute sich darauf.

Ernsthaft. Es würde toll werden.

„Geh mit mir essen, Megan."

Mit Gabe essen zu gehen, war das Letzte, was sie tun sollte. Na ja, abgesehen davon, morgen von ihm das Snowboarden beigebracht zu bekommen.

„Hör mal", sagte sie in, wie sie hoffte, freundlichem, normalem Ton, „wir wissen beide, dass es besser wäre, wenn wir das nicht tun." Als er sie nicht sehr überzeugt ansah, fügte sie hinzu: „Wir haben es abgemacht. Schon vergessen?"

„Ich werde dich nicht in einem vollen Restaurant küssen, Megan."

Sie spürte, dass ihr der Atem stockte und dass ihre Lippen zu kribbeln begannen – allein dadurch, dass Gabe das Wort „küssen" benutzt hatte.

Während sie noch darüber nachdachte, wie sie wieder normal atmen sollte, fuhr er fort: „Und wir müssen beide etwas essen."

„Du wolltest dich heute Abend doch sicher mit Freunden treffen."

„Nein, sie machen heute eine Nachtfahrt", erwiderte er. „Komm schon! Wir unterhalten uns, das ist alles. Und morgen haben wir ein bisschen Spaß im Schnee."

Als sie endlich wieder durchatmen konnte, wurde ihr bewusst, wie verrückt sie war. Vor allem, weil er so vernünftig war und sie daran erinnerte, dass er sie in einem gut besuchten Lokal wohl kaum auf den Tisch werfen und vernaschen würde. Aus seinem Mund hatte es so geklungen, als wäre er nicht einmal auf die Idee gekommen. Nur Essen und Snowboarden – das war alles, woran er dachte.

„Na gut. Wollen wir uns in einer halben Stunde hier treffen?"

„Klingt gut."

Sie ging zur Betreuerin der Schlittentour und bat sie, Summer nach der Fahrt ins Restaurant zu bringen. Als Megan zurückkam, um ihre beiden kleinen Taschen zu nehmen, die sie und Summer mitgebracht hatten – ihre Skiausrüstung war den Flammen zum Opfer gefallen, sie würden sich alles leihen müssen –, hatte Gabe das Gepäck schon in der Hand.

„Ich schaff das schon", sagte sie.

„Das weiß ich", entgegnete er, ließ ihre Taschen jedoch nicht los.

Vermutlich hätte sie hinter dieser Geste Machogehabe sehen können. Doch stattdessen wurde ihr klar, dass es einfach nur gute Manieren waren.

Er ging auf die Aufzüge zu, als sie sagte: „Ich wohne im Erdgeschoss."

Er runzelte kurz die Stirn, ehe er ihr zu ihrem Zimmer folgte. Sie gestattete sich nicht, nervös zu werden, nur weil sie ein paar Augenblicke mit Gabe allein sein würde. Immerhin wollte er ihr nur die Taschen ins Zimmer tragen. Danach würde sie sich frisch machen, anschließend würden sie erst ein schönes platonisches Dinner miteinander genießen und morgen dann einen netten Tag in den verschneiten Bergen.

Dennoch war es ihr unglaublich unangenehm, dass sie am selben Tag wie er im selben Skiresort wie er aufgetaucht waren. Irgendwie musste Summer auf der Party herausgefunden haben, was er an seinem freien Wochenende vorhatte. Megan wollte ihm gerade alles erklären, als eine laute, gut gelaunte Gruppe Teenager an ihnen vorbeiging.

Kurz darauf waren sie in ihrem Zimmer. Es war eigentlich ein recht geräumiges Zimmer, aber Megan hatte plötzlich das Gefühl, dass es für sie und Gabe zusammen doch zu eng war.

„Danke, dass du mir mit den Taschen geholfen hast. Du kannst sie aufs Bett stellen", sagte sie. Sie zwang sich dazu, nicht an den vergangenen Abend zu denken, als sie sich ausgemalt hatte, wie es wohl wäre, das Bett mit dem attraktiven Feuerwehrmann zu teilen. Sie nahm sich zusammen und warf ihm ein strahlendes Lächeln zu. „Wir sehen uns dann gleich im Restaurant."

Er sah sie einen Moment zu lange an, ehe er nickte und die Tür hinter sich schloss.

Gabe war für seine Entschlossenheit bekannt. Er hatte schon immer ein Händchen dafür gehabt, Informationen zu erfassen, Wichtiges von Unwichtigem zu unterscheiden und dann eine kluge Entscheidung für sein weiteres Vorgehen zu treffen. Doch nun fühlte er sich zum ersten Mal in seinem Leben, als befände er sich in einem führerlosen Zug. Einem Zug, in dem er durch ein Fenster Megan gesehen hatte und ohne nachzudenken aufgesprungen war.

Megan stellte eine unglaubliche Versuchung für ihn dar, und er war sich im Klaren darüber, dass er ihr nicht mehr lange würde widerstehen können. Glücklicherweise hatte er versprochen, sie im Restaurant nicht zu küssen. Und einen Annäherungsversuch zu wagen, während sie mit ihrer Tochter Snowboard fahren übten, war ausgeschlossen.

Das hieß doch eigentlich, dass es keinen Druck mehr gab. Zumindest für den Augenblick.

Wenn sie allerdings danach keinen Weg fanden, miteinander umzugehen, würde die Situation zwischen ihnen irgendwann außer Kontrolle geraten. Und dann würden sich all ihre guten Vorsätze in Luft auflösen.

Tatsache war: Er hatte eigentlich kein Recht, sie zum Dinner zu bitten. Und der Snowboardunterricht war ebenfalls keine besonders kluge Idee.

Die Lage war eindeutig. Sie hatten am Abend zuvor alles geklärt. Sie waren tabu füreinander.

Und trotzdem … Jedes Mal, wenn er die Gelegenheit bekam, sich zurückzuziehen, wünschte er sich stattdessen nichts sehnlicher, als ihr noch näher zu kommen.

10. KAPITEL

Megan hasste die Schmetterlinge in ihrem Bauch.

Es war kein Date. Es war nur ein Abendessen – allerdings mit einem echt heißen Kerl. Sie würden über Summer reden, über die Pisten, ihre Lieblingsstrecken. Nur zwei Menschen, die oft genug aufeinandergetroffen waren, um zu akzeptieren, dass es besser wäre, nur Freunde zu sein.

Sie strich ihr langärmeliges dunkelgrünes Wollkleid glatt, das sie in letzter Sekunde noch in ihre Tasche geworfen hatte. Es war zwar nicht besonders modisch, aber zumindest fühlte sie sich darin hübsch. Und manchmal brauchte ein Mädchen einen Schutzpanzer, um unversehrt über den Abend zu kommen. Deshalb hatte sie nach der Dusche auch ihr Make-up noch einmal aufgefrischt.

Gabe wartete am Kamin auf sie, und ihr Herz setzte einen Schlag lang aus, als er sie anlächelte. In der Hoffnung, dass ihr Gesichtsausdruck sie nicht verriet, erwiderte sie sein Lächeln.

„Du siehst toll aus, Megan."

„Danke." Sie betrachtete seine Jeans und das dunkelblaue, langärmelige Hemd. „Du auch."

Das wachsende Verlangen in seinem Blick war Beweis genug, dass sie schon jetzt von ihrem Kurs, nur Freunde zu bleiben, abgekommen war.

Sie legte die Hand auf ihren Magen. „Ich bin am Verhungern. Lass uns etwas essen!" Gut, das hatte vielleicht ein bisschen zu fröhlich geklungen und vielleicht war sie auch gar nicht *so* hungrig, nachdem sie und Summer die ganze Fahrt über Süßigkeiten genascht hatten. Doch wenn sie das Abendessen überstehen wollte, musste das alles hier so nüchtern und unbefangen wie möglich bleiben.

Ja, sie würde es schaffen. Verdammt, am Ende des Abends würde sie vermutlich einen Award für die unsinnlichste Frau der Welt gewinnen.

Gabe folgte ihr ins Restaurant. „Ich habe einen Tisch für zwei auf den Namen Sullivan reserviert", sagte er zum Maître d'hotel, und seine tiefe, leicht heisere Stimme jagte ihr eine Gänsehaut über den Körper.

Leider hatte man ihnen einen Tisch in einer schummrigen Ecke zugedacht. Ein Tisch für Verliebte, wie man an den Blumen und dem romantischen Kerzenlicht unschwer erkennen konnte. Für gewöhnlich spielte es für sie keine große Rolle, wo sie saß, doch ganz automatisch sah sie sich nun nach einer Alternative um. Natürlich waren alle anderen Tische besetzt.

Erst jetzt bemerkte sie, dass Gabe den Stuhl für sie hervorgezogen hatte und lächelnd darauf wartete, dass sie Platz nahm. Sie wurde das Gefühl nicht los, dass er wusste, was sie dachte. Vor allem, als er ihr zuflüsterte: „Keine Sorge, ich werde mein Versprechen halten."

Sie setzte sich. Ihre Wangen waren gerötet. Die junge Kellnerin wartete, bis auch Gabe sich hingesetzt hatte. Sie reichte den beiden die Karte und erklärte ihnen die Tageskarte.

Das Mädchen wollte gerade gehen, da fasste Megan sie am Arm. „Warten Sie! Ich brauche einen Drink. Bitte." Fieberhaft überlegte sie, in welchem Cocktail viel Alkohol war. „Einen Long Island Iced Tea."

„Äh, gut", entgegnete die Bedienung, und Megan wurde klar, dass sie noch immer ihren Arm umklammert hielt.

„Tut mir leid!"

Die Kellnerin zuckte die Schultern. „Ich sage dem Barkeeper, dass Sie durstig sind."

Megan war heiß – und es war kein gutes Gefühl, sondern

die Hitze, die in einem aufstieg, wenn man sich komplett zum Idioten gemacht hatte.

„Du trinkst also ganz gern mal den einen oder anderen Drink?"

Überrascht sah sie ihn an, ehe sie merkte, dass er sie nur aufziehen wollte.

„Nein." Mit der Zungenspitze fuhr sie sich über die Unterlippe und zwang sich, seinem Blick standzuhalten. Sie brachte sich nur selbst in Schwierigkeiten, wenn sie versuchte, so zu tun, als wäre dieses Dinner keine große Sache.

Und wenn sie versuchte, so zu tun, als würde sie ihn nicht begehren.

„Ich trinke nur, wenn ich nervös bin."

„Mache ich dich denn nervös?"

Sie sah ihm weiter in die Augen. „Du weißt, dass du das tust."

Auch er wandte den Blick nicht ab. „Wenn es dich beruhigt: Du machst mich auch nervös."

Schlecht! Das war schlecht. Sie begaben sich auf den ganz falschen Weg.

Obwohl es ihr schwerfiel, richtig durchzuatmen, stieß sie hervor: „Erzähl mir vom Schnee. Wie war er heute?"

Einen Moment lang blickte er sie eindringlich an. Bitte, flehte sie stumm, bitte folge mir auf meinen Weg – weg von der Versuchung! Schließlich war ihnen doch beiden klar, dass nur eine platonische Freundschaft für sie infrage kam.

„Der Schnee ist gut", erwiderte er dann nachdenklich. „Seit dem letzten Sturm liegt perfekter Pulverschnee. Es herrschen die besten Voraussetzungen, um morgen das Snowboarden zu lernen."

Megan seufzte erleichtert. „Da wir gerade davon sprechen: Es ist wirklich nett von dir, Summer …"

„… und dir …"

„… und mir das Snowboarden beizubringen. Aber ich weiß, dass du hierhergekommen bist …"

„… um mit meinen Freunden Spaß in den Bergen zu haben. Und genau das werden wir morgen tun: Freunde sein und Spaß haben."

Und was ist, dachte Megan unsicher, wenn ich ein bisschen zu viel Spaß habe? Was, wenn sie die Kontrolle verlor und es nicht länger aushielt, nur mit ihm befreundet zu sein?

Die Kellnerin kam mit ihrem Drink an den Tisch und nahm ihre Bestellung auf. Sobald die Frau verschwunden war, wusste Megan, dass es Zeit für eine Erklärung war. „Was Summer getan hat, ist mir ein bisschen peinlich. Ich weiß nicht, wie sie herausgefunden hat, dass du hierherkommen wolltest. Wenn du böse auf uns wärst, würde ich das vollkommen verstehen."

Er zuckte die Achseln. Offensichtlich ärgerten ihn die Machenschaften einer Siebenjährigen, die für ihren Helden auf die komischsten Ideen kam, nicht allzu sehr. „Ich bin mir sicher, dass sie auf der Feier mit angehört hat, wie ich es jemandem erzählt habe. Und, nein, ich bin nicht böse, euch zu sehen."

„Aber sie hätte das nicht tun sollen, hätte nicht einfädeln dürfen, dass wir so ungebeten in deinen Urlaub platzen."

„Sie ist ein süßes Kind."

„Ich weiß." Sie schüttelte den Kopf. „Summer ist zu jung, um zu verstehen, warum zwei Menschen vielleicht besser nicht zusammen sein wollen."

„Glaubst du, sie hofft, zwischen uns würde sich etwas entwickeln?"

Megan spürte, wie ihr die Hitze in die Wangen schoss. „Ich fürchte, ja. Sie hält dich ohnehin für den Größten, weil du ihr die Feuerwehrpuppe und den Dalmatiner zum Geburtstag geschenkt hast. Sie liebt die Puppe sogar noch mehr als ihre Rapunzelpuppe mit den langen …"

„… Haaren", beendete er den Satz schmunzelnd für sie. „Ich habe zwei kleine Schwestern. Ich kenne mich mit Märchen bestens aus."

Er war so charmant, dass sie sich räuspern und zusammenreißen musste, um wieder zu der schwierigen, aber notwendigen Unterhaltung zurückzukehren, die sie führten. „Ich werde einen Weg finden, um ihr zu erklären, dass du und ich nicht mehr als Freunde sein können. Ich wollte mich nur dafür entschuldigen, dass wir dir die freien Tage ruiniert haben. Ich schwöre, dass ich keine Ahnung hatte, dass du hier sein würdest. Wenn wir wieder zu Hause sind, bekommt Summer für den Rest ihres Lebens Hausarrest."

„Megan."

Sie hatte den Blick gesenkt und starrte auf ihren Schoß. Doch die Art, wie er ihren Namen sagte, ließ sie aufhorchen, und sie sah ihn an.

„Es freut mich, dass ihr hier seid."

„Das ist nett, dass du das sagst, aber …"

„Ich freue mich *wirklich*."

Als sie das Wörtchen „wirklich" hörte, verstummte ihr Protest. Es gefiel ihr viel zu sehr, wie sehr er sich darüber freute, dass sie auch am Lake Tahoe waren. Es wäre viel leichter gewesen, wenn er wütend auf sie gewesen wäre; wenn er das Gefühl gehabt hätte, sie würden ihn verfolgen. Aber dann würde er sich ganz sicher von ihnen fernhalten, statt Essenseinladungen auszusprechen oder mit ihnen snowboarden zu gehen.

„Trotzdem", beharrte sie. „Ich wünschte, Summer hätte mir gesagt, was sie vorhat."

„Wärt ihr dann hierhergekommen?"

Megan musste lächeln. „Nein", gab sie zu. „Wir wären definitiv nicht gekommen."

„Du hättest sehen sollen, was ich mit sieben so alles angestellt habe!"

Erleichtert, dass sie nicht mehr über sich sprachen, nahm sie einen Schluck von ihrem Drink und entspannte sich ein wenig. „Ich kann es mir nicht einmal ansatzweise vorstellen – ein draufgängerischer, furchtloser Mensch wie du, umgeben von fünf älteren Brüdern, die vermutlich auch keine Engel waren."

„Du würdest Summer in ihrem Zimmer einschließen und erst aufmachen, wenn sie achtzehn ist, wenn ich dir erzählen würde, was wir so alles versucht haben." Er hob die Bierflasche. „Wie wäre es mit einem Toast auf eine brillante Siebenjährige, die genau wusste, was sie wollte, und ihren Plan dann entschlossen in die Tat umgesetzt hat?"

Obwohl sie den Kopf schüttelte, musste Megan lachen. Wie recht er hatte.

Sie erhob ihr Glas. „Sie ist verdammt klug, oder?"

Sie stießen an und tranken lachend. Wärme breitete sich in ihr aus. Ihre Haut reagierte seltsam empfindlich, als Megan sich auf ihrem Stuhl bewegte und fühlte, wie das Wollkleid über ihren Körper rieb.

Gabes Blick auf sich zu spüren, steigerte diese Hitze in ihr nur noch. Es war schon lange her, dass sie sich nicht nur wie eine Mutter oder eine Buchprüferin gefühlt hatte.

Seine erwartungsvollen blauen Augen und ein paar Schlückchen von ihrem unglaublich starken Drink gaben ihr das Gefühl, eine sinnliche, leidenschaftliche Frau zu sein – ob sie nun wollte oder nicht. Und es war nicht gerade hilfreich, dass sie noch immer seine Arme um sich spüren konnte und seine Lippen auf ihrem Mund, als er sie geküsst und sie diese Küsse erwidert hatte.

Doch ehe sie sich's versah, aßen sie gemeinsam und lachten darüber, wie es gewesen war, als einer von sechs Brüdern aufzuwachsen, die oft zuerst handelten und erst später nachdachten. Vielleicht hätte sie so tun sollen, als wäre sie froh darüber, wie sich der Abend entwickelte. Aber sie war noch nie gut darin gewesen, so zu tun als ob. Sie hatte nie verstanden, wie oder warum sie vorgeben sollte, jemand zu sein, der sie eigentlich nicht war.

„Ich sollte gar nicht so viel Spaß mit dir haben."

„Man sagt, ich sei unwiderstehlich", zog er sie auf.

Zum Teufel mit ihm und seinem Talent, sie immer zum Lächeln zu bringen! Nur leider war ein Lächeln nicht das Einzige, was zwischen ihnen war …

Megan wusste, dass sie nicht mit ihm darüber streiten konnte – er hatte ja recht. Stattdessen sagte sie: „Darum hast du keine Freundin oder Ehefrau, stimmt's? So viele Frauen, so wenig Zeit …"

Sie hatte erwartet, dass er darüber lachen würde, doch er wurde ernst. „Ich bin kein Heiliger, Megan, aber ich bin auch nicht der Teufel."

„So hab ich das nicht gemeint", ruderte sie schnell zurück. „Aber ich kann verstehen, dass ein Mann wie du seine Chancen nutzt."

„Ein Mann wie ich?" Amüsiert hob er die Augenbrauen. Er legte sein Besteck zur Seite, lehnte sich auf seinem Stuhl zurück und wartete.

Sie versuchte, möglichst locker zu klingen. „Wie du schon gesagt hast, strahlst du eine gewisse Unwiderstehlichkeit aus und …"

„… und du bist entschlossen, mir zu widerstehen?"

Bei seinen Worten erstarrte sie. „Du bist doch auch entschlossen, *mir* zu widerstehen!", rief sie ihm in Erinnerung.

„Und ich kann mich ganz sicher nicht daran erinnern, dass mich mal jemand ‚unwiderstehlich' genannt hätte, also wissen wir beide, wer hier den Kürzeren zieht." Sie wies mit dem Zeigefinger auf ihre Brust. „Ich."

Sie hatte sich so auf ihre kleine Ansprache konzentriert, dass es ein paar Sekunden dauerte, ehe ihr klar wurde, dass sie sich komplett zum Idioten gemacht hatte. Glücklicherweise klingelte im gleichen Moment ihr Handy.

Sie erhob sich. „Die Betreuerin der Schlittenfahrt bringt Summer vorbei. Ich sollte mich an den Eingang stellen, damit die beiden mich sehen."

Gabe stand ebenfalls auf und ergriff ihre Hand, ehe Megan durch das Restaurant vor ihm fliehen und wieder zu Atem kommen konnte.

Als er sie an sich zog, konnte sie fast schon seine Lippen auf ihren spüren, seinen Mund schmecken, und sie wusste, dass sie sich seinem Kuss hingeben würde. Aber als sie nur noch einen Atemzug voneinander entfernt waren, sagte er: „*Ich* bin derjenige, der wie wahnsinnig versucht, *dir* zu widerstehen, Megan."

Nur noch ein Zentimeter, und er könnte ihr gehören. Sie könnte es auf den Alkohol schieben, könnte behaupten, sich nicht mehr unter Kontrolle gehabt zu haben. Doch als sie kurz davor stand, sich zu nehmen, was sie so sehr wollte, hörte sie Summers Stimme.

„Mommy! Gabe!"

Sie löste sich so schnell aus Gabes Umarmung, dass sie gegen den Nachbartisch stieß.

„Tut mir leid!", sagte sie zu dem Paar, ohne die beiden richtig anzublicken. Dann wandte sie sich Summer und der Betreuerin der Schlittenpartie zu. Nachdem sie sich bei der Frau bedankt hatte, dass sie ihre Tochter unversehrt zurückgebracht hatte, sah sie Summer an. „Hallo, Süße! Wie war's?"

„Super!" Ihre Bedienung brachte sofort einen dritten Stuhl für Summer. Als Summer daraufhin erklärte, vor Hunger zu sterben, nahm sie die Bestellung auf.

Nach dreißig unglaublich angespannten Minuten, in denen Megan und Gabe versuchten, ihre gegenseitige Anziehung zu ignorieren, während Summer wie ein Wasserfall von der Schlittenfahrt erzählte, an der lustigerweise auch einige Kinder aus ihrem Fußballteam teilgenommen hatten, und dann noch von all den Dingen schwärmte, die sie in den letzten zwei Stunden erlebt hatte, verließen die drei das Restaurant. Megan fühlte sich wie durch den Fleischwolf gedreht, und zwar kräftig.

Immerhin hatte sie die größte – und gefährlichste – Versuchung ihres Lebens fast hinter sich gelassen, als Summer sich Gabe zuwandte und fragte: „Wann treffen wir uns morgen zum Snowboarden?"

„Wie wär's um zehn?"

„Toll!"

Während Summer schon zu ihrem Zimmer rannte und die Lifttüren sich vor Gabes atemberaubendem Gesicht schlossen, schossen Megan unzählige Wörter durch den Kopf, die das Gegenteil von „Toll!" ausdrückten. Denn wenn ein Abendessen mit Gabe sie schon so sehr zum Flattern gebracht hatte, wie sollte sie dann unbeschadet einen ganzen Tag mit ihm überstehen?

Es war ein Tag wie im Bilderbuch. Die Aussicht war umwerfend. Der See glitzerte in perfektem Blau. Auf den Bäumen funkelte der frisch gefallene Schnee der vergangenen Nacht. Die Berge sahen aus wie ein Wintermärchen.

Nachdem Megan jedoch zum hundertsten Mal hingefallen war, hatte sie einfach nicht mehr die Kraft, die Schönheit der Landschaft zu bewundern. Sie konnte nur noch im Schnee liegen bleiben und über sich selbst lachen. „Wenn ich eine weiße Flagge hätte, würde ich sie jetzt schwenken."

Gabe war auf die Knie gefallen, um ihr aufzuhelfen. Als er seine Skibrille abnahm, blickte Megan in seine lächelnden Augen.

„Du hast den Dreh fast raus."

„Du bist ein grauenvoller Lügner." Sie war erschöpft und mit Sicherheit am ganzen Körper grün und blau. Mit einem matten Kopfnicken wies sie in Summers Richtung. Die Kleine war am anderen Ende einer Rampe bereits damit beschäftigt, einige Tricks zu üben. „Ich fürchte, Summer bleibt die einzige Snowboarderin in der Familie." Sie bedachte das Board, das an den schweren Stiefeln befestigt war, die sie für den Tag geliehen hatte, mit einem missmutigen Blick. „Ich hoffe, meine Ski werden mir vergeben, dass ich sie betrogen habe."

Er half ihr, sich aufzusetzen. Zusammen beobachteten sie, wie Summer Trick für Trick probierte. Das Snowboard wirkte viel zu groß für sie, aber sie war jetzt schon ein Wirbelwind auf dem Brett.

„Dein Kind ist ein Naturtalent."

„Ich weiß. Das ist in fast allen Bereichen so."

Gabe warf ihr einen Blick zu. „Du scheinst nicht sonderlich froh darüber zu sein."

Sie biss sich auf die Unterlippe. Sie hatte schon zu viel gesagt. Obwohl sie so oft hingefallen war und dabei geflucht hatte wie ein Bierkutscher, hatte sie den Tag mit Gabe sehr genossen und jeden Moment ausgekostet. Glücklicherweise waren sie beide von Kopf bis Fuß in Skisachen eingepackt –

so fiel es ihr leichter, zu ignorieren, was ihr Körper am liebsten mit ihm angestellt hätte … Er hatte Summer und ihr geduldig alles gezeigt und genau gewusst, wann er der Kleinen den nächsten Schritt beibringen konnte. Und er hatte gespürt, dass es klüger war, Megan nicht weiter zu drängen, solange sie noch einigermaßen unversehrt war.

„Sie ist ein echter Draufgänger", erklärte sie schief lächelnd, „immer auf der Suche nach dem Nervenkitzel, ohne sich über die Konsequenzen ihres Handelns Gedanken zu machen." Ehe sie sich dessen bewusst war, fügte sie hinzu: „Sie ist das Ebenbild ihres Vaters. Sie hat mehr als die blonden Haare von ihm geerbt."

„Das ist komisch", entgegnete er ruhig. „Wenn ich sie ansehe, dann erkenne ich nur dich."

Überrascht blickte sie in seine klaren blauen Augen. „Als sie geboren wurde, ähnelte sie ihm so sehr, dass ich mich fragte, ob mir irgendjemand glauben würde, dass ich auch etwas mit dem kleinen Wunder in meinen Armen zu tun hatte. Und als sie älter wurde und immer versuchte, ein bisschen höher zu klettern, etwas weiter zu springen und etwas schneller zu laufen … Na ja, ich mache mir manchmal Sorgen um sie. Sorgen, dass sie eines Tages zu viel will oder zu schnell wird. Wie ihr Vater, als sein Flugzeug …"

Den Rest des Satzes verschluckte sie vor Schreck, als sie sah, wie Summer mit ihrem Snowboard einen besonders mutigen Move machte.

Nach ihrer geglückten Landung sah Summer stolz zu ihnen herüber und winkte. Lächelnd hob Megan die Daumen.

Unvermittelt umfasste Gabe ihre Finger. Und obwohl sie beide dicke Handschuhe trugen, hätte sie schwören können, seine Wärme durch den Stoff und die Wärmeisolierung hindurch zu spüren.

129

„Es besteht ein Unterschied zwischen klugen und dummen Wagnissen. Du hast sie dazu erzogen, die Risiken klug abzuwägen, Megan." Sie verlor sich in seinen Augen, als er fortfuhr: „Und nicht alle Risiken sind schlecht."

Seine Worte berührten sie tief. Das Gefühl, das sie in ihr auslösten, breitete sich durch ihren Körper zu Stellen aus, die sich plötzlich nach seiner Berührung sehnten. Sie wusste, dass er über Summer und über ihre Ängste als Mutter sprach. Aber was war, wenn das nicht alles war, was er sagen wollte?

Was war, wenn er sagen wollte, dass er seine Meinung geändert hatte? Was war, wenn er ihr sagen wollte, dass er das Wagnis eingehen wollte?

Mit ihr.

Und dass er sich wünschte, dass sie das Risiko auch einging?

Mit ihm.

„Mom, sieh mal, wer da ist! Ich habe Karen gesagt, dass wir wahrscheinlich hier sind und wir uns treffen können."

Megan entriss Gabe so schnell ihre Hand, dass sie beinahe ihren Handschuh verlor. Das Mädchen aus Megans Fußballteam zog sich die Skibrille vom Gesicht.

„Hi, Miss Harris."

Die Mutter des Mädchens folgte kurz darauf auf Skiern. Nachdem Gabe ihr beim Aufstehen geholfen hatte, stellte Megan sie einander vor. Sie wusste, dass Julie glücklich verheiratet war, also konnte sie sicher sein, dass das anerkennende Funkeln in ihren Augen, als sie Gabe erblickte, nur eine ganz normale weibliche Reaktion war.

Zum Teufel mit ihm! Er war *wirklich* unwiderstehlich, das musste Megan zugeben. Und er sah in seiner Snowboardmontur genauso gut aus wie in Jeans oder der Schutzausrüstung. Der Gedanke, wie gut er erst *ohne* all das aussehen würde, brachte sie fast um den Verstand.

„Karen hat den ganzen Tag über nichts anderes geredet als über die Pyjamaparty mit Summer."

Megan versuchte, die Bilder vom nackten Gabe zu verdrängen und sich stattdessen darauf zu konzentrieren, was Julie gerade gesagt hatte. „Eine Pyjamaparty?"

„Tut mir leid", entgegnete Julie lächelnd. „Ich hätte vorher fragen sollen. Besteht die Möglichkeit, dass ich deine Tochter für einen Abend in unsere Unterkunft entführe, wo sie zu lange aufbleibt und zu viel Junkfood isst?" Sie zwinkerte Megan zu. „Die Mädchen würden es lieben."

Normalerweise hätte Megan keine Sekunde gezögert. Summer und Karen verstanden sich gut, und sie vertraute Julie – es sprach eigentlich nichts dagegen.

Eigentlich.

Was ihr allerdings Sorgen bereitete, war die Aussicht, heute Abend wieder allein zu sein. Nicht nur ein paar Stunden, sondern die ganze Nacht lang. Nur sie und ihr leeres Hotelzimmer. Und Gabe lag nur ein Stockwerk darüber.

Allein.

Damit war die Katastrophe praktisch vorprogrammiert.

„Das ist wirklich nett, aber …"

Summer und Karen waren auf ihren Snowboards zu den Erwachsenen gefahren. Das „Bitte!" und „Bitte, bitte!" der beiden Mädchen war etwas, das Megan nicht ignorieren konnte, nur weil sie Bedenken hatte, dass sie etwas Unüberlegtes mit dem umwerfenden Mann neben sich anstellen könnte.

„Wisst ihr was? Heute Abend schaffe ich es wahrscheinlich sowieso nur noch in die Badewanne", sagte sie und deutete auf das Snowboard an ihren Füßen. „Ich bin mir sicher, dass die Mädchen jede Menge Spaß haben werden."

Nachdem sie verabredet hatten, dass Julie und Karen Summer um fünf Uhr im Hotel abholen würden, und Summer mit

131

den beiden schon mal vorausgefahren war, machte sich Megan bereit für die letzte Abfahrt.

„Du planst also einen Abend in der Badewanne, was?", sagte Gabe unvermittelt.

Ihr entging die leichte Heiserkeit in seiner Stimme nicht. Vor allem nicht, als er nun den Handschuh auszog und ihr eine Strähne aus dem Gesicht strich.

Seine Berührung ließ sie erschauern. Megan beschloss, dass es sicherer war, auf dem Snowboard den Berg hinunterzusausen, als das Risiko einzugehen, seine warme Hand noch einmal zu spüren.

Oder noch schlimmer: ihn um mehr anzuflehen.

11. KAPITEL

Gabe verstand vollkommen, dass Megan seine Einladung zum Abendessen ausschlug. Schon ein einziger Abend zu zweit hätte beinahe zum Äußersten geführt. Ein weiterer Abend würde wahrscheinlich mit dem Unvermeidlichen enden.

Vor allem, nachdem er das Bild von ihr in der Badewanne nicht mehr aus dem Kopf bekam.

Also saß er um neun Uhr mit einigen Kollegen aus der Feuerwache in der Hotelbar, aß einen Burger und trank ein Bier. Er hörte zu, wie sie von den Frauen erzählten, die sie am Nachmittag auf der Piste angemacht hatten.

„Hey", sagte Dick, nachdem alle ein neues Getränk von der vollbusigen Kellnerin bekommen hatten, auf die einer seiner Kumpels scharf war. „Wusstest du schon, dass dein Bruder Zach neuerdings Hausbesuche macht?" Gabe runzelte die Stirn. „Ich wollte meine Reifen umsetzen lassen", erzählte Dick weiter, „und da erwähnte er ein Mädchen, das er am Abend zuvor bei der Party eurer Mutter kennengelernt hatte. Sie fährt dieselben Reifen wie ich. Sie hatte einen Platten, und stellt euch vor – er hat ihn bei ihr zu Hause repariert!"

Gabe hatte gerade einen Schluck von seinem Bier nehmen wollen und verharrte in der Bewegung. Das Angebot seines Bruders hatte er schon wieder fast vergessen.

„Mann!", meinte ihr gemeinsamer Freund John grinsend. „Sie muss echt heiß sein, wenn Zach so was auf sich nimmt."

Gabe stellte die Bierflasche so heftig auf den Tisch, dass etwas herausschwappte. Zach war ein toller Bruder und hatte wirklich Ahnung von Autos, doch *er* kannte ihn besser als jeder andere. Und er fürchtete, dass Zachs Angebot, Megans Reifen zu reparieren, nur eine Art verdrehtes Vorspiel war.

Innerhalb von Sekunden stürmte Gabe aus der Bar, lief den Flur entlang und klopfte an Megans Hotelzimmertür. Er konnte keinen klaren Gedanken mehr fassen. Vor seinem inneren Auge zog sein Bruder Megan schon an sich und verführte sie …

Nein, verdammt!

Sie gehörte ihm.

Wieder hämmerte er mit der Faust gegen das dunkle Holz. Als Megan schließlich öffnete, trat er ein und warf die Tür hinter sich ins Schloss.

„Gabe?"

Megan stand vor ihm und trug nichts außer einem Handtuch. Ihr Haar war nass, und auf ihren Schultern und Armen glitzerten noch immer Wassertropfen.

„Du kannst dich nicht mit meinem Bruder verabreden", presste er hervor. „Mit keinem meiner Brüder!"

„Wovon sprichst du?"

Er ging auf sie zu, während sie vor ihm zurückwich. „Zach. Er ist am Sonntag zu dir nach Hause gekommen, oder?"

„Er wollte meinen kaputten Reifen wechseln."

„Das ist mit Sicherheit nicht das Einzige, was er wollte." Er hatte sie inzwischen fast an die Wand gedrängt. „Er wird dich um ein Date bitten. Und deine Antwort wird Nein lauten."

Die Überraschung wich der Wut, die in ihren grünen Augen aufblitzte. Statt weiter zurückzuweichen, war sie es nun, die auf ihn zulief.

„Ich werde Ja sagen, wenn ich Lust dazu habe."

„Das wirst du nicht!"

Sie machte noch einen Schritt auf ihn zu. „Dass du mir das Leben gerettet hast, bedeutet nicht, dass du mir vorschreiben darfst, wie ich es zu leben habe."

Gabe erstarrte. „Willst du denn Ja sagen? Willst du dich denn mit meinem Bruder verabreden?"

Megan blieb ebenfalls stehen. Sie blickte ihn mit großen Augen an. Ihr Atem ging schnell. Sie umklammerte das Handtuch vor ihrer Brust.

„Nein."

Erleichtert stieß er die Luft aus, die er unwillkürlich angehalten hatte. „Ich schwöre", sagte er, hörte das Verlangen in seiner eigenen Stimme und wusste, dass er nichts dagegen tun konnte, „ich habe versucht, mich zu beherrschen."

Mit der Zungenspitze fuhr Megan sich über die Lippe. „Ich auch", gab sie leise zu.

Während Gabe die Arme ausstreckte, um Megan an sich zu ziehen, musste er sich eingestehen, dass die Eifersucht auf Zach nur der letztendliche Auslöser war, um sich das zu nehmen, was er schon die ganze Zeit wollte.

Megan.

Er wollte Megan.

Und heute Nacht würde er sie endlich bekommen.

Megan spürte Gabes Umarmung und wusste, dass alles, was sie wollte, nur einen Herzschlag entfernt war. Und sie wusste, dass es genauso schnell wieder vorbei sein konnte. Er hatte sie zuvor schon einmal geküsst und war dann gegangen.

Richtig oder falsch – sie wusste, wenn das heute Nacht passierte, würde sie voller Verlangen, Sehnsucht und ohne ihn zurückbleiben.

Sie war nie eine der Frauen gewesen, die ihr gutes Aussehen benutzten, um irgendetwas zu bekommen. Und sie hatte nie vorsätzlich wider besseres Wissen gehandelt. Sie sollte Gabe nicht dazu verführen, zu bleiben. Nicht, wenn sie es eigent-

135

lich besser wusste. Nicht, wenn viel mehr als nur eine heiße Nacht auf dem Spiel stand.

Aber ihr wurde klar, dass es für alles ein erstes Mal gab … Selbst dafür, auf die verlockende kleine Stimme in ihrem Kopf zu hören, die ihr versprach, dass alles gut werden und dass es niemandem schaden würde, falls sie sich diese eine Nacht erlaubte und jede Sekunde in seinen starken Armen genoss, bis die Sonne wieder aufging.

Wäre die sinnliche Frau, die tief in ihr geschlummert hatte, in den letzten Tagen von diesem Mann nicht Stück für Stück aus ihrem Dornröschenschlaf geweckt worden, hätte sie die Stimme vielleicht ignorieren können. Dann hätte sie das Verlangen möglicherweise verdrängen können.

Doch für diese eine Nacht forderte das Verlangen sein Recht.

Ihr Blick wanderte von Gabes Lippen zu seinen Augen, dann löste sie den Griff um das Handtuch. Sie spürte, wie er erstarrte, als ihm klar wurde, was sie tat. Er zog seine Hände zurück, und der flauschige weiße Baumwollstoff glitt an ihrer feuchten Haut hinab und landete auf dem Boden. Megan stand vollkommen nackt vor Gabe.

„Himmel, du bist so schön!"

Sein beinahe ehrfürchtiges Flüstern strich über ihre Haut, ging durch sie hindurch, schien ihre Brustspitzen zu liebkosen, pulsierte zwischen ihren Schenkeln und drang vor bis zu der Stelle in ihrem Herzen, die sie vor Männern wie Gabe hatte schützen wollen.

Sie wartete darauf, seine Finger wieder auf ihren Hüften zu fühlen. Haut an Haut. Ihr war klar, was nun geschehen würde. Es würde nicht lange dauern, bis sie unter ihm auf dem Bett liegen würde, bis sie zu Sache kommen würden.

Aber im nächsten Moment, in dem er mit den Händen

durch ihr nasses Haar fuhr, bemerkte sie ihren Fehler. Gabe Sullivan war nicht wie andere Männer, die sich direkt den Hauptgewinn geholt hätten.

Im Gegenteil. Er überraschte sie mit dem zärtlichsten Kuss, den sie jemals erlebt hatte.

Sacht berührten seine Lippen ihren Mund. Der Kuss war so sanft und leicht, dass sie fast nichts spürte. Nur die Wärme. Und als er den Kuss schließlich vertiefte und mit der Zunge über ihre Unterlippe streifte, empfand sie so viel Lust, dass sie ein Aufstöhnen nicht unterdrücken konnte.

„Gabe, bitte!"

Sie hatte nicht bemerkt, dass sie ihn, nur aufgrund dieses wundervollen Kusses, um mehr anflehte, bis er sagte: „Langsam, Baby! Heute Nacht wollen wir jede Sekunde auskosten."

„Ich weiß nicht, ob ich mich zurückhalten kann", erwiderte sie. Ihr Körper schien ihre Worte unterstreichen zu wollen, indem er sich an ihn schmiegte, sodass ihre nackten Brüste an seinen Oberkörper gepresst wurden.

Der grobe Stoff seines Hemds rief so wundervolle Empfindungen in ihr hervor, dass Megan unwillkürlich tief seufzte. Ihren nackten Körper an seinen bekleideten zu drücken, war so … ungezogen. Megan war noch nie ungezogen gewesen. Nur in ihrer Fantasie hatte sie sich der Gefahr und dem Adrenalin ausgesetzt.

Doch irgendetwas an Gabe brachte sie dazu, diese Fantasien Wirklichkeit werden lassen zu wollen.

„*Megan.*"

Er stöhnte ihren Namen, als wäre es um ihn ebenso geschehen, wie es um sie geschehen war. Er presste die Hüften an ihre, drängte sie an die Wand. Sie öffnete die Oberschenkel, hieß ihn willkommen. Es war ein berauschendes Gefühl, seine Erektion zu spüren.

Sie sollte aufpassen, sollte sich nicht hinreißen lassen, sollte ihn nicht so sehr begehren, dass sie nur noch eine Berührung vom Höhepunkt entfernt war. Aber die Wahrheit war: Jeder Moment, in dem sie sich nicht berührt, sich nicht geküsst hatten, und jeder Augenblick, in dem sie versucht hatten, Abstand voneinander zu halten, war nur das Vorspiel gewesen.

Das intensivste Vorspiel ihres Lebens.

„Ich könnte dich jetzt nehmen, könnte innerhalb von Sekunden in dir sein." Seine Stimme klang rau, seine Worte waren so direkt, so sexy, und ihr Herz pochte vor Begierde nach dem, was er beschrieben hatte. „Hier und jetzt, hart und schnell, im Stehen, an der Wand, deine Beine um meine Taille geschlungen."

Ja! Das wollte sie. Sie brauchte es.

Doch statt es zu tun, hörte er auf, sich an ihr zu reiben. Er flüsterte ihr nicht mehr die Fantasien ins Ohr, sondern schaute sie an. In seinen blauen Augen standen Hitze und Lust.

„Aber so werden wir heute Abend nicht miteinander schlafen, Megan."

Als sie seine Worte hörte, weiteten sich ihre Pupillen. „Und wenn ich es will?", brachte sie hervor. Ihre Stimme war kaum mehr als ein Flüstern.

„Du wirst das, was ich mit dir vorhabe, noch mehr wollen", erwiderte er. Er neigte den Kopf und leckte aufreizend über ihr Schlüsselbein.

Megan bog sich ihm entgegen. Sie schien unter dem sinnlichen Angriff zu erzittern.

Kein Mann hatte je so mit ihr geredet, ihr erzählt, was sie zu erwarten hatte, ihr einen Rausch versprochen, wenn sie ihm nur folgte. Sie war pragmatisch, sachlich und hatte lange genug für sich selbst gesorgt, um jetzt auf die geflüsterten Verheißungen eines Mannes reinzufallen, der genau wusste, wie er eine Frau vor Verlangen wahnsinnig machte. Doch als er mit dem Mund ihren Hals hinaufstrich und abwechselnd sacht knabberte und zärtlich mit der Zunge kreiste, musste sie der Wahrheit ins Auge sehen.

Sie liebte es.

Er rückte von ihr ab und zog die Hände aus ihrem Arm. Liebevoll streichelte er ihr über die Arme, um ihre Finger zu umschließen. Seine rauen Hände auf der Innenseite auf ihrer Armbeuge, an ihrem Handgelenk zu fühlen, war fast so gut wie jeder Orgasmus, den sie je bei einem anderen Mann erlebt hatte.

Sie verschlangen ihre Finger miteinander. Obwohl sie bereits nackt war, obwohl sie ihn gerade noch angefleht hatte, im Stehen mit ihr zu schlafen, traf sie die Empfindung, so gehalten zu werden – als wäre sie mehr als nur ein One-Night-Stand – mitten ins Herz. Und obwohl er weit genug von ihr entfernt stand, um ihren nackten Körper zu betrachten, wandte er den Blick nicht eine Sekunde lang von ihren Augen.

Es war verrückt, dass jetzt Tränen in ihr aufstiegen. Sie versuchte, sie wegzublinzeln, ehe er es bemerkte.

„Du und ich, wir werden heute Nacht miteinander reden. Du wirst mir sagen, wann dir etwas gefällt und wann nicht."

Sie befeuchtete die Lippen und erkannte, dass er recht hatte. Sie waren keine Kinder mehr. „Bisher ist es schön", sagte sie leise. „Wirklich schön."

„Aber?"

Jeder andere Mann hätte es einfach so hingenommen, Gabe allerdings tat genau das Gegenteil.

„Ich hatte erwartet, dass es heiß wird." Sie streichelte mit den Daumen über seine Handflächen. „Ich war darauf vorbereitet."

Er zog die Augenbrauen hoch. „Tatsächlich?"

Ganz leicht schüttelte sie den Kopf. „Na ja", meinte sie. „Vielleicht nicht direkt vorbereitet, aber ich bin nicht … überrascht."

„Ich auch nicht", entgegnete er. „Verrat mir, was dich überraschen würde."

Sie hatte keine Ahnung, wie sie es in Worte fassen sollte. „Alles andere."

Sein Blick verdunkelte sich, sein Griff verstärkte sich. „Ich wünschte, ich wäre überrascht", entgegnete er. Seine Stimme klang tief, lustvoll. Und es schwang noch etwas anderes mit, das zu analysieren sie sich fürchtete. Er hob ihre Hände an seinen Mund und küsste beide zugleich.

Oh Gott! Was dieser Mann mit ihr vorhatte … Wie sollte sie sich jemals von dieser Nacht erholen, fragte sie sich hilflos, während er ihre Finger langsam sinken ließ. Sex war die eine Sache. Doch was, wenn er mehr als nur ihren Körper verführen wollte?

Was, wenn er auch ihr Herz im Visier hatte?

Langsam ließ er den Blick von ihrem Gesicht zu ihren Brüsten gleiten. Sekunden verstrichen, eine nach der anderen, während er jeden Zentimeter ihrer Haut betrachtete. Unwillkürlich folgte sie seinem Blick zu ihrem Busen. Ihre aufgerichteten Spitzen reckten sich ihm begierig entgegen.

„Berühr mich", flehte sie. Sie wollte seine Hände, seinen Mund spüren. „Ich will, dass du mich berührst. Ich brauche das jetzt."

Gabe ließ sich nicht anmerken, ob er sie gehört hatte. Er nahm nur ihre verschlungenen Hände und legte sie an seine Hüften. Langsam löste er seine Finger von ihren. Das Warten, die schier endlosen Momente steigerten ihre Lust nur noch.

Und dann – *endlich* – streckte er die Arme nach ihr aus. Mit den Fingerspitzen fuhr er sacht über ihren Bauch und gemächlich weiter nach oben. Sie sog scharf die Luft ein, sowie sie ihn spürte. Er war noch ein Stück von ihren Brüsten entfernt, doch schon jetzt fühlte es sich verdammt gut an.

Sie biss sich auf die Unterlippe, während er seinen sündigen Weg über ihren Körper weiter verfolgte.

„So zart", flüsterte er, während er die Unterseite ihres Busens erreicht hatte. „So wunderschön." Nun umschloss er ihre Brüste. „So perfekt."

Sie konnte ein weiteres Aufstöhnen nicht unterdrücken, da er mit den Daumen ihre Brustwarze massierte. Und sie konnte auch nicht verhindern, dass sie sich ihm entgegenreckte.

Als er den Kopf neigte und über eine ihrer harten Spitzen blies, wäre sie beinahe gekommen. Er schaute sie an, und in seinen Augen standen Anerkennung und unverhohlenes Verlangen. „Du bist sehr empfindlich, oder?"

Wieder reizte er mit den Daumen ihre Brustwarze, aber sie konnte ihm nicht antworten, weil sie ihre gesamte Konzentration brauchte, um weiterzuatmen.

„Megan?"

Seine tiefe Stimme drängte sie zu antworten, als er wieder leicht den Kopf beugte und über ihre andere Brust hauchte.

„Ja", stieß sie keuchend hervor, sowie er sacht mit Daumen und Zeigefinger in ihre aufgerichtete Spitze kniff.

Plötzlich, ehe sie begriff, was passierte, nahm er sie auf die Arme und trug sie zum Bett.

„Ich will nicht, dass dir die Beine einknicken, wenn du gleich für mich kommst", erklärte er in sachlichem Ton, der jedoch die sinnliche Verheißung in seinen Worten nicht verhehlen konnte.

Sie hatte die Decke bereits zurückgeschlagen, ehe er aufgetaucht war. Nun legte er sie auf das glatte Laken. Sie würde einfach die Umarmung nicht lösen, würde ihm keine andere

Chance lassen, als zusammen mit ihr auf die Matratze zu sinken. Wer wusste schon, was ihm sonst noch einfiel? Vielleicht forderte er sie auf, sich selbst zu streicheln, während er zusah. Meinte er das mit seiner Bemerkung, sie würde heftig kommen? Megan konnte sich vorstellen, wie intensiv es sein würde – vor allem, weil sie sich sicher sein könnte, kurz darauf seine Hände, seinen Mund, seine pralle Männlichkeit auf und in sich zu spüren …

Entschieden schob sie die Bilder beiseite und erschauerte. Aber Gabe hatte schon bemerkt, was mit ihr los war. Ihre Brüste drückten gegen seinen Oberkörper, während die lustvollen Bilder sie weiterhin verfolgten.

„Erzähl mir, was dich so erregt."

„Du."

Und es stimmte – Gabe war alles, an was sie denken konnte, alles, was sie fühlte, alles, was in dieser Nacht eine Rolle spielte. Doch er war schneller und merkte, dass sie ihm auswich.

„Was noch?"

Seine behutsame, aber bestimmte Frage und die Art, wie er seine wundervollen Mundwinkel nach oben zog, brachten sie dazu, zu antworten. „Ich habe mich gefragt, was du tun wirst, damit ich …" Sie schluckte schwer: Sie hatte keinerlei Erfahrung mit Dirty Talk. Und obwohl auch das etwas war, das zu wünschen sie sich eigentlich versagen sollte, brachte die sinnliche Frau tief in ihrem Inneren sie dazu, zu äußern: „… damit ich so heftig komme."

Er schob sich auf sie, und sie musste die Augen schließen, sobald sie seinen muskulösen Körper auf sich fühlte, den rauen Stoff seiner Kleidung, der über ihre nackte, empfindliche Haut rieb.

Er neigte den Kopf und zeichnete lustvoll mit der Zunge Kreise auf ihren Hals – genau an der Stelle, die er schon zuvor liebkost hatte. Nur hielt er dieses Mal nicht inne und hörte auf. Stattdessen glitt er mit der Zungenspitze weiter hinunter. Die feuchte Hitze auf ihrem Busen raubte Megan den Atem. Er näherte sich ihren Brustwarzen, während er sanfte Küsse auf ihre zarte Haut hauchte.

Und dann spürte sie, wie er federleicht über eine ihrer harten Spitzen leckte. Unwillkürlich drängte sie ihre Hüften an seinen starken Schenkel und probierte, den Höhepunkt zu erreichen, den er ihr vorenthielt. Unvermittelt sah er hoch.

„Und was hast du gedacht?"

Nein! Er konnte ihr das jetzt nicht antun. Er konnte das Liebesspiel nicht einfach unterbrechen. Nicht jetzt, da sie so kurz davorstand, Erfüllung zu finden.

„Ich kann nicht …" Sie keuchte. „Ich brauche …"

Doch als ihr verschleierter Blick sich klärte, erkannte sie, dass er ihr nicht geben würde, was sie brauchte, bis sie ihm gegeben hatte, was er wollte.

„Was, hast du gedacht, würde ich mit dir tun?"

Megan sehnte sich verzweifelt nach der Erlösung, musste diese verrückte Begierde stillen. „Ich dachte, du würdest von mir verlangen, mich selbst zu streicheln", hörte sie sich sagen.

Bei ihren unerwarteten Worten leuchteten seine Augen auf. „Und?"

„Und …" Sie würde es doch nicht wirklich aussprechen, oder? Sie konnte ihre geheimsten Fantasien doch nicht mit einem Mann teilen, mit dem sie niemals mehr als nur eine wunderschöne Nacht teilen würde! Oder doch? „… nachdem ich für dich gekommen bin, würdest du mich mit deinen Händen und deinem Mund noch einmal zum Orgasmus bringen."

Gabe belohnte sie, indem er an ihrer Brustwarze saugte. Es war alles andere als langsam und bedächtig, und sie genoss die sanfte Qual.

Megan vergrub ihre Finger in seinem dunklen Haar und zog ihn an sich. Sie wollte seine Lippen, seine Zunge auf ihrer Haut spüren. Nichts hatte sich jemals so gut angefühlt, so richtig. Und auch wenn sie eigentlich hätte vorbereitet sein müssen, wusste sie weder ein noch aus, sowie er sich hingebungsvoll der anderen Brustwarze widmete. Jeder Augenblick mit Gabe war ein sündiges Vergnügen.

Mit den Händen streichelte und lockte er sie, während er mit dem Mund dafür sorgte, dass sie keinen klaren Gedanken mehr fassen konnte. Es war nicht nur ein Vorspiel, es war nicht nur Sex. Was er mit ihr anstellte, war weit mehr – er huldigte ihr, betete sie an, und sie presste sich an seinen Oberschenkel, reckte sich ihm entgegen. Seine Zunge, seine Finger auf ihrem Körper ... Ihre Erregung wurde zu einem sinnlichen Fieber. Sie war da, stand kurz vor dem Höhepunkt, den er ihr versprochen hatte.

Da nahm sie plötzlich einen kühlen Lufthauch wahr. Gabe hatte sich erhoben und ließ sich in einen Sessel in der Ecke sinken.

„Zeig es mir, Megan", sagte er mit rauer Stimme. „Zeig mir, wie du gern berührt wirst!"

Sie schüttelte den Kopf und kniete sich hin, damit sie ihn wieder zu sich ins Bett holen konnte.

„Du weißt es doch schon." Und es wäre so viel leichter, so viel sicherer, wenn stattdessen *er* sie berühren würde.

Aber er ergriff ihre ausgestreckte Hand nicht. „Ich will zuerst zuschauen. Ich will sehen, wie du unter deinen Fingern kommst."

Das war verrückt! Sie sollte nicht einmal mit dem Gedanken spielen, seine Aufforderung zu befolgen. Sie hätte ihm nie von ihrer Fantasie erzählen sollen. Verdammt, sie hätte diese Fantasie nie *haben* dürfen!

Doch wie lange schon schob sie ihre eigenen gewagten Begierden beiseite? Wie lange schon zwang sie sich, den Adrenalinkick zu meiden und immer den sicheren, wenn auch langweiligen Weg zu gehen? Sie wünschte, sie würde die Antwort auf diese Frage nicht kennen, wünschte, sie müsste nicht zugeben, dass sie schon vor dem Tod ihres Ehemannes immer auf Nummer sicher gegangen war und nie ein Risiko gewagt hatte.

Konnte sie für eine Nacht alle Regeln hinter sich lassen?

Konnte für ein paar Stunden allein der Himmel die Grenze sein?

Und konnte sie nicht nur Gabe, sondern auch sich selbst genug vertrauen, um ihrer Begierde freien Lauf zu lassen und für eine Weile frei zu sein?

Die Antworten kamen tief aus ihrem Inneren. Ja, ja und noch mal ja. Sie empfand eher Erleichterung als Angst. Schließlich legte sie sich zurück aufs Bett, während Gabe sie vom Sessel aus beobachtete.

„Du hast immer noch alle deine Sachen an", war der einzige Protest, den sie noch äußerte, als sie es sich nun auf den Kissen bequem machte.

„Du musst einfach nackt sein", meinte er.

„Das solltest du auch sein", entgegnete sie heiser und wusste, ohne je einen Blick darauf erhascht zu haben, wie gut er ohne Klamotten aussehen würde.

Bei ihren Worten fing er an zu lächeln, aber das Lächeln konnte das Feuer in seinen Augen nicht löschen.

Sie versuchte, trotz ihrer Nacktheit nicht verlegen zu sein, versuchte, so zu wirken, als wäre es normal für sie, vor ihm auf dem Bett zu liegen, eine Hand über ihrer Brust und die andere auf ihrem Bauch.

Aber das war es nicht. Überhaupt nicht.

Schon vorher hatte sie vor Gabe nichts geheim halten können. Und auch in diesem Moment war es nicht anders. „Ich habe keine Ahnung, wie ich es tun soll."

„Doch, das weißt du", erwiderte er mit seiner tiefen, ruhigen Stimme, bei der ihr ein Schauer über den Rücken rieselte. „Vor ein paar Minuten noch hast du davon geträumt. Ruf dir die Fantasie wieder ins Gedächtnis und gib dich ihr hin. Gönn uns beiden das Vergnügen, dich selbst zu berühren, Megan."

Er hatte recht. Im Laufe der vergangenen Jahre hatte sie viel Übung darin bekommen, sich selbst zu befriedigen. Nicht mit Spielzeug – denn sie hatte viel zu viel Angst davor, dass ein neugieriger kleiner Mensch es in einer Schublade finden würde –, sondern mit ihren eigenen Händen.

Genau das verlangte Gabe nun von ihr.

Während er zuschaute.

Was sie machten, war so verboten, so weit vom Blümchensex entfernt, den sie kannte, dass sie ungeachtet ihrer Nervosität immer erregter wurde.

Wenn sie die Augen schloss, wenn sie so tat, als wäre sie allein, dann könnte sie vielleicht …

„Megan."

Sie hob die Lider und blickte ihn an. Er schüttelte den Kopf.

„Sieh mich an, während ich dich beobachte."

Bei seinem leisen Befehl durchströmte sie wieder eine Welle der Lust. Ihre Lust war in dieser Sekunde so stark, dass eine ihrer Hände wie von selbst zwischen ihre Beine glitt, während sie die andere auf ihre Brust presste – genau, wie er es ein paar Minuten zuvor gemacht hatte.

Sie hätte schwören können, dass sie vor einem Mann und so entblößt niemals kommen könnte. Aber sie war so scharf, dass ihr klar war, dass es nur ein paar wohl platzierter Stimulationen mit den Fingern bedurfte, um zum Orgasmus zu gelangen.

Als sie allerdings Gabes konzentrierten, leidenschaftlichen Blick bemerkte, als sie entdeckte, wie er sie betrachtete und die Erektion erspähte, die sich in seiner Hose abzeichnete und den Stoff beinahe zum Bersten brachte, wollte sie plötzlich nichts mehr überstürzen, sondern sich Zeit lassen.

Bedächtig berührte sie sich mit zwei Fingern und stellte fest, dass sie feucht war. Sie reizte sich selbst, wollte es langsam angehen lassen. Aber sie konnte nicht verhindern, dass sie sich gegen ihre Hand drückte, und sie hatte auch keine Kontrolle über die Hand auf ihrem Busen. Während sie sich streichelte, kniff sie in die Brustwarze und steigerte ihre Lust ins Unermessliche. Sie hatte das Gefühl, den Bezug zur Realität zu verlieren und aus der Welt zu entgleiten, in der sie siebenundzwanzig Jahre lang gelebt hatte.

„Megan." Von der anderen Seite des Raumes drang Gabes Aufstöhnen zu ihr herüber. „Gott, das ist so heiß, so unglaublich heiß! Ich kann so nicht weitermachen. Nicht jetzt."

Im nächsten Moment war er bei ihr im Bett und schob ihre Schenkel auseinander, damit er mit dem Mund dort übernehmen konnte, wo gerade noch ihre rechte Hand gewesen war.

Die Empfindung, die seine Finger zwischen ihren Beinen hervorriefen, dazu das Streicheln seiner Zunge, seiner Lippen, all das brachte sie zum Orgasmus, noch ehe sie überhaupt bereit dafür war.

Ihre Hüften schienen ein Eigenleben zu führen, schmiegten sich an ihn, und Megan keuchte wieder und wieder seinen Namen. Sie war sich sicher, dass dieser Höhepunkt zu viel für sie war. Ihr war klar, dass sie mit so viel Lust nicht umgehen konnte. Im nächsten Augenblick tauchte er zwei Finger in sie und saugte an ihrer harten Perle, und das Gefühl wurde noch intensiver, riss sie mit sich.

Beim nächsten Orgasmus sah sie erst ein Feuerwerk vor ihren Augen, danach Dunkelheit, bis die Wellen der Leidenschaft schwächer wurden. Und obwohl sie gerade zwei Höhepunkte hintereinander erreicht hatte, strich Gabe noch immer mit der Zunge über ihre Haut. Sie hätte eigentlich zu empfindlich für weitere Liebkosungen sein müssen, allerdings war sie erstaunt, dass er genau zu wissen schien, wie er sie berühren, wo er sie lecken konnte, damit sie sich gut fühlte.

Und damit sie darüber nachdachte, gleich noch mal von vorn zu beginnen.

Erschöpft von der Mischung extremer Lust und ihrem Tag in den Bergen, ließ sie sich auf die Matratze sinken und war entspannt genug, um zuzulassen, dass Gabe sie weiterhin verwöhnte. Mit dem Mund fuhr er über die zarte Haut an der Innenseite ihrer Oberschenkel, kehrte anschließend aber auch immer wieder zu ihrer feuchten Hitze zurück. Es war eine bedächtige Verführung, die Stück für Stück ihr Begehren wiedererwecken sollte.

Am Ende bedurfte es all ihrer Energie, sich aufzurichten und nach seinen Händen zu greifen. Sie zog, und obwohl sie natürlich nicht die Kraft hatte, damit sie ihn tatsächlich erneut zu sich dirigieren konnte, verstand er, was sie wollte, und folgte bereitwillig der stummen Aufforderung.

Selbst als er sich nun nach oben bewegte, hielt er sein Versprechen, nichts zu überstürzen. Er hauchte eine Spur Küsse auf ihre Hüften, ihren Bauch, ihre Rippen, ihre Brüste, ihre Schultern, bis er schließlich ihren Mund erreichte.

Er küsste sie zärtlich und behutsam. Wenn sie sich noch nicht entschlossen hätte, ihm diese Nacht zu schenken, wäre sie spätestens bei dieser süßen Überredung durch seine Lippen, durch seine Zunge, durch seine Hitze und die Stärke seiner Muskeln schwach geworden.

Sie hielt es keine Sekunde länger aus. Denn obgleich es ihr Spaß bereitete, nackt zu sein, während er noch angekleidet war, wollte sie nun unbedingt die Wärme seiner Haut auf sich spüren, wollte wissen, was sie unter den Sachen erwartete.

Sie nahm all ihren Mut zusammen, drückte die Hände auf seine Brust und schob sanft. In der nächsten Sekunde lag er auf dem Rücken, und sie setzte sich auf ihn.

12. KAPITEL

Gabe hatte Frauen immer geliebt. Ihre glatte, zarte Haut, ihren süßen Duft, den Klang ihres Lachens. In der Highschool hatte er sein erstes Mal erlebt und seitdem immer gern und viel Sex gehabt. Sex war ein Bestandteil seines Lebens, genau wie Essen und Schlaf.

Er hatte schon mit vielen Frauen das Bett geteilt, doch mit Megan war es absolut anders. Fast so, als würde er es zum ersten Mal erleben, Liebe zu machen. Er hätte die ganze Nacht damit verbringen können, sie zu schmecken, ihr einen Höhepunkt nach dem anderen zu bescheren, ihren Lustschreien zu lauschen, zu spüren, wie sie sich noch einmal um seine Finger, seine Zunge zusammenzog.

Und nun saß sie auf ihm. Durch den Orgasmus, den er noch immer auf seinen Lippen schmecken konnte, war sie noch leicht errötet. Sie konzentrierte sich auf sein Hemd. Ihre Zungenspitze blitzte aus ihrem Mundwinkel hervor, während sie den ersten Knopf nun öffnete.

Statt den nächsten Knopf aufzumachen, warf sie ihm ein kurzes, unartiges kleines Lächeln zu, beugte sich vor und presste ihren Mund auf seine Haut. Ihr weiches Haar kitzelte ihn an der Unterseite seines Kinns. Ihre Lippen waren warm. Sie küsste ihn nicht nur, sie leckte über seine Haut und knabberte verführerisch an ihm.

Er wusste, dass er selbst für diese sinnliche Qual verantwortlich war. Indem er es bei ihr langsam hatte angehen lassen, hatte er ihr jeden Grund gegeben, um mit ihm zu spielen.

Blitzschnell hätte er sie auf den Rücken drehen, den Reißverschluss seiner Hose herunterziehen und in ihr sein können. Noch ehe sie den nächsten Atemzug getan hätte. Die Art, wie sie ganz leicht über sein Schlüsselbein mit der Zunge glitt, brachte ihn stark in Versuchung, genau das zu tun.

Sie hob den Kopf, und er entdeckte das Verlangen in ihren Augen. „Du hast recht", sagte sie heiser. „Es langsam anzugehen, hat auch seinen Reiz."

Die Lust in ihrem Gesicht war der einzige Grund, warum er sie nicht unter sich auf die Matratze legte und sie nahm, der einzige Grund, warum er ruhig liegen blieb und sich weiter von ihr verführen ließ.

Megans Hände zitterten, als sie den nächsten Knopf aufmachen wollte. Er rutschte ihr aus den Fingern, da Gabe sie unvermittelt an den Hüften fasste und auf seine Erektion drückte. Megan schloss die Augen und stützte sich auf seiner Brust ab, während sie ganz instinktiv begann, sich zu bewegen.

Hatte er nicht von Anfang an geahnt, dass sie die fleischgewordene Sinnlichkeit war? Aber nun mit ihr zusammen zu sein und einen Liebesakt mit der erotischsten Frau zu erleben, die er je kennengelernt hatte, war fernab von allem, was er sich je hätte vorstellen können.

„Das ist es, Süße", raunte er, wobei er ihre Brüste mit den Händen umschloss und sie sich in ihrem eigenen Rhythmus an ihm rieb. „Komm noch mal für mich! Genau so."

Sie riss die Augen auf. Überraschung stand in ihrem Blick. Ihm war klar, dass ihr gar nicht bewusst gewesen war, was sie tat.

„Du bist doch jetzt an der Reihe", protestierte sie atemlos. Als er ihre gehauchten Worte hörte, wuchs seine Lust nur noch mehr – falls das überhaupt möglich war.

„Dich zu beobachten, reicht mir gerade völlig."

Ihre Augen wurden bei dem Gedanken, dass ihm ihr Höhepunkt genauso viel Vergnügen und Befriedigung bereitete wie ihr selbst, groß, und sie schaute ihn an. Er dachte, sie würde widersprechen, aber da er ihren nächsten Orgasmus beinahe schmecken konnte, wusste er, dass sie nichts tun konnte.

Megans Busen waren so empfindlich; es war eigentlich nicht fair, ihre harten Spitzen weiter mit Daumen und Zeigefinger zu massieren. Aber was war schon fair? Ihm ging es nur noch um ihre Erregung, darum, zu beobachten, wie ihre Augen sich verdunkelten, wenn sie kam, und wie ihre Haut vor Hitze und Begierde zart errötete.

Keuchend weiteten sich ihre Augen, als seine Liebkosung sie durchfuhr. Sie warf den Kopf in den Nacken und drängte ihre Brüste gegen seine Hände. Wie im Rausch ließ sie die Hüften kreisen. Und dann machte sie den Mund auf und stöhnte befriedigt. Seine Erektion drückte gegen seine Jeans.

„*Gabe!*"

Sie brachte seinen Namen über ihre wundervollen Lippen, während sie kam. Jeder Muskel in ihrem Körper war angespannt, erzitterte und schien dann zu explodieren. Sie schrie auf.

Gott, er liebte es, wie sie mit jeder Faser ihres Körpers den Orgasmus genoss.

Sie hielt sich nicht zurück. Sie versuchte nicht, ihn zu verführen, erschuf keine Fantasie, sodass er sie noch mehr wollte.

Sie gab sich einfach der Ekstase hin und ließ sich davon mitreißen.

Langsam kehrte Megan zu ihm zurück. Ihr Körper erschauerte noch immer von den Nachwirkungen des Höhepunktes. Schließlich hob sie die Lider und schaute ihn an. Ihr Haar war zerzaust und wild, ihre Lippen voll und rot.

„Eigentlich wollte ich mich doch um dich kümmern", sagte sie leise, und er musste sie zu einem Kuss an sich ziehen, um ihr noch einmal zu zeigen, dass das, was gerade passiert war, auch für ihn eine Erfüllung gewesen war.

„Nein", stieß sie plötzlich hervor und richtete sich unvermittelt auf. Noch immer saß sie nackt auf ihm und warf ihm nun einen entschlossenen Blick zu. „Keine Ablenkung mehr."

Er hatte keine Ahnung, ob sie mit ihm oder mit sich selbst redete, doch vermutlich spielte das keine Rolle. Sie öffnete mit einem konzentrierten Blick aus ihren grünen Augen den nächsten Knopf an seinem Hemd.

Sie wollte sich gerade dem nächsten widmen, da legte Gabe die Hand auf ihre. „Hast du nicht etwas vergessen?" Als sie ihn stirnrunzelnd ansah, grinste er. „Ein Knopf, ein Orgasmus, oder?"

Sie schob seine Finger zur Seite, allerdings bemerkte er, dass sie sich ein Lächeln verkniff. „Ich habe gerade gesagt, dass es keine Ablenkung mehr gibt. Jetzt geht es nur noch um dich."

Und während sie den nächsten Knopf aufmachte und dann ein Stück hinunterrutschte, damit sie seinen Brustkorb mit dem Mund verwöhnen konnte, wusste Gabe bereits nicht mehr, wo ihm der Kopf stand.

So würde es sein, das Leben mit Megan: voller Glück, Spaß und sexy Auseinandersetzungen darüber, wer wen verwöhnen durfte.

Der Gedanke über die Zukunft – über eine Zukunft mit ihr, die er sich eigentlich gar nicht ausmalen sollte – wäre ihm fast entgangen. Doch er erhielt gar nicht die Chance herauszufinden, woher der Gedanke überhaupt gekommen war oder wie er ihn verdrängen könnte, denn ihre sachten, zärtlichen Bisse lenkten ihn vollkommen ab.

Gabe war Megan ausgeliefert, als sie den Kopf hob und ihm einen triumphierenden Blick zuwarf, wobei sie die letzten

Knöpfe öffnete. Nachdem sie damit fertig war, schob sie das Hemd auseinander und ihre Augen wurden groß.

„Oh." Sie leckte sich über die Lippen. „Wow."

Er sagte nichts, sondern griff nach ihren Händen und führte sie an seine Hose.

„Das mache ich schon noch", versprach sie, ohne den Blick von seinem nackten Oberkörper zu wenden. „Lass einem Mädchen erst mal Zeit, dich zu betrachten, Feuerwehrmann."

Langsam strich sie mit dem Finger über seine Bauchmuskeln. Seine Haut kribbelte unter ihrer Berührung, und er konnte angesichts ihrer süßen Liebkosungen ein Aufstöhnen nicht unterdrücken. Dann glitt sie mit den Händen hinauf und streichelte ihn.

„Du bist unglaublich", murmelte sie. Er wusste genau, was sie empfand, als er sich die Göttin ansah, die auf ihm saß. „Ich war mir sicher, dass du so aussehen würdest", gab sie leise zu.

„Ich wusste auch, dass du atemberaubend sein würdest, Megan."

Sie schaute ihm wieder in die Augen. In dem Moment spürte er es: eine tiefe Verbundenheit, die keiner von ihnen sich hatte eingestehen wollen. Aber nun konnten sie es nicht länger leugnen.

Sex war einfacher, so viel einfacher, als die Kontrolle über die Gefühle zu verlieren. Als sie sich wieder daranmachte, ihn auszuziehen, hielt er sie nicht davon ab.

Tief in seinem Inneren musste er sich jedoch fragen, wie sie beide die Augen davor verschließen sollten, was heute Nacht geschah. Denn es war schon etwas geschehen, bevor sie einander die Sachen vom Leib gerissen hatten. Noch vor dem Tag in den Bergen. Noch vor dem gemeinsamen Abendessen. Sogar noch vor der Party bei seiner Mutter und dem ersten Kuss.

Doch das alles zu begreifen und zu entscheiden, wie sie mit etwas umgehen sollten, das größer war als eine gemeinsame Nacht, das mehr war als ein paar Höhepunkte, war zu viel für diesen Abend, den sie sich gestohlen hatten.

Er beobachtete, wie Megan einmal tief Luft holte, als wollte sie sich innerlich für das, was kam, wappnen, und wie sie dann den Reißverschluss seiner Jeans herunterzog. Sofort drängte seine Erektion nach draußen. Er hob die Hüften von der Matratze und half ihr, ihm die Jeans abzustreifen.

Sie biss sich auf die Unterlippe, und er war gefesselt von dem Ausdruck in ihren großen Augen, während sie ihn von den Shorts befreite.

Was würde sie nun tun? Jeder Muskel in seinem Körper war angespannt, sowie er sah, wie sie ihn betrachtete. Ihre Augen waren geweitet und so voller Lust, dass er beinahe gekommen wäre, ohne dass sie ihn auch nur berührt hatte.

Wie in Zeitlupe streckte sie die Hand nach ihm aus. Sie schlang ihre schlanken Finger so sanft um ihn, dass er den Drang, sich fester gegen ihre Hand zu pressen, kaum beherrschen konnte. Sie verstärkte den Griff, und Gabe war sich sicher, dass es, auch wenn sie heute nicht weitergehen würden, schon jetzt der beste Sex seines Lebens war.

Er konnte den Blick nicht von ihrer Hand wenden, mit der sie seine Härte umfing. Beinahe ehrfürchtig streichelte sie ihn und strich mit dem Daumen über die Eichel. Gott, diesen Anblick würde er niemals vergessen können. Allein bei der Erinnerung an diesen Moment würde er zukünftig kommen.

Er war so fasziniert von Megan und dem, was sie mit ihrer Hand anstellte, dass er kaum realisierte, dass sie langsam den Kopf neigte. Erst als ihre Haarspitzen über seinen Oberschenkel glitten, erkannte er, was sie vorhatte.

Er fühlte ihren warmen Atem, sacht und verführerisch. Und dann – *Oh Gott, ich werde diese Nacht niemals überstehen!* – spürte er ihre Zunge.

Eigentlich war das allein schon heißer als heiß, aber als sie auch noch einen kleinen Laut ausstieß, verlor er fast den Verstand. Allmählich drohte Gabe die Selbstbeherrschung zu verlieren. Und im nächsten Moment umschloss sie ihn mit den Lippen, nahm ihn in ihren Mund auf.

Er wollte nicht kommen – nicht jetzt, bei ihrem ersten Mal. Doch sowie er die Finger in ihren Haaren vergrub und sich tiefer in ihren feuchten Mund schob, wusste er, dass er sich nicht mehr lange zurückhalten konnte. Wenn er sich jetzt nicht zurückzog, würde ihm nichts anderes übrig bleiben, als sich dem unglaublichsten Blowjob hinzugeben, den er je erlebt hatte.

Verzweifelt aufstöhnend glitt er aus ihrem Mund. Ihre Lippen machten ein schmatzendes Geräusch, das in dem kleinen Hotelzimmer widerhallte.

Überrascht schaute sie ihn an, da er zur Seite rutschte, sich auf den Rücken drehte und sich aus dem Bett erhob. Danach griff er nach seiner Jeans. „Gabe?" Sie war eine sinnliche Göttin, ihre Lippen geschwollen und rot.

Er sagte nichts, sondern holte nur stumm ein Kondom aus der Gesäßtasche seiner Hose. Sie streckte die Hand aus und bat: „Lass mich das machen." Aber er stand so kurz davor zu kommen, dass er lieber selbst die Packung aufriss und sich das Kondom überrollte.

Nachdem er sich wieder zu ihr gesellt hatte, spreizte sie sofort die Beine, damit er sich dazwischenlegen konnte. Er wollte, er musste in ihr sein, doch zuerst musste er sie noch einmal küssen.

Sie schlang die Arme um seinen Nacken und erwiderte den Kuss mit so viel Leidenschaft, dass es ihm beinahe den

Verstand raubte. Schließlich drängte sie ihm ihr Becken entgegen, und er tauchte mit der Spitze seines Schaftes in ihre pulsierende Mitte.

Er musste sich zurückziehen, presste die Arme auf die Matratze, um zuzusehen, wie ihre Körper miteinander verschmolzen. „Du bist so umwerfend, Megan", war alles, was er sagen konnte, während er ihre zarten Kurven und ihre Haut betrachtete, auf der Schweißperlen glitzerten.

Sie strich mit den Händen über seinen Brustkorb, seinen Bauch und danach über seine Hüften. „Nimm mich, Gabe!" Sie schloss die Augen, sowie sie eins mit Gabe wurde. „Bitte, liebe mich!"

„Schaue es dir mit mir zusammen an", forderte er sie sanft auf und schaffte es, zu warten, bis sie die Lider gehoben hatte und den Blick nach unten wandte, damit sie beobachten konnte, wie sie sich vereinigten.

Er belohnte sie damit, dass er sich ein Stück weiter in sie schob, nur um wieder herauszugleiten. Er wiederholte es so lange, bis er fast ganz in ihr war.

„*Oh Gott!*"

Am Ende waren es der Klang dieser beiden gekeuchten Worte und die Hitze, die ihn umschloss, die ihn die Selbstbeherrschung verlieren ließen.

Mit den Händen hielt er ihren Kopf fest und stützte sich mit den Ellbogen auf der Matratze ab. Dann drang er so tief in sie, dass sie beide vor Lust aufstöhnten. Sie gehörte ihm.

Aber selbst, als er nun mit ihr schlief, wusste er, dass es genau umgekehrt war. Er gehörte längst ihr – seit sie die Beine um seine Taille geschlungen hatte, seit ihr Körper sich ihm geöffnet hatte, seit sie alles genommen hatte, was er ihr geben konnte, und ihm noch mehr zurückgegeben hatte.

Wieder trafen sich ihre Lippen, ihre Zungen, und ihre Körper genossen einander. Sie konnten es nicht mehr verhindern. Er wünschte, er hätte sie stundenlang so lieben können. Er wünschte, dieses Gefühl, so perfekt und so innig mit Megan zusammen zu sein, könnte ewig anhalten. Doch er wollte sie schon viel zu lange viel zu sehr.

Doch auch wenn er sich nicht länger beherrschen konnte, würde er den Höhepunkt auf keinen Fall ohne sie erleben.

Die Laute, die sie machte, und die Art, wie ihr Innerstes sich um ihn zusammenzog, zeigten ihm, dass sie kurz davor war. Es war reiner Instinkt, mit einer Hand zwischen sie beide zu wandern und den Kuss zu unterbrechen.

„Komm mit mir zusammen, Liebling!"

Sie klammerte sich an ihn. Vor Begierde wirkten ihre grünen Augen fast schwarz. Dann schloss sie die Augen und bog den Rücken durch, als ihr Höhepunkt sie beide mit einer Wucht traf, dass Gabe sich nur an ihr festhalten konnte, während er sich kurz darauf in ihr verströmte.

Er vergaß, seine Kraft zu zügeln, vergaß, wie zierlich sie war, vergaß, dass er eigentlich vorgehabt hatte, es beim ersten Mal langsam angehen zu lassen. Und Megan war bei ihm, drückte ihn an sich und küsste ihn mit all der Leidenschaft, mit der er sie liebte.

Perfekt.

Sie war perfekt.

Nachdem der Orgasmus abgeebbt war, lagen sie schwer atmend aneinandergeschmiegt im Bett und er küsste ihre Schulter. Mit ihr in seinen Armen rollte er zur Seite. Sie schmiegte den Kopf an seine Schulter und umarmte ihn. Und im nächsten Moment spürte er, wie sie sich vollkommen entspannte, als sie in einen tiefen Schlaf glitt.

13. KAPITEL

Der frühe Morgen war schon immer Megans liebste Tageszeit gewesen. Als sie noch nicht von zu Hause aus gearbeitet hatte, war sie am Montagmorgen immer die fröhliche Mitarbeiterin gewesen, die die Kollegen im Büro mit ihrer guten Laune in den Wahnsinn getrieben hatte. Doch in den Armen eines Mannes zu erwachen, war ein ganz neues Morgengefühl.

Als sie sich in der vergangenen Nacht ihrer Lust hingegeben hatte, war ihr klar gewesen, dass sie nicht mehr als diese eine Nacht zusammen erleben würden. Aber obwohl die ersten Lichtstrahlen bereits durch die Vorhänge fielen, war es im Zimmer noch immer dunkel genug, um so zu tun, als würden sie sich noch immer mitten in ihrer verbotenen gemeinsamen Nacht befinden. Als Gabe anfing, sich zu rühren, und seine Erektion sich hart und heiß gegen ihren Po drängte, weigerte sie sich einfach, weiter aufzuwachen.

Megan war normalerweise nicht die Art von Frau, die den Mann mitten in der Nacht weckte, um noch einmal mit ihm zu schlafen. Doch andererseits war nichts, was mit Gabe passiert war, in die Kategorie „normal" einzuordnen. Und bis der Tag wirklich und wahrhaftig begann, waren doch alle Regeln noch immer außer Kraft gesetzt, nicht wahr? Auch die Regeln, die besagten, dass sie sich nicht langsam in seinen Armen umdrehen und ihm einen Kuss aufs Kinn hauchen sollte, oder?

Ihr Herz schlug so heftig, dass sie sicher war, dass er es spüren würde, wenn er jetzt wach wäre.

Da Gabe nicht auf ihren Kuss reagierte, fragte sie sich, ob sie es sich vielleicht nur eingebildet hatte, dass er sie vor ein paar Sekunden enger an sich gezogen hatte. Hatte er sich nur im Schlaf bewegt? Und wenn es so wäre, hätte sie genug Mut, um den ersten Schritt zu machen? Um sich zu nehmen, was sie wollte, was sie brauchte? Ein letztes Mal, ehe sie dieses Verlangen für immer in sich verschloss?

Sie küsste ihn ein bisschen tiefer, knapp unter dem Kinn, auf den Bartschatten, auf die Stelle, an der sein Pulsschlag sichtbar wurde. Sie strich mit der Zungenspitze über seinen Hals. Danach leckte sie über sein Schlüsselbein und seine Schulter.

Jeder Kuss, jede Liebkosung ließ sie mutiger werden.

In der letzten Nacht waren zu viele Empfindungen auf sie eingeprasselt. Mit Gabe intim zu sein, fühlte sich an wie ein absolut unerwartetes Erdbeben; damit hatte sie mehr als genug zu tun gehabt. Deshalb war sie nicht in der Lage gewesen, ihn so zu erkunden, wie sie es sich eigentlich gewünscht hätte. Jetzt packte sie die Gelegenheit beim Schopfe. Während sie über seinen Brustkorb glitt, beugte sie sich etwas zurück, weil sie sehen wollte, wie klein ihre ausgestreckte Hand auf seinem durchtrainierten Oberkörper wirkte.

Schon oft hatte sie gehört, wie Frauen über Feuerwehrmänner getuschelt und sich ausgemalt hatten, was sie mit ihnen anstellen wollten. Aber Megan hatte so jung geheiratet, dass sie nie die Zeit gehabt hatte, um solche Fantasien zu entwickeln. Und nach Davids Tod hatte sie sich nicht erlaubt, in so einer Weise an Feuerwehrmänner oder Cops oder SEALs zu denken.

Wenn ich es getan hätte, dachte sie mit einem Lächeln, das sie nicht verbarg, weil Gabe noch immer schlief, hätte sie von einem Mann wie diesem geträumt. Einem großen, schönen Mann, der entschlossen war, ihr die größtmögliche Lust zu bereiten.

Lust, die mit jedem Moment, den sie sich in seinen Armen stahl, stärker wurde. Sie fuhr mit den Händen weiter nach unten.

Megan war so versunken in die Erkundung von Gabes Körper, dass sie erschrak, als Gabe sich plötzlich rührte und sie auf den Rücken rollte. Ihr stockte der Atem, denn nun schob er sich auf sie, einen muskulösen Oberschenkel zwischen ihren Beinen. Seine Augen wirkten klar und wach, während er sie nun anschaute.

„Du warst schon die ganze Zeit wach", warf sie ihm vor, nachdem sie ihre Stimme wiedergefunden hatte.

„Ich bin jetzt wach", entgegnete er. Im nächsten Moment war sein Mund auf ihren Brüsten und er drückte sie mit den Händen zusammen, sodass er beide Spitzen zugleich reizen konnte.

Sie konnte seine Erektion an ihrem Schenkel spüren und wusste, dass er fühlen konnte, wie feucht, wie bereit sie war. Noch nie war sie so erwacht – vernascht von einem Mann, der ihr nicht nur den Atem raubte, sondern bei dem sie auch keinen klaren Gedanken mehr fassen konnte. Alles, was sie wahrnahm, war das Gefühl von Haut an Haut, von Händen auf empfindsamen Körperstellen, von Lippen, die überall zu sein schienen und alles schmeckten.

Megan wollte, dass dieser letzte Liebesakt niemals endete. Sie wollte sichergehen, dass sie sich später, wenn sie wieder allein war, an jede Berührung, jedes lustvolle Stöhnen, jedes Aufkeuchen erinnerte. Doch alles, was sie im Dunkeln getan hatten – die bedächtige Verführung, das Risiko, zu machen, um was er sie gebeten hatte –, steigerte ihre Begierde nur noch. Als würden sie die Gedanken des anderen kennen, drehten sie sich gleichzeitig um, sodass sie mit ihren Beinen seine umfing. Aber dann, gerade, als sie dachte, er würde sie nehmen, zog er sie mit sich, sodass er sich unter ihr befand.

Im nächsten Augenblick saß sie auf ihm. Sie sah die Sonnenstrahlen, die inzwischen ins Zimmer fielen. Die vergangene Nacht war nur noch eine entfernte Erinnerung.

Sie schloss die Augen und wollte nicht, dass die Realität ihre wahr gewordene Fantasie verdrängte. Nur noch ein paar Minuten. Das war alles, was sie sich wünschte.

Glücklicherweise musste sie die Augen nicht öffnen, um Gabes Erektion in die richtige Position zur ihrer feuchten Mitte zu dirigieren. Es war das Einzige, was im Moment zählte.

Sie stand kurz davor, fühlte schon seine Härte, die gleich in sie dringen würde, als sie seine Stimme hörte. „Megan."

Zögerlich hob sie die Lider und sah ihn an.

Der Blick aus seinen blauen Augen war eindringlich. Lust stand in ihnen – und noch etwas anderes, das sie nicht genau benennen konnte. Oder vielleicht wollte sie es auch einfach nicht.

Nicht in diesem Moment, in dem sie noch so tat als ob.

„Bist du geschützt?"

Im ersten Augenblick begriff sie nicht, was er von ihr wollte. Es war so lange her, dass sie über Verhütung oder Geschlechtskrankheiten nachgedacht hatte.

Oder über eine Schwangerschaft.

Als die Worte schließlich die Begierde durchdrangen, die wie ein Nebel ihren Geist eingehüllt hatte, wollte sie aufspringen. Doch er hielt sie an der Taille fest, sodass sie nicht weg konnte.

„Nein." Das Wort schien laut im Hotelzimmer widerzuhallen.

Was mache ich hier?

Aber bevor sie diese Frage für sich beantworten konnte, beugte Gabe sich zum Nachttischchen hinüber und schnappte sich das Kondom, das dort lag. Megan hatte gar nicht bemerkt, wie er es am vergangenen Abend dort platziert hatte.

Ihr war klar, dass sie ihn eigentlich daran hindern müsste,

162

es sich überzustreifen, denn die letzte Nacht war ein Ausrutscher gewesen, den sie auf keinen Fall wiederholen sollten.

Eines war ihr klar: Sobald er die Verpackung aufgerissen und sich das Präservativ übergerollt hätte, könnte sie es nicht mehr übers Herz bringen, Nein zu sagen und zu beenden, was sie begonnen hatten. Was *sie* begonnen hatte.

Denn sie würde sich nicht mehr zurückhalten können.

Doch er riss die Verpackung nicht auf. Gabe hielt ihr das Kondom entgegen. Als wollte er ihr die Entscheidung überlassen, ob sie noch einmal miteinander schliefen oder nicht.

Sie erinnerte sich wieder an die Worte der vergangenen Nacht.

Bitte, liebe mich.

Megan schloss die Augen, sowie sie daran dachte, wie schwach sie gewesen war und dass sie Gabe um etwas viel Größeres als nur körperliche Befriedigung angefleht hatte. So gefährlich war es, mit ihm zusammen zu sein. Es war schon längst an der Zeit, zu tun, was sie sich selbst versprochen hatte, und aus dem Bett zu steigen. Allerdings fühlte sich ihr Herz an, als würde es zerbrechen, während sie versuchte, von seinem Schoß zu rutschen.

Zu dieser frühen Stunde herrschte im Hotel noch himmlische Ruhe, doch sie hätte schwören können, dass sie hörte, wie ein Gefängnisgitter heruntersauste – Stab für Stab, zuerst um ihr Herz, dann um ihren Körper.

Krach!

Megan wusste, dass es verrückt war, dass sie von der Bewegung an der frischen Luft – und vom Sex! – übermüdet sein musste.

Krach!

Ihr Herz war schon gefangen. Aber als ein weiterer Gitterstab krachend heruntersauste – *Krach!* –, traf sie eine

Entscheidung. Statt zu warten, bis sie völlig eingeschlossen war ... stürzte sie sich auf Gabe.

Sie nahm ihm das Kondom aus der Hand und riss die Verpackung so schnell auf, dass das Gummi auf das Bett fiel. Sie hielt die beiden Teile der Verpackung in den Händen.

Krach!

Sie schnappte sich das Kondom und glitt auf Gabe ein Stück zurück, bis sie das Präservativ mit zitternden Fingern über seine Erektion streifen konnte. Doch als sie sich gerade sicher war, nichts könnte ihre Panik vertreiben, ergriff Gabe ihre Hände.

Warm. Er war so warm.

Sie hob den Blick, schaute ihm in die Augen und bemerkte, dass sie nach Luft rang.

„Megan?"

Plötzlich sah sie sich durch seine Augen. Die letzte Nacht und der unglaubliche Sex hatten sie vollkommen durcheinandergebracht. Er hätte so schnell wie möglich vor ihr davonlaufen sollen.

Doch aus irgendeinem Grund, den sie nicht verstand, tat er das nicht.

Und irgendwie hörten die Gitterstäbe auf, herunterzukrachen, als sie ihm nun in die Augen sah und seine Wärme und seine Stärke unter sich spürte. Als hätte er ihre Gedanken gelesen, schien er zu wissen, was sie wollte, worum sie ihn allerdings nicht bitten konnte. Sanft strich er über ihre Arme, ihre Schultern und umschloss dann mit beiden Händen ihr Gesicht.

„Komm her, Liebling!"

Sie beugte sich vor. Sobald ihre Lippen sich fanden, fühlte sie, wie etwas in ihrer Brust zersprang. Es waren die Gitterstäbe um ihr Herz. Sie gab sich ein letztes Mal diesem wundervollen Gefühl hin. Sie erlaubte es sich, ihr Becken zu bewegen und hinaufzurutschen, bis sie über seinem harten Schaft war.

Mit einem lustvollen, glücklichen Aufkeuchen nahm Megan Gabe in sich auf. Und es ließ sich nicht leugnen, dass es eine unglaubliche Empfindung war, mit ihm zu schlafen. Sie konnte sich nicht zurückhalten und schlang die Arme um seinen Nacken, um ihn an sich zu ziehen, und die Beine um seine Hüften. Mit Gabe zusammen drehte sie sich um, sodass er auf ihr war.

Doch selbst als ihr Körper unaufhaltsam einem Höhepunkt entgegenstrebte, selbst als sie das Becken anhob, damit sie ihm noch näher war, selbst als er an ihrer Brustwarze saugte und sie sich der Wärme seiner Lippen entgegenreckte, und selbst als sie versuchte, das alles noch immer als reinen Sex zu bezeichnen, war eines klar: Megan konnte nicht abstreiten, dass es sich an diesem Morgen anders anfühlte, mit ihm zu schlafen.

Größer.

Und beängstigender.

Zu beängstigend, um es allein zu erleben.

„Bitte", stöhnte sie.

Gabe sah ihr in die Augen und hörte auf, in sie zu stoßen. „Ich will dir alles geben", sagte er mit genauso rauer Stimme wie sie.

Aber er konnte ihr nicht *alles* geben. Er konnte kein Mann werden, der jeden Tag in ein sicheres Büro ging und versprach, jeden Abend unversehrt und gesund zurückzukehren.

Das konnte sie nicht von ihm verlangen.

Sie konnte ihn nur um diesen lustvollen Moment bitten.

„Gabe." Sie legte eine Hand an seine Wange und hielt ihn fest, als nur noch diese Sekunde, dieses Verlangen zählte. Sie würden keine gemeinsamen Augenblicke wie diesen mehr bekommen. Sie hatten nur das Hier und Jetzt. „Ich will, dass du hier bei mir, in mir bist."

„Ich will auch dort sein."

Seine Worte waren wie eine Liebkosung. Megan kam es vor, als würde sie vor einem Abgrund stehen, ohne eine Ahnung zu haben, was sie da unten erwartete.

Zum ersten – und zum letzten – Mal öffnete Megan sich ganz für Gabe. Sie riss ihre Schutzmauern nieder und ließ Gabe in ihr Herz. Er drang tief in sie und berührte all die leeren Stellen, von denen sie nicht einmal gewusst hatte, dass sie existierten. Er war ihr so nahe, dass sie hätte schwören können, er würde ihre Seele streicheln.

Wieder und wieder tauchte er in sie. Seine Arme waren stark, sein Herzschlag gleichmäßig, seine Küsse süß und fordernd zugleich. Und schließlich erreichten sie den Höhepunkt gemeinsam.

Noch nie hat mich jemand so geliebt, war Megans letzter Gedanke, ehe im nächsten Moment die Gitterstäbe wieder herunterkrachten und einen undurchdringlichen Kreis um ihr Herz bildeten.

14. KAPITEL

Megan hatte Gabe schlicht und ergreifend umgehauen. Er war so überwältigt, dass er sich, obwohl er wusste, dass er sie zerdrückte, nicht rühren konnte. Er lag ausgestreckt auf ihr und atmete heftig.

Sie atmete ebenso heftig. Das überraschte ihn nicht, denn der Sex war körperlich fast genauso anstrengend gewesen wie sein Job als Feuerwehrmann.

Gabe war ein guter, erfolgreicher Feuerwehrmann. Sein Job war seine Berufung, und jeden Tag ging er mit dem wunderbaren Gefühl zur Arbeit, dass er in seinem Leben den richtigen Weg eingeschlagen hatte. Doch nach keinem gelöschten Brand hatte er sich je so gut, so beschwingt gefühlt wie jetzt.

Und das war der Grund, warum er es, obwohl er sich vorgenommen hatte, nur eine einzige Nacht mit Megan zu verbringen, nicht geschafft hatte, das durchzuziehen.

Er hatte nicht vergessen, auf was sie sich bei ihr zu Hause geeinigt hatten. Aber das hieß nicht, dass er ignorieren konnte, was gerade zwischen ihnen passiert war.

Langsam erhob er sich und löste sich von ihren wundervollen Kurven. Er blickte ihr in die Augen, die im Nachhall des Höhepunktes noch immer verschleiert wirkten. Er lächelte sie an, diese wunderschöne Frau, von der er nicht genug bekommen konnte. „Guten Morgen."

Diese beiden Worte reichten. Von einem Moment zum nächsten wurde aus der entspannten, lockeren und warmen Megan eine angespannte, kühle Frau.

Und obwohl sein Instinkt eigentlich das Gegenteil verlangte, zwang er sich, sich von ihr zu lösen und zur Seite zu rollen.

Sie schnappte sich das erste Kleidungsstück, das sie erreichen konnte. Er war sich nicht sicher, ob ihr klar war, dass es sein Hemd war, das sie nun um sich schlang. Das Einzige, was sicher war, war, dass sie versuchte, vor ihm zu flüchten.

Im Laufe der Jahre hatten Frauen eigentlich immer versucht, ihm näherzukommen. Sie hatten sich Wege überlegt, um mehr Zeit mit ihm zu verbringen. Sie hatten sich bemüht, ihn zu verführen. Ein paar hatten sogar gehofft, dass er sie heiraten würde.

Aber keine der Frauen hatte je versucht, von ihm wegzukommen.

Bis jetzt.

Als Megan am anderen Ende des Zimmers angelangt war, den Rücken zur Wand, sein Hemd fest um sich geschlungen, blieb sie stehen und starrte ihn mit großen erschrockenen Augen an.

„Das darf nie wieder passieren." Sie schüttelte den Kopf. Die Haare, in denen er kurz zuvor noch seine Hände vergraben hatte, fielen wie Seide über ihre Schultern. *„Niemals."*

Gabe erhob sich aus dem Bett und zog sich die Boxershorts an, um noch ein bisschen Zeit zum Nachdenken zu haben. In ihrer Wohnung hatte die Diskussion darüber, sich voneinander fernzuhalten, noch überzeugend auf ihn gewirkt. Vollkommen überzeugend.

Doch jetzt … Jetzt kam es ihm falsch vor, sich voneinander fernzuhalten.

Nachdem er auch seine Jeans angezogen hatte, drehte er sich zu der wunderschönen Frau um, die ihn so nervös betrachtete. „,Niemals' klingt verdammt endgültig. Vor allem, nachdem …" Er wies auf das Bett. „Statt ,niemals' zu sagen, finde ich, dass wir die Sache noch einmal besprechen sollten."

Der Schreck, der ihr nun ins Gesicht geschrieben stand, war schon besser als diese argwöhnische Angst. „Was gibt es da noch zu besprechen, Gabe?"

Es gefiel ihm überhaupt nicht, dass sein Name sich aus ihrem Mund nun nicht mehr beinahe ehrfürchtig anhörte, wie in dem Moment, als er sie auf den Gipfel der Lust geführt hatte. „Mir kommt es vor, als gäbe es da noch einiges, Megan."

Sie wäre beinahe zusammengezuckt, als sie hörte, wie er ihren Namen sagte – es klang noch immer wie eine Liebkosung, noch immer so, als wären sie zusammen im Bett und würden nicht an entgegengesetzten Enden des Zimmers stehen und das Wort „niemals" benutzen.

„Nein", entgegnete sie und hielt das Hemd noch ein bisschen fester vor ihrem Körper zusammen. „Dass wir …" Dieses Mal war sie diejenige, die einen Blick zum Bett warf. „Es hat sich nichts geändert."

„*Alles* hat sich geändert." Er wollte sie nicht so drängen, allerdings gefiel es ihm auch überhaupt nicht, dass sie gerade genau das bei ihm tat.

„Ja. Okay. Gut." Jedes Wort, das ihr über die wund geküssten Lippen kam, klang knapp und kühl. „Wir hatten Sex. Und es war toll, aber …"

„Es war mehr als toll."

„Du hast recht", erwiderte sie hart, als wären sie Gegner in einem Krieg und würden nicht gemeinsam in der Sache stecken und herausfinden müssen, wie es weitergehen sollte. „Es war mehr als toll, doch das ändert trotzdem nichts. Du bist noch immer du und ich bin noch immer ich. Und das bedeutet, dass es nie, nie wieder passieren darf."

Sie wollte einfach nur, dass er ihr zustimmte. Das konnte er ihr ansehen. Und er hatte ihr – erst vor einigen Minuten, als sie miteinander geschlafen hatten – versprochen, *alles* für sie zu tun.

Aber wie sollte er dieser Endgültigkeit zustimmen?

„Erzähl mir von ihr", sagte sie unvermittelt. „Über das Opfer, das du gerettet hast. Die Frau, mit der du zusammen warst und mit der es dann doch nicht funktioniert hat. Wie war ihr Name? Wie hat sie ihren Lebensunterhalt verdient? Welche Haarfarbe hatte sie?"

Ihm war klar, was sie vorhatte: Sie wollte ihn dazu zwingen, sich die Gründe ins Gedächtnis zu rufen, warum er sich besser von ihr fernhielt. Wahrscheinlich, bevor sie ihn an ihre Gründe erinnerte: an den Ehemann, der durch seinen gefährlichen Job ums Leben gekommen war und sie und ihre Tochter allein gelassen hatte.

„Kate. Lehrerin. Dunkel."

Gabe sah sie aufmerksam an, als er ihre Fragen beantwortete. Auch wenn sie behauptete, ihn nicht mehr sehen und ihr Leben ohne ihn weiterleben zu wollen, bestand kein Zweifel daran, dass sie es hasste, sich ein Bild von seiner Exfreundin zusammenzupuzzeln. Genauso, wie er es hasste, sie sich in den Armen von Summers Vater vorzustellen. Es war lächerlich, doch er war eifersüchtig auf einen Toten, nachdem er nun wusste, wie viel Wärme, wie viel Leidenschaft und wie viel Liebreiz in Megan schlummerte.

„Was ist passiert? Wie hast du sie gerettet?"

„Es war ein Wohnungsbrand."

„Wie bei mir?"

Er schüttelte den Kopf. „Nein. Nicht annähernd so schlimm wie bei dir." Aber Kate hatte geweint, gezittert und war so verängstigt gewesen, dass er sie in die Arme geschlossen und erst wieder losgelassen hatte, als der Krankenwagen eingetroffen war.

„Wie hat es dann bei euch angefangen?"

Er wollte ihr nicht die Wahrheit sagen. Doch seine Mutter hatte ihn dazu erzogen, ehrlich zu sein. „Sie ist auf die Feuerwache gekommen, um sich bei mir zu bedanken."

Megan errötete. „Natürlich hat sie das getan. Das hätte ich mir denken können."

„Sie war ganz anders als du."

„Genau", erwiderte Megan knapp und kühl. Welch ein Gegensatz zu der heiseren, warmen Stimme, mit der sie ihn gebeten hatte, mit ihr zu schlafen! „Trotzdem komisch. Scheint ja ähnlich abgelaufen zu sein." Ihre Augen glänzten seltsam, als sie ihn wieder ansah. „Hatte sie auch ein Kind?"

„Nein. Sie war jung. Erst zwanzig. Sie ging noch aufs College."

„War sie hübsch?" Abwehrend hob sie die Hand. „Nein! Antworte nicht darauf. Selbstverständlich war sie hübsch." Sie holte tief Luft. „Also, was ist dann geschehen?"

„Wir haben uns getrennt."

„Du hast mir gesagt – und ich zitiere –, dass es ‚einfach nie funktioniert'." Die starke Frau trat wieder in den Vordergrund. „Warum nicht?"

„Sie war jung. Wir waren beide jung."

„Klar", entgegnete sie, „das glaube ich. Aber ich bin mir sicher, dass es bei dieser Sache um mehr ging als nur darum, dass Kate und du zu jung wart." Als sie den Namen seiner Exfreundin aussprach, sah sie aus, als hätte sie in eine Zitrone gebissen. „Erklär mir genau, warum es so schlimm ist, mit jemandem zusammen zu sein, den du gerettet hast. Ich möchte wissen, warum es nicht funktionieren kann."

Verdammt, das war das Problem mit klugen Frauen! Sie wussten, wie sie einen Mann in eine Ecke drängen konnten.

„Weißt du, warum ich Feuerwehrmann bin?"

171

„Ich denke, du hilfst gern Menschen." Sie hielt einen Moment lang inne und hob dann herausfordernd das Kinn an. „Und du liebst die Gefahr."

„Die meisten Menschen sehen nur noch eines, wenn sie erfahren, wie ich meinen Lebensunterhalt verdiene: den Feuerwehrmann." Verflucht, er wollte ihr das alles nicht erzählen. Schließlich wusste er, worauf sie hinauswollte. „Wenn sie dich in dem Moment, in dem ihr Leben auf dem Spiel steht, zum ersten Mal sehen …"

„… ist das alles, was sie je sehen werden."

Er war nicht überrascht, dass sie verstand. „Genau. Doch niemand kann vierundzwanzig Stunden am Tag sieben Tage in der Woche ein Held sein."

„Natürlich kannst du das nicht."

Er hätte wissen müssen, dass sie verstand und dass sie auch die Dinge hörte, die er nicht aussprach. Denn obwohl sie sich wünschte, er würde gehen, beobachtete sie ihn aufmerksam, als sie nun über seine Exfreundin sprachen.

„Es steckt noch mehr hinter dieser Geschichte, oder?"

Mist! Er wollte es ihr nicht erzählen. Er hatte noch nie gern darüber geredet. Selbst seine Familie wusste nicht, was geschehen und wie schlimm es mit Kate geworden war. Nur sein Bruder Zach. Er war bei ihm gewesen, als sie sie gefunden hatten.

„Sie hat die Trennung nicht besonders gut verkraftet."

Megan sah ihn mit großen Augen an, und einen Moment lang dachte er, sie würde zu ihm kommen. Stattdessen fragte sie: „Was ist passiert, Gabe?"

Er schluckte. Die entsetzlichen Minuten, als er Kate blutend in seiner Wohnung gefunden hatte, waren auf einmal wieder so präsent, als wären fünf Minuten vergangen und nicht fünf Jahre.

„Sie sagte, sie könne nicht ohne mich leben. Dass ich der einzige Grund wäre, warum sie überhaupt noch am Leben wäre. Ich fand sie gerade noch rechtzeitig. Sie war in meiner Wohnung und hatte sich geschnitten. Die Handgelenke ... Sie blutete ..." Er schluckte schwer, als er die Szene wieder vor sich sah. „Es war furchtbar ... Ich wünschte, es wäre niemals so weit gekommen. Ich wünschte, ich hätte irgendwie geahnt, was sie vorhat. Ich wünschte, ich hätte sie daran hindern können." Er atmete tief ein. „Glücklicherweise hat sie danach professionelle Hilfe bekommen. Aber ich wünschte noch immer, ich könnte die Uhr zurückdrehen. Dann wäre es nie zu der ersten Verabredung gekommen. Und dann wäre sie vielleicht nie auf die Idee gekommen, ich könnte mehr für sie empfinden, als ich es getan habe."

„Gabe." Megans Stimme klang hohl. „Mein Gott, wie hat sie dir das antun können?"

Wie, musste Gabe sich fragen, hatte er je diese starke, atemberaubende Frau, die hier vor ihm stand, mit dem Mädchen vergleichen können, mit dem er dummerweise vor über fünf Jahren einmal zusammen gewesen war?

„Du bist vollkommen anders als sie, Megan", sagte er und war von Minute zu Minute überzeugter davon. „Du bist stark. Sie war es nicht. Du bist nicht auf der Suche nach jemandem, der für dich sorgt. Ich glaube ..." Er hielt kurz inne und wägte seine nächsten Worte gut ab. „Ich glaube, das war alles, was sie je von mir wollte."

„Es tut mir leid, Gabe! Es tut mir so leid, dass du das durchmachen musstest." Sie schüttelte den Kopf. „Kein Wunder, dass du Regeln für den Umgang mit Brandopfern aufgestellt hast. Das erscheint mir durchaus sinnvoll." Sie sah ihn mitfühlend an. „Ich würde diese Regeln auch aufstellen. Und ich würde sie nicht brechen – für niemanden."

„Megan", setzte er an, obwohl er sich nicht sicher war, was er ihr sagen sollte. Er wusste nur, dass sie aufhören musste, alles nur schwarz-weiß zu malen.

Abwehrend hob sie eine Hand.

„Die Tatsache, dass du mein Leben gerettet hast, lässt sich nicht wegdiskutieren, Gabe – und du hast das Leben meiner Tochter gerettet. Ich werde niemals vergessen, was du für uns getan hast. Natürlich würde ich dir so etwas niemals antun. Doch wie soll ich dich für das, was du getan hast, *nicht* als Held sehen?" Er hatte sich nicht gerührt, also ließ sie die Hand wieder sinken. „Du wirst immer der bewundernswerte, mutige Feuerwehrmann bleiben, der für uns sein Leben riskiert hat, Gabe."

Verdammt. Alles, was sie gesagt hatte, hatte Hand und Fuß. Aber all die Momente, in denen sie nicht geredet hatten, zählten eben auch. Und sie waren so bedeutsam, dass er die Größe und das Ausmaß des Feuerwerks, das zwischen ihnen explodiert war, noch immer nicht ganz begreifen konnte.

„Du verdienst es, mit einer Frau zusammen zu sein, die dich für all das zu schätzen weiß, was dich ausmacht." Sie schluckte schwer. „Und ich verdiene ein langes, glückliches Leben mit einem Mann, der sich nicht der Gefahr verschrieben hat. Ich kann das, was ich mit David erleben musste, nicht noch einmal durchmachen. Ich kann es einfach nicht. Bitte", sagte sie leise, „mach das alles hier für uns beide nicht noch schwerer, als es ohnehin schon ist. Wir haben eine unglaubliche Nacht miteinander verbracht." Sie sah aus dem Fenster. „Und einen Teil des Morgens. Das muss reichen." Sie wandte sich ihm wieder zu. „Ich muss gleich auschecken und Summer abholen."

„Ihr reist heute ab?"

„Ja. Sobald ich Summer abgeholt habe."

„Darf ich mich verabschieden?"

„Auf Wiedersehen", entgegnete sie. Sie verstand ihn absichtlich falsch.

Bis zu diesem Moment war Gabe nicht klar gewesen, was der Ausdruck „ein gebrochenes Herz haben" bedeuten konnte.

Aber dass er den Rest der Woche ohne Megan und Summer am Lake Tahoe verbringen würde, fühlte sich an, als würde ein tiefer Riss durch ihn hindurchgehen.

„Summer wird sich fragen, was passiert ist."

„Tu das nicht!", bat sie ihn ruhig. „Bitte benutz nicht meine Tochter, um mich dazu zu bringen, meine Meinung über uns beide doch noch zu ändern."

Welche Regeln würde ich brechen, um mit dieser Frau zusammen sein zu können?

Meine?

Ihre?

Alle?

Plötzlich schien ihr aufzugehen, dass sie sein Hemd trug. Ein missmutiger Laut kam ihr über die Lippen, als sie das Hemd enger um sich zog. „Du brauchst dein Hemd."

Gabe wusste, dass er eigentlich sagen sollte, er brauche das Hemd nicht, um in sein Zimmer zurückzugehen. Und falls er das nicht tat, sollte er sich zumindest umdrehen und ihr die Chance geben, sich ungestört etwas anderes überzustreifen.

Aber auch wenn er so oft „Held" genannt worden war, war er doch in diesem Moment nur ein Mann.

Und wenn er schon aus ihrem Leben verschwand und es endgültig vorbei war, dann wollte er wenigstens einen letzten Blick auf sie bekommen. Eine letzte Möglichkeit, um die Erinnerung an die schönste Frau, die er je kennengelernt hatte, in seinem Gedächtnis zu festigen.

„Ja. Wenn ich gehen soll, brauche ich das Hemd."

Blinzelnd blickte sie ihn an. Sie wirkte wie ein Reh im Lichtkegel eines Autoscheinwerfers. „Mir war gar nicht klar, dass ich es genommen habe." Sie biss sich auf die Unterlippe und errötete bei dem Gedanken daran, dass sie wieder nackt vor ihm stehen würde. Damit er bloß nicht dachte, sie hätte sein Hemd absichtlich angezogen, weil sie einen Teil von ihm um sich spüren wollte, fügte sie hinzu: „Es war das einzige Teil, das ich vom Bett aus erwischen konnte."

Unzählige Gedanken schossen ihm gleichzeitig durch den Kopf.

Er wollte sie an sich ziehen, sie ins Bett holen und sie daran erinnern, wie unglaublich gut sie zusammenpassten.

Er wollte ihr sagen, dass er das alles hier auch nicht verstand und dass es für ihn genauso wenig Sinn ergab wie für sie, doch dass es ihm nichts ausmachte.

Er wollte ihren toten Ehemann zurückbringen und den Geist dann ein für alle Mal aus ihrem Leben vertreiben, sodass zumindest Chancengleichheit bestand.

Er wünschte sich sogar, er könnte für sie jemand werden, der gern Anzüge trug und im Großraumbüro mit Computern arbeitete.

Aber als Megan auf ihn zukam, konnte er nichts von alledem tun, nichts sagen. Er konnte sie nur ansehen, ihren Anblick in sich aufnehmen, um sich jede Linie, jede Kontur ihres schönen Gesichts zu merken. Ihre Augen glänzten verräterisch, doch sie hatte die Schultern gestrafft und das Kinn vorgereckt, als sie nun das Zimmer durchquerte.

Seit er sie zum ersten Mal gesehen hatte, hatte er gewusst, wie mutig sie war. Seitdem hatte sich nichts geändert. Er hatte nur erlebt, wie weich, wie freigebig, wie süß sie darüber hinaus noch war. Sie besaß so viel Stärke.

Sie streifte das Hemd über ihre Schultern. Ihr Mund war leicht geöffnet, ihre Augen groß, ihre Haut zart errötet.

Funken stoben zwischen ihnen. Jedes „Niemals" und alle Endgültigkeit der Welt konnten nicht darüber hinwegtäuschen, welche Anziehungskraft zwischen ihnen herrschte.

Megan war nun wieder nackt. Sie hob sein Hemd vom Boden auf und reichte es ihm. „Hier."

Ihre Fingerspitzen berührten sich leicht. Er wartete darauf, dass sie sich abwenden würde, um sich anzuziehen.

Stattdessen blieb sie nackt vor ihm stehen.

„Niemals", sagte er leise, musste das Wort zurückerobern und umkehren. „Ich habe noch niemals jemanden gesehen, der so schön ist wie du."

Sie legte die Hände auf ihr Herz. „Bitte."

Noch nie waren in einem Wort so viele mögliche Bedeutungen mitgeschwungen. Aber Gabe wusste, wie gefährlich es wäre, wenn er bleiben würde, um herauszufinden, welche Bedeutung dieses „Bitte" hatte: Wollte sie, dass er blieb, oder wollte sie, dass er ging?

Als Feuerwehrmann hatte er schon früh gelernt, wann er weiter in die Flammen vordringen konnte und wann es angebracht war, sich zurückzuziehen, um die Situation neu abzuwägen.

Nun zwang Gabe sich dazu, sein Hemd anzuziehen, zur Tür zu gehen, sie zu öffnen und das Zimmer zu verlassen.

Doch er weigerte sich, ‚Auf Wiedersehen' zu sagen.

Sie hatte das Richtige getan.

Das Klügste.

Das *Einzige*, was sie als Mutter einer kleinen Tochter hatte tun können. Einer Mutter, die schon einmal einen Mann verloren hatte.

Aber dennoch tat es weh, zusehen zu müssen, wie Gabe ging.

Wie dumm war es gewesen, überhaupt mit ihm zu schlafen!

Megan wusste nicht, wie lange sie in diesem Hotelzimmer stand, nackt, verloren.

Leer.

Das Geräusch einer Dusche, die im Zimmer über ihr angestellt wurde, riss sie aus ihren Grübeleien und brachte sie zurück ins Hier und Jetzt.

Ihre Traumnacht war vorüber. Fantasien, so redete sie sich ein, waren wie ein Dessert – zwar köstlich, doch man konnte nicht ewig Schokolade und Sahne essen, ohne dass einem übel wurde.

Schließlich nahm sie die Hände vom Herzen und strich sich durchs Haar. Es war an der Zeit, ins echte Leben zurückzukehren. Ein Leben, das sie liebte, mit einer Siebenjährigen, die sie auf Trab hielt. Als sie unter der Dusche stand, versprach Megan sich, dass nun alles wieder seinen normalen Gang nehmen und es ihr dabei gut gehen würde.

Und was noch wichtiger war: Nachdem sie nun die schwere Entscheidung getroffen hatte, Gabe nicht wiederzusehen, würde ihr Herz unversehrt bleiben – und das von Summer auch.

Eine Stunde später stand sie fröstelnd vor Julies Unterkunft und klingelte.

„Megan, guten Morgen! Perfektes Timing! Komm rein und frühstücke mit uns."

Sie setzte ein Lächeln auf. „Danke." Sie war sich sicher, dass sie keinen einzigen Bissen herunterbekommen würde. Sie trat in das warme Häuschen, doch obwohl sie nicht mehr im Schnee stand, war ihr noch immer eiskalt.

Erst jetzt erblickte sie Summer, die wie ein Äffchen von der Leiter hing, die ins obere Stockwerk hinaufführte. „Hey, Mommy! Ich hatte den besten Abend meines Lebens!" Und erst jetzt schien Megans Herz sich wieder auf die Normalgröße auszudehnen.

Dieses Mal fiel es ihr etwas leichter, sich einzureden, dass sie das Richtige getan hatte und dass es ihr und Summer am Ende gut gehen würde.

Ohne Gabe Sullivan in ihrem Leben.

15. KAPITEL

Die restlichen Tage im Schnee verstrichen, ohne dass Gabe es richtig wahrnahm. Er trieb seinen Körper an die Grenze der Belastbarkeit. Selbst ein kleiner Schneesturm hinderte ihn nicht daran, hinauszugehen, während es sich alle anderen in der warmen Lodge am Fuße des Berges gemütlich machten. Aber egal, wie viel er sich selbst abverlangte: Er konnte einfach nicht vergessen, wie unerschütterlich und bestimmt Megan zu dem Entschluss gestanden hatte, ihn nicht wiederzusehen.

Die Frauen, mit denen er bisher geschlafen hatte, wollten immer reden, versuchten immer, die Beziehung zu verlängern.

Megan war anders.

Ja, am Anfang war er entschlossen gewesen, einen großen Bogen um sie zu machen. Ja, er war der Meinung gewesen, dass es ein Fehler wäre, sich mit ihr zu verabreden. Doch das war, *bevor* er sie kennengelernt hatte. *Bevor* ihm klar geworden war, dass sie mit Kate nichts zu tun hatte. Und vor allem war das, *bevor* er Megans süße Lippen geschmeckt hatte, während ihre Körper im behutsamsten, längsten und schönsten Liebesakt seines Lebens eins geworden waren.

Aber irgendwie war er am Morgen der Einzige gewesen, der ihren „gemeinsamen Entschluss" noch einmal hatte überdenken wollen.

Megan hatte nur Worte wie „niemals" und „nein" gesagt.

Gabe hatte das Wort „nein" in seinem Leben nicht oft gehört. Vor allem nicht von Frauen. War ihr nicht klar, was es für einen Mann wie ihn bedeutete, wenn sie ihm den Fehdehandschuh vor die Füße warf? Dass sie ihn genauso gut direkt hätte herausfordern können?

„Wie war der Neuschnee?"

Zum ersten Mal seit zwei Tagen war der Himmel blau, und die Sonne schien. Zach hatte beschlossen, auch in die Berge zu kommen. Die beiden Brüder hatten abgemacht, am Nachmittag Eisfischen zu gehen.

„Gut."

Das war alles, was sie während der kurzen Fahrt zum zugefrorenen See sagten. Das war das Schöne daran, Zeit mit seinen Brüdern zu verbringen: Sie mussten sich nicht ständig unterhalten. Und wenn einer von ihnen schlechte Laune hatte, wusste der andere, wie weit er ihn drängen konnte und wann er sich besser zurückzog, ehe er eine Faust im Gesicht hatte.

Gabe und Zach nahmen sich jeweils einen Klappstuhl, eine Angel und den Angelkasten von der Ladefläche des Trucks und machten sich auf den Weg aufs Eis. Sie sägten zwei Löcher ins Eis, hängten die Angeln in das eiskalte Wasser und setzten sich davor.

Zum ersten Mal seit Tagen hielt Gabe inne, um die Ruhe zu genießen. Er hatte die Berge im Winter immer gemocht. Auch schlechtes Wetter und die rauen Bedingungen hatten ihm nie etwas ausgemacht. Doch er konnte sich nicht helfen: Im Augenblick wäre er lieber mit einer Siebenjährigen hier, die ständig plapperte – und mit ihrer umwerfenden Mommy.

„Wie ist sie so?"

Wann war Zach Gedankenleser geworden?

Gabe hatte nicht vergessen, wie Zach bei ihrer Mutter mit Megan geflirtet hatte. Und er hatte auch nicht vergessen, dass sein Bruder extra zu ihr nach Hause gefahren war, um ihren Reifen zu wechseln.

„Das geht dich verdammt noch mal nichts an!"

Zach wirkte belustigt, als er sich auf seinem Klappstuhl zurücklehnte. Sein Gesichtsausdruck war typisch für Geschwister, die genau wussten, wann sie einen wunden Punkt beim anderen getroffen hatten. „Du weißt es nicht?" Kopfschüttelnd fuhr er fort: „Du bist nicht mal bis zum Höschen vorgedrungen, ehe sie dir den Laufpass gegeben hat, stimmt's?"

Gabe sprang so schnell auf, dass der Überraschungsmoment auf seiner Seite war, als er Zach aus dem Stuhl und aufs Eis warf. Sein Bruder schlug unsanft aufs Eis auf.

„Wenn du noch mal so über sie sprichst, mach ich dich fertig!", drohte er.

Zach war gut in Form, aber durch seinen Job war Gabe noch durchtrainierter als er.

„Du hast gewonnen."

Als Gabe von ihm abließ und sich wieder auf seinen Stuhl setzte, stöhnte Zach. „Ihr verliert offenbar alle den Verstand! Zuerst verlobt sich Chase, und dann macht Marcus mit Nicola ernst und weicht ihr auf ihrer Tournee praktisch nicht mehr von der Seite. Ich hätte wissen müssen, dass du der Nächste sein wirst!"

„Halte dich von Megan fern!", warnte Gabe ihn. „Sie ist tabu für dich."

Langsam setzte Zach sich auf und grinste. „Ich wusste es!", sagte er. „Schon als ich euch beide auf Moms Party zusammen gesehen habe. Und ich kann es dir nicht verübeln. Sie ist echt eine scharfe Mama."

Gabe wusste, dass sein Bruder eigentlich ein cleveres Kerlchen war. Er hatte mit einem kaputten alten Auto angefangen und *Sullivan Autos* zu einem florierenden Unternehmen gemacht hatte. Aber wie er über Megan sprach, war wirklich unglaublich dumm.

„Ich hab dich gewarnt!" Gabe ließ drohend seine Fingerknöchel knacken und tat so, als machte er sich bereit, um Zachs Gesicht zu bearbeiten.

Wieder hob sein Bruder beschwichtigend die Hände. „Ein Witz! Das war ein Witz." Zach warf ihm einen bedeutungsvollen Blick zu. „Ich hätte schwören können, dass du dich nicht wieder auf eine Frau einlassen würdest, die du aus einem brennenden Gebäude gerettet hast. Nicht nach allem, was mit … Wie war noch ihr Name? Was jedenfalls mit der Frau passiert ist."

Megans verstorbener Ehemann war nicht der einzige Geist, der zwischen ihnen stand. In diesem Moment wurde Gabe klar, dass Kate das genauso tat.

Zach redete weiter. „Als Marcus vor einigen Monaten all den Mist mit Nicola durchmachen musste, dachte ich, dass wir anderen uns darauf geeinigt hätten, es unverbindlich und locker angehen zu lassen. Keine ernsthafte Beziehung, sondern viel Spaß. Vor allem, nachdem dieses Mädchen versucht hat, sich bei dir zu Hause das Leben zu nehmen."

Es war Zach ernst, und Gabe wusste, dass er von seinen Worten auch überzeugt war. Und es stimmte: Vor einigen Wochen noch hätte Gabe ihm voll und ganz zugestimmt.

Aber jetzt sagte er zu seinem Bruder: „Megan ist anders."

„Wieder muss jemand dran glauben." Missmutig ahmte Zach das Geräusch eines Flugzeuges nach, das abstürzte und am Boden zerschellte.

Gabe starrte seinen Bruder an, doch er sah ihn gar nicht richtig.

War Megans Ehemann so gestorben? Wer hatte es ihr gesagt? Wann? Wie?

Und wie hatte sie es Summer beigebracht? Gabe musste mehr über sie erfahren. Nicht nur über den Tod ihres Ehemannes, sondern auch über ihre Frühstücksgewohnheiten. Wanderte sie gern oder fuhr sie lieber Rad? Hatte sie Geschwister? Wo lebten ihre Eltern, und hatte sie ein gutes Verhältnis zu ihnen?

Ja, Megan hatte ihn am Morgen aus ihrem Hotelzimmer geworfen, aber ihn traf genauso viel Schuld daran, dass sie nicht richtig miteinander geredet hatten. Genau wie er sie im dichten Rauch in der Wohnung, in der er sie vor zwei Monaten gefunden hatte, kaum hatte erkennen können, hatte er ihr wahres Wesen auch anschließend nicht sehen wollen – obwohl er sie ein paarmal getroffen hatte. Stattdessen hatte er sich eingeredet, dass es klüger wäre, sich an das verrückte Verhalten seiner Exfreundin zu erinnern und Megan mit dieser Frau zu vergleichen.

Er hatte nicht vergessen können, was Megan gesagt hatte, als sie in ihrem Hotelbett miteinander geschlafen hatten. *Bitte, liebe mich.* Waren es nur Worte gewesen, die sie in der Hitze des Augenblicks gesagt hatte? Oder waren die Worte stark genug und so tief empfunden, dass sie es endlich schafften, den schweren Nebel seiner Vergangenheit zu durchdringen?

Und ihrer ebenso?

Gabe klappte seinen Stuhl zusammen, nahm seine Angel und die Angelbox und ging zurück zu seinem Truck. „Wir sollten gehen."

„Wir sind doch gerade erst gekommen!"

Gabe startete den Motor. Zach musste sich beeilen, um seine Angelausrüstung in den Truck zu werfen und selbst hineinzuspringen, ehe Gabe losfuhr und sie über den schneebedeckten Boden schlitterten.

Während sein Bruder neben ihm vor sich hinschimpfte, die Liebe würde alle Leute verrückt machen, ging Gabe im Geiste alles durch, was er wusste: Megan hatte eine Grenze gezogen, und sie hatte nicht vor nachzugeben. Er verstand ihre Gründe. Er wusste, woher sie kamen.

Aber auch für ihn gab es eine Grenze, die er nicht hatte übertreten wollen.

Nicht, bis ihm gerade bewusst geworden war – mit der Hilfe eines Bruders, der viel einfühlsamer war, als er aussah –, dass diese Grenzen nicht in Stein gemeißelt waren. Weder seine noch Megans.

Noch nie hatte jemand Gabe gesagt, er solle verschwinden. Und sicherlich nagte auch das an seinem Stolz. Also gut – ja, er konnte nicht leugnen, dass es eine Herausforderung war, Megan dazu zu bewegen, ihre Meinung zu ändern. Doch obwohl Herausforderungen ihn reizten und er dafür lebte, sich schwierigen Situationen zu stellen, denen die meisten Menschen aus dem Weg gegangen wären, war Megan viel mehr als das.

Sie war eine Frau aus Fleisch und Blut, nach der er sich nicht nur verzehrte, sondern die er auch bewunderte. Eine Frau, die er sehr mochte. Sogar sehr.

Mehr als je eine andere Frau zuvor.

Wahrscheinlich hatte Zach den Nagel auf den Kopf getroffen: „Mögen" war ein viel zu schwacher Ausdruck für Gabes Gefühle.

Sie schlitterten so schnell durch eine vereiste Kurve, dass sein Bruder laut fluchte.

Zum ersten Mal, seit er vor vier Tagen Megans Hotelzimmer verlassen hatte, fühlte Gabe sich wieder lebendig. Er lächelte.

Er wusste mit tausendprozentiger Sicherheit, dass Megan nicht im Geringsten mit Kate zu vergleichen war.

Jetzt musste er nur noch einen Weg finden, sie davon zu überzeugen, dass *er* ganz anders war als ihr verstorbener Ehemann.

Es war an der Zeit, Feuer mit Feuer zu bekämpfen.

Sein Lächeln wurde breiter, als er über die Feuermetapher nachdachte. Kurz darauf bremste er vor Zachs Häuschen und warf seinen Bruder fast aus dem Wagen.

Gabe vermisste Megan und Summer jetzt schon wie wahnsinnig. Und das hieß, dass er möglichst schnell seinen neuen Plan in die Tat umsetzen musste.

185

16. KAPITEL

Megan war erleichtert, dass Gabe sie nicht angerufen hatte. Als er vor einigen Tagen im Hotelzimmer gemeint hatte, sie sollten noch einmal „über die Sache reden", hatte sie einen Moment lang tatsächlich geglaubt, er würde mehr wollen als nur einen One-Night-Stand. Sie hatte geglaubt, er würde sich eine Beziehung wünschen.

Offenbar war er zur Vernunft gekommen, nachdem die Erinnerungen an den heißen Sex mit ihr verblasst waren.

Ein Mann wie er hatte wahrscheinlich unglaublich viel heißen Sex. Im Gegensatz zu ihr. Denn obwohl sie klug und rational gehandelt und dem Sex – und ihm – einen Riegel vorgeschoben hatte, konnte sie nicht aufhören, sich die Bilder ihrer gemeinsamen Nacht ins Gedächtnis zu rufen. Wieder und wieder. Nicht nur in der Nacht, wenn sie sicher unter ihrer Bettdecke lag, sondern auch tagsüber wanderten ihre Gedanken immer wieder zu Gabe, zu seinem Mund, zu seinen Händen und zu seinem …

„Mommy! Hörst du mir überhaupt zu?"

Sie blickte in die grünen Augen ihrer Tochter, in denen deutlich zu lesen war, dass sie nicht genug Aufmerksamkeit bekam. „Tut mir leid, Schatz! Brauchst du Hilfe beim Packen? Hast du genug langärmelige Oberteile eingepackt, falls es in L. A. kalt wird?"

Wie jedes Jahr an Silvester fuhren ihre Eltern ein paar Tage mit Summer ins *Disneyland*. Megan wäre mitgekommen und sogar Achterbahn gefahren – das war das Gefährlichste, was sie sich erlaubte. Aber sie hatte nach dem Brand und dem Umzug in die neue Wohnung noch immer Arbeit nachzuholen. Ein paar Tage allein, in denen sie in jeder freien Minute arbeiten konnte, war genau das, was sie brauchte, um wieder auf Kurs zu kommen.

Wieder einmal dankte sie Gabe stumm dafür, dass er sie nicht weiter verfolgt und wieder Kontakt zu ihr gesucht hatte. Ein Neustart für ihren Job und ihr Liebesleben war genau das, was sie brauchte.

Nicht, dass „Liebe" irgendetwas mit dem zu tun hatte, was zwischen Gabe und ihr abgelaufen war. Es war nicht mehr als Sex gewesen, das rief sie sich immer wieder in Erinnerung.

„Ich habe an Daddy gedacht."

Megan konzentrierte sich wieder voll auf ihre kleine Tochter. Sie lächelte, hob ihr kleines Mädchen zu sich aufs Bett und zog sie auf ihren Schoß.

„Was möchtest du denn wissen?" Als Summer nicht gleich antwortete, fuhr Megan fort: „Er hat dich so gern auf den Bauch geküsst."

Sie schnappte sich Summer und küsste sie, ehe die Kleine sich lachend aus ihrer Umarmung winden konnte.

„Das weiß ich doch", entgegnete Summer. „Aber war er groß und stark?"

Megan hielt inne und sah sie an. „Du weißt doch, wie er aussah. Ja, er war groß und stark." Sie blätterten oft in alten Fotoalben.

„Meinst du, er hätte mir auch Snowboarden beigebracht? Wie Gabe?"

Megan musste sich zusammenreißen, um sich nichts anmerken zu lassen. Sie war offenbar nicht die Einzige, die David und Gabe verglich.

„Natürlich hätte er das getan. Und er wäre genauso stolz darauf gewesen, wie schnell du es gelernt hast, wie wir." Sie bemerkte ihren Fehler zu spät. Sie hätte nicht „wir" sagen sollen, sondern einfach erklären sollen, wie stolz *sie* auf Summer war.

Sie beobachtete ihre Tochter, die eine Weile darüber nachdachte. „Meinst du, Grams und Gramps lassen mich dieses Jahr im *Tower of Terror* fahren?"

Megan hätte es eigentlich gewohnt sein müssen, dass eine Siebenjährige von einem Thema zum nächsten sprang, aber es dauerte einen Moment länger als gewöhnlich, ehe sie antwortete. „Ich bin sicher, dass es dir gelingen wird, sie zu überreden." Sie stand auf und murmelte: „Ich schaue mal nach, ob ihr Flieger pünktlich ist." Megan brauchte ein bisschen Zeit für sich, um zu verarbeiten, dass die Bindung zwischen ihrer Tochter und dem Feuerwehrmann schon so stark war – dem Feuerwehrmann, den sie vor ein paar Tagen aus ihrem Leben verbannt hatte.

Bevor sie das Zimmer verlassen hatte, stand Summer schon wieder vor dem Kleiderschrank, zog Klamotten hervor und stopfte sie in die völlig überfüllte Tasche.

Eine Stunde später trafen sie sich mit ihren Eltern am *San Francisco International Airport*. Als Megan die beiden umarmte, wünschte sie sich plötzlich, sie hätte ihre Arbeit noch ein paar Tage lang Arbeit sein lassen, um sich mit ihrer Familie im Zauber von *Disneyland* zu verlieren.

Aber sie war ja zu beschäftigt damit, klug und rational zu handeln, um sich ein bisschen Spaß zu gönnen …

„Du siehst toll aus, Schatz!" Ihre Mutter hielt sie eine Armeslänge von sich entfernt und betrachtete sie aufmerksam, ehe sie zu dem italienischen Restaurant im Flughafengebäude gingen, in dem sie gemeinsam Mittag essen wollten. Danach würden die drei das Flugzeug nach Los Angeles besteigen. „Hast du jemanden kennengelernt?"

Sie konnte die Hoffnung in den Augen ihrer Mutter aufblitzen sehen. Ihre Mom war zwar nicht glücklich über die frühe Heirat gewesen, aber sie war auch der Meinung, dass ihre Tochter viel zu jung war, um allein zu sein. Sie wünschte sich einen neuen Ehemann für Megan, einen Vater für Summer und noch mehr Enkelkinder. Am liebsten in ihrer Nähe, in dem Vorort von Minneapolis, wo sie sie alle im Blick hätte.

„Nein."

Sie spürte den Blick ihrer Mutter auf sich. Ihre Mom war klug, sie ahnte etwas. Megan wappnete sich innerlich für weitere Fragen, doch Summer ergriff das Wort.

„Hat Mommy dir schon erzählt, dass wir letztes Wochenende Snowboarden gelernt haben? Es war einfach toll!"

Megan zwang sich zu lächeln. „Tja, für Summer war es auf jeden Fall toll. Ich werde reumütig zu meinen Skiern zurückkehren."

„Gabe hat gesagt, du müsstest nur mehr üben", erwiderte Summer, ehe sie ihren Großvater hinter sich herzog, um ihm ein Plüschtier zu zeigen, das sie in einem der Flughafengeschäfte entdeckt hatte.

Eine Augenbraue hochgezogen sah ihre Mutter Megan an. „Wer ist Gabe?"

Megan beantwortete die Frage so ehrlich, wie sie konnte. „Er ist der Feuerwehrmann, der Summer und mich aus dem brennenden Gebäude gerettet hat."

Megans Mom ergriff die Hand ihrer Tochter. Sie schloss für einen Moment die Augen, als würde sie den entsetzlichen Moment noch einmal durchleben, als ihr klar geworden war, dass sie ihre Tochter und ihre Enkelin hätte verlieren können. Als ihre Mutter die Augen wieder aufschlug, schimmerten Tränen in ihnen. „Ich liebe diesen Feuerwehrmann! Von ganzem Herzen."

„Mom! Du kennst ihn doch gar nicht."

Megan hatte unwillkürlich die Stimme erhoben, und einige Fremde drehten die Köpfe und blickten sie an.

„Ich weiß alles über ihn, was zählt. Er hat meine beiden Babys gerettet."

Oh Gott! Das war genau das, was er ihr erzählt hatte: Die Menschen sahen in ihm nur den Feuerwehrmann, den Helden, und nicht den Mann, der er ohne seine Uniform war.

Den wundervollen Mann. Den charmanten Mann. Den fürsorglichen und lustigen Mann. Und nicht zuletzt den besten Liebhaber, der je gelebt hatte.

Ihre Mutter riss sie aus ihren Gedanken. „Also seid ihr mit ihm Snowboarden gewesen?"

„Nein", stieß sie hervor, ehe sie zugab: „Ja. Aber es war ein Zufall." Summers Lachen fesselte ihre Aufmerksamkeit, und sie sah zu ihrer Tochter. „Summer hat ein bisschen getrickst, um die zufällige Begegnung zu arrangieren."

Ihre Mutter lächelte. „Was habe ich doch für eine kluge kleine Enkelin!"

„Ich …" Megan hielt inne. „Wir treffen uns nicht mehr."

Wieder zog ihre Mutter eine Augenbraue hoch. „Warum nicht? Ist er unattraktiv?"

Megan spürte, wie sie errötete. „Nein."

„Böse?"

Sie runzelte die Stirn. „Nein. Natürlich nicht."

„Ach, dann mag er keine Kinder?"

„Machst du Scherze? Er liebt sie." Erst als sie die Worte ausgesprochen hatte, wurde ihr klar, was sie gesagt hatte. Es ist kompliziert", schob sie schnell hinterher. „Wir sind einfach nicht gut füreinander."

Aufmerksam betrachtete ihre Mutter sie. „Schatz, ich weiß, dass wir nicht immer einer Meinung gewesen sind, doch darf ich dir einen Rat geben?"

Megan versuchte, ein Aufseufzen zu unterdrücken. „Schieß los."

„Ich weiß, wie schwer es war, David zu verlieren. Vor allem, weil es so unerwartet passierte. Aber du warst stark genug, um damit fertig zu werden. Stark genug, um meine Bitte zu ignorieren, wieder nach Hause zu kommen."

Megan wollte gerade den Mund aufmachen, um ihr – wieder einmal – zu sagen, dass San Francisco ihr Zuhause war.

„Ich weiß, Schatz. Du bist hier zu Hause." Ihre Mutter warf ihr ein trauriges Lächeln zu. Obwohl sie nicht froh darüber war, hatte sie es zumindest endlich akzeptiert. „Ich habe dich noch nie so erlebt. Nicht einmal, als du mit David zusammen warst."

Megan bekam ein schlechtes Gewissen. Ihre Mutter bemerkte es anscheinend, denn sie legte ihre Hand auf Megans Arm.

„Summers Vater war ein netter Mann, aber er war nicht der einzige nette Mann da draußen. Er ist tot, Megan. Findest du nicht, dass es an der Zeit ist, weiterzumachen? Findest du nicht, dass es an der Zeit ist, dich neu zu verlieben?"

Megan sah ihrer Mutter in das ernste Gesicht. Was sollte sie darauf nur sagen?

Danke für deinen Rat, Mom! Ich weiß, dass er von Herzen kommt. Doch nachdem Gabe und ich am Lake Tahoe heißen Sex miteinander hatten, habe ich ihm gesagt, dass er Summer und mich in Ruhe lassen soll.

Glücklicherweise kehrten in dem Moment Megans Vater und Summer zurück, die stolz ihren neuen pinkfarbenen Plüschpudel in seiner Tragetasche zeigte. Anschließend gingen sie ins Restaurant, aßen Spaghetti und lauschten Summers Geschichten.

17. KAPITEL

Timing ist alles.
– Einmaleins der Brandbekämpfung

Gabe Sullivan würde niemals so ein Weinkenner werden wie Marcus. Er würde niemals ein so perfektes Foto schießen können wie Chase oder den Baseball mit hundert Meilen die Stunde werfen können wie Ryan. Und er würde einem Filmstudio an einem Wochenende niemals hundert Millionen Dollar einspielen, wie Smith es konnte.

Aber eines beherrschte er besser als alle anderen.

Brandbekämpfung.

Es war längst an der Zeit, die Regeln, nach denen er als Feuerwehrmann lebte, auch auf sein restliches Leben anzuwenden.

Genauer gesagt auf die Frau, an die er in der vergangenen Woche ununterbrochen gedacht hatte.

Es war der 31. Dezember. Der letzte Tag des Jahres. Es war ein gutes Jahr gewesen.

Doch das kommende Jahr sollte noch viel besser werden.

Geschick und Klugheit waren immer das Geheimnis seines Erfolgs als Feuerwehrmann gewesen.

Aber er hatte dabei nie das Glück unterschätzt und das Gefühl tief in seinem Inneren ignoriert, das ihm sagte, wann er weitermachen sollte und wann er besser rennen sollte wie der Blitz.

Er hielt vor Megans und Summers Apartment. Der Himmel über ihm war klar und blau. Perfekt für die Silvesterfeuerwerke am Abend. Und perfekt für seinen Plan. Zwar hatte er nicht bei Megan angerufen, um zu hören, ob sie zu Hause waren, doch er hatte ein gutes Gefühl.

Ohne Zweifel würde Megan gegen ihre Anziehungskraft ankämpfen. Er rechnete damit und war darauf vorbereitet, alles zu geben, um sie vom Gegenteil zu überzeugen. Es würde nicht leicht werden.

Aber, dachte er lächelnd, als er sich an ihre Liebesnacht am Lake Tahoe erinnerte, ein bisschen Vorfreude schadet nie.

Er nahm zwei Stufen auf einmal und stand kurz darauf vor ihrer Wohnungstür. Er wollte gerade klingeln, als die Tür aufging.

Gott, dachte er genauso erstaunt wie an dem Tag, als sie ihn im Krankenhaus besucht hatte, sie ist so wunderschön.

„Gabe?" Sie legte die Hand über ihr Herz, um sich zu beruhigen. Er konnte den Pulsschlag an ihrem Hals sehen. „Was machst du denn hier?"

Statt ihre Frage zu beantworten, blickte er auf den Korb mit Wäsche unter ihrem Arm. „Wäsche waschen."

„Du musst Wäsche waschen?", fragte sie verwirrt, und ihm gefiel es, wie nervös er sie machte.

Er lächelte sie an. Sie sah so hinreißend aus mit ihrem Zopf, dem Sweatshirt und der Jeans! „Ach, du meinst mich?", fragte sie und errötete. „Ja. Ich muss Wäsche waschen."

Sie warf einen Blick auf den Korb. Als sie noch mehr errötete, folgte Gabe ihrem Blick und entdeckte den Hauch von Nichts aus pinkfarbener Spitze, der obenauf lag. Schnell zog sie ein T-Shirt über den Slip, doch Gabe hatte schon ein weiteres Ziel zu seiner Liste hinzugefügt: Er wollte Megan verführen, während sie dieses pinkfarbene Spitzenhöschen trug.

Sie sah ihn wieder an, und er musste die Hände tief in seinen Hosentaschen vergraben, um Megan nicht an sich zu ziehen und ihre wundervollen weichen Lippen zu küssen.

„Ich bin hier, um Summer und dich zu besuchen."

Sie strich sich mit der Zungenspitze über die Lippe. Sein unerwartetes Auftauchen machte sie offenbar nervös. Er bewunderte ihre Stärke – doch ihm gefiel auch, dass er sie aus der Ruhe bringen konnte.

Aus dem Grund hatte er sie überraschen wollen. Er hatte ihre spontane Reaktion auf ihn sehen und ihr nicht die Zeit geben wollen, sich auf das Treffen vorzubereiten und sich wieder hinter ihren Schutzmauern zu verschanzen.

Wie er es schon in der Ausbildung gelernt hatte: Timing war alles.

„Summer ist nicht da. Sie ist mit ihren Großeltern im *Disneyland*."

Gabe hatte Summer in seine Pläne einbezogen, aber er konnte nicht leugnen, dass er sich darauf freute, mit Megan allein zu sein – auch wenn er das kleine Mädchen vermissen würde.

„Sie hat bestimmt viel Spaß."

Megan zog den Wäschekorb an sich, als könnte sie sich so vor Gabes Absichten schützen – wie auch immer diese Absichten aussehen mochten. „Das hat sie. Ich habe gerade noch mit ihr telefoniert. Sie hat heute Morgen beim Frühstück Mickey und Goofy getroffen. Normalerweise begleite ich meine Eltern und Summer, doch ich musste arbeiten …"

Gabe lächelte sie weiterhin an und bemerkte, wie schnell ihr Puls ging. „Unser Wiedersehen scheint dich nervös zu machen."

Heftig schüttelte sie den Kopf. Zu heftig. „Ich bin nur überrascht." Aber sie blickte ihm nicht in die Augen, als sie das sagte.

„Überrascht."

Ihr Blick traf seinen, und Gabe hätte schwören können, dass sie beim rauen Klang seiner Stimme erschauerte. Doch im nächsten Moment beobachtete er, wie sie ruhig wurde und die Schultern straffte.

„Wir haben das doch ausdiskutiert. Am Lake Tahoe."

„Nein", widersprach er. „Wir haben gar nichts ‚diskutiert'."

„Gut", entgegnete sie knapp. „Dann tun wir das jetzt. Und danach gehst du wieder."

Er war erstaunt – aber durchaus positiv –, als sie in den Flur hinaustrat, die Wohnungstür hinter sich ins Schloss zog und zur Treppe ging. Er folgte ihr in den Keller und bewunderte ihren wütenden Hüftschwung, als sie mit der Schulter die Tür zum Waschkeller aufstieß. Allerdings hielt sie ihm die Tür nicht auf, nachdem sie hindurchgegangen war, sodass sie ihm entgegenschwang und er fast damit zusammengestoßen wäre.

Er musste sich ein Lachen verkneifen, denn er fürchtete, in dieser Situation könnte sie das Lachen falsch verstehen. Er schätzte ihren Schwung, ihr Temperament, und wusste, dass er mit einer unterwürfigen Frau niemals glücklich werden würde. Er mochte es tausendmal lieber, wenn sie sich ihm entgegenstellte und ihn herausforderte, als wenn sie in seine Arme gesunken wäre, als wäre er der alleinige Grund dafür, dass die Sonne schien.

Sie riss die Klappe der Waschmaschine auf, stopfte die Wäsche hinein, schüttete fast eine halbe Flasche Waschmittel darüber und warf dann Münzen in den Schlitz der Maschine. Als die Waschmaschine – unüberhörbar – zum Leben erwachte, wandte Megan sich ihm zu. Sie hatte die Arme vor der Brust verschränkt.

„Also los! Fang an."

„Du bist so schön, Megan."

Bei seinem Kompliment weiteten sich für den Bruchteil einer Sekunde vor Verlangen ihre Augen. Doch im nächsten

Moment schob sie diese Empfindung beiseite. „Ich muss arbeiten."

Sie wollte an ihm vorbeigehen, und Gabe wusste, dass er keine andere Wahl hatte, als sie festzuhalten. Er ergriff ihre Hand und zog Megan an sich. „Gib mir eine Chance."

Zwar erstarrte Megan, aber sie versuchte nicht, sich aus seinem Griff zu lösen. „Ich kann nicht. Und du weißt, warum."

„Nein", entgegnete er ruhig. „Das weiß ich nicht." Bevor sie protestieren konnte, sagte er: „Du kennst meine Vergangenheit. Jetzt will ich mehr über deine erfahren, Megan."

An der Art, wie sie beinahe trotzig die Lippen zusammenpresste, konnte er sehen, dass sie ganz und gar nicht erfreut darüber war, so in die Enge getrieben zu werden. Sie empfand sein Verhalten als unfair.

Doch darauf konnte Gabe ausnahmsweise keine Rücksicht nehmen. Er verlangte ja gar nicht, dass sie ihn mit offenen Armen empfing – zumindest *noch* nicht –, aber es wäre schon einmal ein Anfang, wenn sie das Wörtchen „niemals" vorerst aus ihrem Wortschatz streichen würde.

Sie zog ihre Hand zurück. „Gut. Ich werde dir erzählen, was du anscheinend unbedingt wissen willst. Allerdings nicht hier im Waschkeller." Sie machte einen Schritt zurück. „Nach dir."

Er lächelte. Offensichtlich hatte sie bemerkt, wie sehr er auf dem Weg nach unten den Ausblick auf ihre Kehrseite genossen hatte. Sie ahnte nur nicht, dass ihre widerspenstige Art ihn genauso anmachte.

Er wartete, bis sie die Wohnungstür aufgemacht hatte, um sie beide hereinzulassen. Wie beim ersten Mal fühlte Gabe sich in ihrer Wohnung sofort wohl.

Nachdem sie die Tür mit mehr Nachdruck als nötig geschlossen hatte, nahm Megan auf dem Sofa Platz. „Was möchtest du wissen?"

„Wie war deine Woche?"

„Gut." Sie war zu gut erzogen, um nicht zu fragen: „Und deine?"

„Der Schnee war ohne dich und Summer nicht mehr derselbe."

Ihr Mund schien weicher zu werden, ohne dass sie es verhindern konnte. Im nächsten Moment lehnte sie sich zurück und rieb sich über die Augen. Für einen Augenblick hatte Gabe ein schlechtes Gewissen, weil er wieder so in ihr Leben eingefallen war. Sie sah müde aus, als hätte sie nicht gut geschlafen.

Genauso wenig wie er ... Seit der Nacht, die sie in seinen Armen verbracht hatte, hatte er nicht mehr richtig schlafen können.

„Erzähl mir, wie dein Mann gestorben ist, Megan."

„Das habe ich doch schon. Sein Flugzeug ist abgestürzt."

Aber genau, wie sie gespürt hatte, dass mehr hinter seiner Geschichte gesteckt hatte, als er ihr gesagt hatte, wusste er tief in seinem Inneren, dass sie etwas verschwieg. Sie erhob sich von der Couch. Ihre sonst so starken Schultern ließ sie ein wenig hängen. In dem Moment konnte Gabe sich nicht zurückhalten, auch wenn er sich selbst versprochen hatte, es langsam angehen zu lassen. Er ging zu ihr, schlang von hinten die Arme um sie und zog sie an sich.

„Es ist schon gut, Megan."

Den Kopf an seinen Arm geschmiegt, flüsterte sie etwas. Zwar genoss er das Gefühl, ihre Lippen auf seiner Haut zu spüren, doch er konnte nicht verstehen, was sie gesagt hatte.

Langsam drehte er sie um und war überrascht, Wut in ihren Augen zu sehen.

„Nein, es ist *nicht* gut! Er hat *nicht* für unser Land gekämpft! Er hat *nicht* für eine Mission trainiert! Er hing ein-

197

fach nur an einem Sportflughafen rum und hat sich mitten in der Nacht ein Privatflugzeug ausgeliehen."

Ihr Körper war angespannt. Instinktiv streichelte Gabe ihr über den Rücken.

„Sie sagten, die Bordinstrumente seien ausgefallen und dass es für eine Landung zu dunkel gewesen sei." Ihre Augen wurden dunkel, sie war noch immer zornig. „Jedermann hielt ihn für einen Helden, und ich war so wütend auf ihn, weil er derartig dumm und verantwortungslos gehandelt hatte."

Ohne mit dem Streicheln aufzuhören, sagte er: „Es *war* dumm und verantwortungslos."

Seine Worte holten sie aus ihren finsteren Erinnerungen zurück. Mit einem Mal wurde ihr klar, dass er sie in seinen Armen hielt. Sie löste sich von ihm, und er ließ sie los.

„Ich habe das noch nie jemandem erzählt."

„Danke, dass du es mit mir geteilt hast."

Einen Moment lang schien sie keine Worte zu finden – als wäre die Wut plötzlich verschwunden. „War es das, was du wissen wolltest?"

„Ein Teil davon."

Verwirrt sah sie ihn an. „Was willst du denn noch hören?"

„Was isst du am liebsten zum Frühstück?"

Ihr Stirnrunzeln wirkte überrascht und nicht frustriert. „Rosinenbrot. Getoastet."

Gabe merkte sich das für die Zukunft, wenn er hoffentlich einmal die Gelegenheit bekommen würde, ihr das Frühstück zu machen. „Wanderst du gern?"

„Ja. Aber nicht in den Bergen."

Er musste über das Mädchen aus San Francisco lächeln, das keine Berge mochte. „Und wie sieht es mit Fahrradfahren aus?"

„Ich fahre nicht viel Rad. Ich gehe lieber zu Fuß oder fahre mit dem Boot."

„Hast du Geschwister?"

Das Stirnrunzeln war einem verwirrten Gesichtsausdruck gewichen. „Nein."

„Wo bist du aufgewachsen?"

„In einer kleinen Stadt bei Minneapolis. Meine Eltern leben noch immer dort. Sie wünschen sich, dass ich dorthin zurückkehre."

Alles in Gabe sträubte sich gegen den Gedanken, Megan an eine Stadt im mittleren Westen zu verlieren. „Du gehörst hierher."

Sie wirkte verärgert, als sie seinen Tonfall hörte, doch sie stimmte ihm zu. „Das sage ich ihnen auch immer."

„Verstehst du dich gut mit deinen Eltern?"

„Ja." Sie zog die Nase kraus. „Nur nicht, wenn ich mich gerade nicht mit ihnen verstehe."

Er musste über ihre aufrichtige Antwort lachen. Keine Frau hatte ihm je so gefallen – sowohl im Bett als auch außerhalb.

Ihre Mundwinkel zuckten, und er beobachtete, wie sie einen Moment lang mit sich rang, ehe sie den Kopf schüttelte, als würde ihr Verhalten sie enttäuschen. „Hast du Durst? Oder Hunger?"

Irgendetwas in Gabes Brust löste sich, als er ihr Angebot hörte. Sie hatte zwar noch nicht zugestimmt, aber sie setzte ihn auch nicht vor die Tür.

„Immer", erwiderte er.

Das Zucken um ihre Mundwinkel wurde zu einem Lächeln. „Warum überrascht mich das nicht?"

War ihr klar, dass sie mit ihm flirtete? Hoffentlich nicht. Andernfalls würde sie es sich sicher verbieten.

„Da Summer nicht hier ist, war ich auch nicht einkaufen. Ich fürchte, ich habe nicht viel im Kühlschrank."

Sie machte gerade die Tür zum Kühlschrank auf, als Gabe fragte: „Wie wäre es, wenn ich deine Wäsche aus der Maschine hole und in den Trockner packe, während du etwas zu essen machst?"

„Nein", erwiderte sie schnell. Ihr zartes Erröten verriet, in welche Richtung ihre Gedanken gingen, und sie mussten beide an den pinkfarbenen Slip denken. „Ich laufe schnell in den Waschkeller und erledige das. Setz dich, ich bin gleich wieder da."

Die Männer auf der Feuerwache kümmerten sich im Dienst abwechselnd um das Essen. Auch wenn Gabe in der Küche nicht der Geschickteste war, beherrschte er doch einige annehmbare Gerichte.

Kurz darauf hatte er die Zutaten für ein Omelett auf die Anrichte gestellt. Er gab gerade die Eimasse in die heiße Pfanne, als Megan zurückkam.

„Gabe?" Erstaunt sah sie, dass er am Herd stand. „Das wäre doch nicht nötig gewesen!"

Er schenkte ihr ein Glas Saft ein und schob es ihr hinüber. „Gern geschehen. Setz dich." Er warf einen Blick auf den Schreibtisch, der in der Ecke ihres kleinen Wohnbereichs stand und auf dem sich Papiere und Rechenapparate befanden. „Sieht aus, als hättest du viel zu tun."

Sie nickte und wirkte wieder müde. „Ich muss für einige Klienten noch Arbeit aufholen. Zum Glück ist es nicht mehr viel."

„Gut", entgegnete er und behielt alles andere, was er ihr eigentlich hatte sagen wollen, erst einmal für sich.

Timing ist alles.

Er ließ das Omelett aus der Pfanne auf einen Teller gleiten, butterte das Rosinenbrot, das gerade aus dem Toaster gesprungen war, nahm zwei Gabeln aus der Besteckschublade und trat an den kleinen Frühstückstresen, wo Megan saß.

„Danke", sagte sie leise. „Ich kann mich nicht daran erinnern, wann außer Summer zum letzten Mal jemand für mich gekocht hätte."

„Ihre Muffins sind toll."

„Das sind sie", stimmte sie zu, „aber jetzt frage ich mich, ob ich ihr beibringen soll, wie man Omeletts macht." Sie sah ihn breit grinsend an. „Das Rosinenbrot ist auch sehr lecker."

Irgendwie gelang es ihm, die schöne Frau neben sich nicht länger anzustarren und die Gabel in das Omelett zu stecken. Megan tat es ihm gleich. Er hatte gerade seinen ersten Bissen genommen, als sie einen dieser kleinen Laute ausstieß, auf die sein Körper augenblicklich reagierte.

„Oh, mein Gott", seufzte sie. „Das ist so gut!"

Erstaunlicherweise machte dieses Lob von ihr ihn genauso stolz, als hätte er eigenhändig und ganz allein einen Großbrand gelöscht.

„Freut mich, dass es dir schmeckt", sagte er. Und da er sie mit seinen Kochkünsten gerade für sich eingenommen hatte, beschloss er, dass der richtige Zeitpunkt gekommen war. „Heute ist Silvester. Hast du schon was vor?"

Einen Moment lang war sie überrascht. „Wow! Wie kann es sein, dass heute schon der 31. Dezember ist?"

Lächelnd sagte er: „Ich schätze, das bedeutet, dass du keine Pläne hast."

„Ja", erwiderte sie. „Ich meine, nein. Ich habe keine Pläne." Ihre Augen wurden groß, als ihr klar wurde, worauf er mit seiner Frage abzielte. „Du willst doch nicht etwa vorschlagen, dass du ..." – sie wies auf ihn – „... und ich ..." – sie zeigte auf sich – „... den Abend gemeinsam verbringen sollten?"

„Hey, das ist eine ganz tolle Idee!"

„Nein! Das ist eine ganz schlechte Idee!"

„Magst du Feuerwerke?"

„Das spielt keine Rolle."

„Du magst sie, stimmt's?", sagte er lächelnd. „Ich wette, du liebst Feuerwerke – je größer, desto besser." Ihr Erröten war ihm Antwort genug. „Schau dir heute Abend mit mir das Silvesterfeuerwerk auf meiner Dachterrasse an."

Er spürte, wie sehr sein Vorschlag sie reizte, doch dann sagte sie: „Das sollte ich nicht tun."

Was wenigstens nicht bedeutete, dass sie nicht *konnte*.

„Aber du *willst* es doch, oder?"

Wieder erschien dieser atemberaubend verzweifelte, leicht verärgerte Ausdruck auf ihrem Gesicht. „Natürlich will ich!"

Er machte sich nicht die Mühe, sein Lächeln zu unterdrücken. „Wie wär's, wenn ich versprechen würde, dich erst nächstes Jahr wieder zu küssen?"

Das Feuer zwischen ihnen flammte heiß auf.

„Netter Versuch", entgegnete sie. „Das nächste Jahr beginnt schon in ein paar Stunden."

„Ich würde es nicht durchhalten, wenn es anders wäre." Er strich ihr eine Strähne aus dem Gesicht. „Und ich möchte dir gegenüber niemals ein Versprechen brechen, Megan."

18. KAPITEL

Megan kannte die richtige Antwort. Sie bestand aus vier kleinen Buchstaben. N. E. I. N. Sie musste sie nur aneinanderreihen und Gabe würde verschwinden.

Aber nach zwei wundervollen Tagen – und einer unglaublichen Nacht – mit Gabe am Lake Tahoe hatte sie ihn so vermisst.

Sie hatte sein Lächeln vermisst. Seine Wärme. Seinen Humor.

Sie hatte sogar den Hauch der Gefahr vermisst, den er verströmte.

Und jetzt war er wie ein wundervolles Geschenk auf ihrer Türschwelle erschienen. Sie hatte versucht, ihn zu vertreiben, indem sie schnippisch und unberechenbar gewesen war, doch er hatte nur gelächelt und sie in den Arm genommen, als sie sich über alte Kränkungen aufgeregt hatte.

Es war nur recht und billig gewesen, ihm die Wahrheit über David erzählt zu haben, nachdem er ihr alles über Kate gesagt hatte. Allerdings hätte sie ihm nur die Fakten sagen und verschweigen können, wie wütend sie das alles gemacht hatte – und überraschenderweise noch immer machte. Aber als er die Arme um sie gelegt hatte und sie seine Stärke, seine Wärme, seine Präsenz gespürt hatte, hatte sie nicht mehr verhindern können, dass alles aus ihr herausgeplatzt war.

Genau wie sie am Lake Tahoe nicht hatte verhindern können, mit ihm zu schlafen.

Sie sah ihn an und fragte sich, wie also sie hätte verhindern sollen, dass sie nun sagte: „Ja, ich werde mir mit dir von deiner Dachterrasse aus das Feuerwerk ansehen."

Sein wundervoller Mund verzog sich zu einem Lächeln. Und sie liebte es, wenn er sie so anlächelte.

Er vermittelte ihr in solchen Momenten das Gefühl, dass sie das Einzige war, was zählte.

Niemand außer Summer hatte sie je so angesehen. Doch je größer Summer wurde, desto seltener schenkte sie Megan diesen Blick.

Schweigend aßen sie das köstliche Omelett auf, bevor er wie selbstverständlich aufstand, den Teller zur Spüle trug und abwusch.

„An diesen Service könnte ich mich gewöhnen", sagte sie, ohne nachzudenken. Aber nachzudenken schien ihr in seiner Nähe sowieso schwerzufallen.

Sein Blick war heiß, als er sie nun ansah. „Ist das so?"

Sie presste die Lippen aufeinander und bemühte sich, unterhalb des Frühstückstresens nicht auch noch ihre Schenkel zusammenzupressen, selbst wenn Verlangen sie durchströmte. Er konnte nicht mitbekommen haben, was sie tat. Warum also schien er es trotzdem genau zu wissen? Denn er fragte: „In einigen Ländern der Erde hat das neue Jahr übrigens schon begonnen."

Seine ruhige, tiefe Stimme fühlte sich fast wie eine Liebkosung auf ihrer Haut an. Schlimmer noch: Sie wünschte sich den Kuss beinahe genauso sehr wie er.

Und gerade deshalb stand sie auf und entgegnete: „Ich gehe jetzt lieber mal in den Waschkeller und schaue nach, ob die Wäsche schon trocken ist."

Er hängte das Geschirrtuch zurück an den Haken. „Ich helfe dir."

So viel zum Thema Flucht.

Der Waschkeller verströmte alles andere als eine sexy Atmosphäre. Aber als sie in den Keller gingen, war Sex das Einzige, an was sie denken konnte, als sie in die feuchte Trocknertrommel griff und die Wäsche herausholte. Die Vorstellung, dass Gabe gleich ihre Unterwäsche zusammenlegen würde, ließ sie erröten. Hektisch suchte sie in dem Wäschedurcheinander nach ihrem Slip, doch sie konnte ihn nicht finden.

„Brauchst du Hilfe?"

Sie konnte die Belustigung in seiner Stimme hören, als sie mit dem Kopf in der Trommel der Maschine steckte. Und sie hatte keine Ahnung, was die Feuchtigkeit mit ihren Haaren anstellen würde. Ihr Haar hatte leider die Angewohnheit, bei hoher Luftfeuchtigkeit so vom Kopf abzustehen, dass kleine Kinder – und erwachsene Männer – bei ihrem Anblick einen Schreck bekamen.

„Nein", entgegnete sie möglichst fröhlich. „Ich suche nur etwas."

„Das hier vielleicht?"

Endlich zog Megan den Kopf aus der Trommel und blickte zu Gabe, an dessen Finger der pinkfarbene Spitzenschlüpfer baumelte. Ihr wurde heiß – und das lag nicht nur an der Hitze, die aus der geöffneten Trocknertür drang.

„Wo hast du den Slip gefunden?"

„Es hatte sich an einem Handtuch verfangen." Er wies auf den Stapel Wäsche, den er schon zusammengefaltet und in ihren Wäschekorb gelegt hatte.

„Bei Spitze kann das schon mal passieren."

Sie wusste, dass sie wie ein Idiot mit zerzausten Haaren vor ihm stand und über absolut belanglose Dinge plapperte. Warum konnte sie sich in seiner Gegenwart nur nicht normal verhalten? Cool und beherrscht?

Genau genommen kannte sie den Grund.

Sie konnte nur daran denken, ihn zu küssen.

Beziehungsweise daran, dass sie noch quälende Stunden durchhalten musste, bis sie ihn nach Mitternacht endlich küssen könnte – schließlich sollte er sein Versprechen ihr gegenüber halten können.

Das würde sie niemals überstehen. Jedenfalls nicht, wenn sie nicht den Verstand verlieren wollte.

„Ich dachte gerade", sagte sie, während sie lässig eines von Summers Kleidchen zusammenlegte, „dass diese Silvester-Sache vollkommen überbewertet wird. Die Leute machen immer so viel Aufhebens darum, obwohl es eigentlich ein ganz normaler Tag ist."

Sie konnte seinen Blick auf sich spüren, auch wenn er gerade ein Handtuch faltete.

„Und du hast recht", fuhr sie in, wie sie hoffte, lockerem Tonfall fort, „es gibt viele Orte auf der Welt, an denen Mitternacht schon vorüber ist. Wie zum Beispiel in Paris. Dort haben die Menschen ihre Feuerwerke schon abgebrannt."

Unwillkürlich hielt sie den Atem an, während sie darauf wartete, dass er sie an sich zog und sich den Kuss holte, um den sie ihn praktisch anflehte. Doch er nahm ihr nur das Kleid aus der Hand, das sie zusammengeknüllt hatte. Keine Minute später hatte er nicht nur das Kleid, sondern auch die restliche Wäsche sauber zusammengelegt.

Er kochte, er putzte, er machte die Wäsche ... Und er wusste, wie er sie küssen, wo er sie berühren musste, wie er sie auf den Gipfel der Lust führen konnte – und das im Anschluss an den ersten Orgasmus gleich noch einmal.

„Lass uns das nach oben bringen." Er hob den blauen Wäschekorb hoch, als hätte sie nicht gerade mit dem Zaunpfahl gewunken, um ihn dazu zu bringen, sie zu küssen. „Und dann fahren wir zu mir."

Megan war nur einen Atemzug davon entfernt, ihm den Korb aus den Händen zu schlagen und sich auf ihn zu stürzen. Aber es war das eine, wenn Gabe sie dazu verführte, sich nach Mitternacht einen Kuss zu stehlen, um das neue Jahr zu feiern. Das war etwas vollkommen anderes, als wenn sie ihn jetzt um einen Kuss anbettelte.

Außerdem hatte sich nichts geändert. Sie konnte sich noch immer nicht erlauben, sich in ihn zu verlieben. Und sie konnte ganz sicher nicht zulassen, dass Summer eine festere Bindung zu ihm aufbaute.

Einen Mann wie Gabe zu lieben und ihn dann zu verlieren, wäre etwas, von dem sie sich wahrscheinlich nie mehr erholen würde. Egal, für wie stark sie ihre Mutter und alle anderen Menschen um sie herum auch hielten.

Glücklicherweise wären sie auf der Dachterrasse von Gabes Haus nicht allein, denn die anderen Mieter würden sich das Feuerwerk auch nicht entgehen lassen. Und das war auch gut so, denn Megan traute sich selbst nicht zu, dass sie standhaft bleiben würde, wenn sie mit Gabe allein wäre.

Sie würden sich also um Mitternacht auf dem Dach das Feuerwerk ansehen, sich inmitten einer Menge von anderen Feiernden küssen und dann würde sie nach Hause gehen. In ihr eigenes Bett.

Allein.

19. KAPITEL

Ruhe bewahren.
– Einmaleins der Brandbekämpfung

Eine halbe Stunde später trat Megan aus dem Lift in Gabes Penthousewohnung in Potrero Hill. Vor Staunen blieb ihr der Mund offen stehen. Er nahm ihr den Mantel ab, den sie sich über die Schultern gehängt hatte. Doch sie war so beschäftigt damit, den Ausblick aus den Fenstern zu bewundern, dass sie es kaum bemerkte.

„Die Aussicht ist unglaublich." Sie wandte sich zu ihm um. „Wie kommst du überhaupt dazu, mal irgendetwas anderes zu tun, als nur aus dem Fenster zu schauen?"

„Ich dachte mir schon, dass dir das gefällt", entgegnete er, als er das Zimmer durchquerte und zu ihr trat. „Im Winter ist es normalerweise immer so klar, aber im Sommer …"

„… muss es sich anfühlen, als würde man auf einer Wolke schweben …"

Seit sie ihre Wohnungstür geöffnet hatte, hatte er sie schon unzählige Male küssen wollen. Und jetzt, als sie verträumt aus seinem Wohnzimmerfenster schaute, musste Gabe sich sehr zusammenreißen, um seinen Plan weiterzuverfolgen und sein Versprechen zu halten.

Sie passte einfach so gut hierher. Es wirkte so richtig. Trotz der wundervollen Architektur des Gebäudes, der Aussicht und der Lage hatte er immer das Gefühl gehabt, dass irgendetwas fehlte.

Jetzt wusste er, was es war.

Wie anders würde es sein, wenn Megan und Summer hier zusammen mit ihm leben würden? Wenn die Farben und die warme Atmosphäre von Megans kleiner Wohnung hierher übertragen werden würden? Wenn ihre Kleider in den Schränken und Summers selbst gemalte Bilder am Kühlschrank hängen würden?

Er wusste, dass er in Gedanken alles überstürzte und dass nach dem heutigen Feuerwerk noch nichts sicher war. Gabe zwang sich dazu, sich einen Schritt von der einzigen Frau zu entfernen, der es je gelungen war, seine Selbstbeherrschung ins Wanken zu bringen.

„Das Omelett hat nicht gereicht", sagte er. „Wie wäre es mit thailändischem Essen? Gleich um die Ecke gibt es ein tolles Restaurant, das auch liefert."

Ihr Gesicht erstrahlte. „Ich liebe Thailändisch."

Gott, jetzt war er nicht nur eifersüchtig auf einen Toten, sondern auch neidisch auf thailändisches Essen.

„Mach es dir schon mal bequem. Ich bestelle uns von allem etwas."

Sie lachte und sagte: „Klingt gut." Doch während er telefonierte, bewegte sie sich nicht vom Fenster weg. Gabe wurde langsam klar, wie sehr sie es vermisste, von oben über die Stadt zu sehen wie in dem Apartment, das abgebrannt war.

Er beendete das Telefonat, und sie war noch immer so gefesselt von den Lichtern der Stadt, dass sie nicht bemerkte, wie er zwei Gläser Rotwein auf einem Bücherregal neben ihr abstellte.

Im nächsten Moment sagte er: „Entschuldige bitte."

Megan war offensichtlich erschrocken, als sie sich umdrehte und sah, wie er einen großen Polstersessel über den Kopf gehoben hatte. „Was willst du damit?"

„Ich hoffe, ich kann es dir etwas gemütlicher machen", erwiderte er, während er den Sessel vorsichtig abstellte. Und vielleicht will ich auch ein bisschen angeben und meine Stärke demonstrieren, gestand er sich stumm ein, als er sah, wie ihr

Blick zu seinen Oberarmen ging, wo sich unter dem Gewicht des Sessels seine Muskeln abzeichneten.

Dann ergriff er ihre Hand. „Setz dich mit mir."

„Der Sessel ist nicht groß genug für uns beide", protestierte sie. Aber er hatte sie bereits halb auf seinen Schoß gezogen und den Arm um ihre Taille gelegt.

„Für mich fühlt es sich genau richtig an."

Er liebte ihren Duft – sie duftete wie ein Feld voller blühender Blumen und nach einem Hauch von süßer weiblicher Erregung.

„Gabe, wir sollten nicht …"

„Keine Sorge", murmelte er ihr ins Ohr. „Ich werde mein Versprechen nicht brechen."

Ob sie wusste, wie enttäuscht sie aussah, als sie sich von ihm abwandte, um wieder aus dem Fenster zu blicken? Gabe achtete darauf, dass sie sein Lächeln nicht bemerkte, als er die Weingläser vom Bücherregal nahm und ihr eines reichte.

„Der beste Tropfen des Sullivan-Weinguts."

Sie nahm ihm das Glas ab und sog lustvoll das Aroma ein. „Um ganz offen zu sein: Ich war schon Fan von Marcus' Weinen, ehe wir uns getroffen haben."

„Die Weine sind gut", stimmte er ihr zu.

Sie nickte. „Und ich weiß, ich habe ihn nicht kennengelernt, doch dein anderer Bruder Smith …" Abrupt verstummte sie, als wäre ihr gerade klar geworden, dass sie nicht mehr sagen sollte. „Ist ja auch egal." Sie nahm einen Schluck Wein. „Der ist lecker."

„Was ist mit Smith? Willst du mir erzählen, wie toll du seine Filme findest?"

Sie zuckte die Achseln. „Du musst zugeben, dass die Filme wirklich gut sind." Wieder hielt sie inne und nippte noch mal an ihrem Wein. „Genau wie dieser Wein." Sie wies aus

210

dem Fenster. „Hey, ist das da drüben das Baseballstadion?"

Er bekam schmale Augen. „Bist du etwa auch noch Baseballfan?"

„Das ist Summers Schuld", entgegnete sie. „Ihr Vater ist immer mit ihr zu den Spielen gegangen, als sie noch ganz klein war, und seitdem liebt sie das Spiel. Sie hat sich so gefreut, Ryan auf dem Fest deiner Mutter kennenzulernen. Er ist ihr Lieblingspitcher."

Warum musste er nur so viele Brüder haben? Wütend verstärkte er den Griff um sein Weinglas so, dass beinahe der Stiel abgebrochen wäre.

Megans Augen funkelten, als sie auf ein großes Bild eines Sonnenaufgangs in einer afrikanischen Landschaft zeigte, das an der Wand hing. „Ich muss dich einfach fragen … Stammt die Aufnahme von Chase?"

„Ja." Die Antwort klang knapper, als er es eigentlich beabsichtigt hatte.

In dem Moment sah er, wie sie über den Rand ihres Glases hinweg lächelte. Ihm wurde klar, dass die Illusion, er könnte an diesem Abend die Zügel in der Hand behalten, genau das war: eine Illusion.

Denn mit wenigen Sätzen hatte Megan ihn genau dorthin gebracht, wo sie ihn haben wollte – er verhielt sich wie ein eifersüchtiger Idiot.

Wieder einmal.

Gabe wollte Vergeltung und zog sie ein bisschen näher zu sich heran. Ihr Rücken war an seine Brust geschmiegt. „Ich freue mich, dass du hier bist, Megan."

Sie verspannte sich für ein paar Sekunden, und er dachte schon, sie würde sich von ihm lösen. Doch dann spürte er, wie sie sich an ihn kuschelte und ihren Kopf an sein Kinn lehnte.

„Ich freue mich auch."

Gabe hätte die ganze Nacht lang so mit ihr dasitzen und die Lichter der Stadt beobachten können, ohne ein Wort zu wechseln. Zugegeben: Er musste sich schon sehr zusammenreißen und an seine Selbstbeherrschung appellieren, als er ihren Körper an sich spürte. Aber er hatte sich doch noch nie mit einem anderen Menschen so wohlgefühlt wie mit Megan. Nicht einmal mit seiner Familie.

Ein Jammer, dass der Mensch, der das Essen lieferte, partout nicht aufhören wollte zu klingeln.

Megan wirkte darüber genauso unglücklich wie er. „Einer von uns sollte wohl an die Tür gehen."

Er küsste sie nicht, aber er vergrub für den Bruchteil einer Sekunde sein Gesicht in ihrem Haar, ehe er die Hände auf ihre Taille legte und Megan von seinem Schoß hob. „Du gehst an die Tür. Ich hole schon mal die Teller."

Gott, sie war umwerfend, als sie so das Zimmer durchquerte, die Tür öffnete und mit dem jungen Mann redete – der übrigens ebenfalls den Blick nicht von ihr wenden konnte. Gabe hatte viele Frauen getroffen, die genau gewusst hatten, wie sie sich in der Nähe von Männern verhalten mussten. Viele Frauen, denen bewusst gewesen war, wie sie es anstellen mussten, um zu bekommen, was sie wollten.

Megan dagegen war von Kopf bis Fuß die pure Sinnlichkeit, ohne dass sie mehr getan hätte, als nur zu atmen.

Gabe war so gefesselt von ihr, dass sie schon in ihrem Portemonnaie nach etwas Trinkgeld gesucht hatte, bevor er sich darum kümmern konnte.

Und auch der junge Mann war so damit beschäftigt, Megan anzustarren, dass er vermutlich vergessen hätte, das Geld zu nehmen, wenn Gabe sich nicht geräuschvoll geräuspert und den Jungen so aus seinen Träumereien gerissen hätte.

Megan schloss die Tür und trug die beiden Tüten mit Essen zu Gabe. „Das riecht fantastisch."

„Der arme Kerl konnte in deiner Nähe keinen vollständigen Satz herausbringen."

Sie sah ihn an, als hätte er den Verstand verloren. „Wovon sprichst du?"

„Von dir, Megan. Und davon, wie wunderschön du bist."

Sie wirkte so erstaunt, dass er ihr schnell die Tüten abnahm, ehe sie sie fallen ließ, und sie auf den Tisch stellte.

Ihr Erstaunen wich Verlegenheit. Und Ungläubigkeit. „Das hast du schon öfter gesagt."

„Weil ich es jedes Mal denke, wenn ich dich ansehe. Jedes Mal, wenn ich an dich denken muss."

Sie starrte ihn an und erforschte seinen Blick. „Ich habe noch nie jemanden wie dich getroffen, Gabe." Sie schlug die Augen nieder und blickte auf ihre Hände, ehe sie ihn wieder ansah. „Ich bin froh, dass du derjenige warst, der Summer und mich gefunden hat." Sie holte tief Luft. „Und ich bin froh, dass sie darauf bestanden hat, dir Muffins zu bringen." Sie biss sich auf die Unterlippe. „Ich bin sogar froh darüber, dass sie dich mit einem Trick dazu gebracht hat, uns das Snowboardfahren beizubringen."

Eines war ihm klar: Wenn er jetzt zu ihr hinüberging, dann würde er nicht nur sein Versprechen brechen, sie nicht zu küssen. Er würde mit ihr schlafen – und zwar direkt auf dem Teppich im Wohnzimmer.

Er zog einen Stuhl für sie hervor. „Komm. Iss was."

Er hoffte und betete, dass sie die Energie später noch brauchen würde.

Ihr Handy klingelte, als sie sich hinsetzte. „You Are My Sunshine" war die Melodie, die erklang. Gabe nahm Platz, und sie zog ihr Handy hervor. „Hallo, Schatz. Wie geht's Mickey?"

213

Es gefiel ihm, wie ihr ganzes Gesicht zu strahlen begann, als sie mit Summer sprach. Seine Mutter war immer für ihn und seine Geschwister da gewesen. Als Kind hatte er geglaubt, dass jede Mutter so war. Erst als Erwachsener war ihm bewusst geworden, wie viel Glück er gehabt hatte.

Und wie viel Glück auch Summer hatte.

„Wow, das klingt ja nach einer umwerfenden Feuerwerk-Lightshow! Ich kann's kaum erwarten zu erfahren, wie sie das Wasser so bunt machen, wenn du wieder zu Hause bist."

Gabe gab unterdessen Phat Thai und Gurkensalat auf die Teller. Megan lachte über irgendetwas, das Summer erzählte. Doch plötzlich hörte sie auf zu lachen.

„Was ich heute Abend mache?" Sie nahm ihr Glas und nippte an dem Wein. „Ach, nichts anderes als du, Süße. Ich sehe mir ein bisschen das Feuerwerk an."

Gabe hielt inne. Er wollte hören, was Megan ihrer Tochter erzählte. Würde sie zugeben, dass sie mit ihm zusammen war?

Megan lauschte aufmerksam der Stimme am anderen Ende der Leitung. „Nein, Süße, nicht allein. Mit einem Freund."

Gabe gefiel es nicht, dass sie ihn nicht anblickte. Er musste sich ermahnen, Geduld zu haben. Der Abend lief gut – besser, als er es sich erhofft hatte. Das Problem war, dass er von Megan mehr wollte, als er es sich je von einer anderen Frau gewünscht hatte.

Und er wollte es jetzt.

Schließlich hob Megan den Blick und sah ihn über die Teller und Essensbehälter hinweg an. „Ich sehe mir das Feuerwerk mit Gabe an."

Summers glücklicher Aufschrei war deutlich zu hören.

„Ich weiß nicht, ob er gerade ans Telefon kommen kann …" Sie verstummte, als er die Hand ausstreckte. „Ach, hier ist er gerade."

Er konnte Megans Miene nicht deuten, als er sagte: „Hallo Süße! Was bist du denn heute Aufregendes gefahren?" Er hörte zu und lachte leise über die Beschreibung der Fahrgeschäfte. „Deine Mutter hat nicht einmal das mitgemacht?" Mit einer hochgezogenen Augenbraue sah er Megan an. „Wow. Du bist echt mutig, nicht wahr? Ich geb dir mal wieder deine Mom." Er lachte noch immer, als er Megan das Handy zurückgab.

„Ja, wir wünschten, du wärst hier." Sie wandte sich leicht ab und ließ ihre Haare in ihr Gesicht fallen. „Ich vermisse dich schrecklich, Süße! Es freut mich, dass du mit Grams und Gramps so viel Spaß hast. Ich kann es kaum erwarten, dich morgen wiederzusehen. Ich liebe dich." Sie legte das Handy auf den Tisch, aber sie ließ es nicht los.

Er wollte sie fragen, warum sie Summer im ersten Moment nicht hatte sagen wollen, dass sie den Abend zusammen verbrachten. Doch er kannte die Antwort ja schon, nicht wahr? Und er wollte sie nicht wieder an ihre Gründe erinnern. Außerdem gefiel es ihm nicht, wie traurig sie aussah, nachdem sie sich von ihrer Tochter verabschiedet hatte.

Also nahm er seine Gabel und gab sich alle Mühe, Megan zum Lachen zu bringen. Er erzählte ihr, wie Ryan und er beschlossen hatten, sich im Dunkeln auf *Tom Sawyer Island* zu verstecken, und beinahe über Nacht eingeschlossen worden wären.

„Du hättest Ryan sehen sollen", sagte er. „Wie ein kleines Baby, das nach seiner Mutter weint."

Sie lächelte. „Irgendwie wirkt er gar nicht wie der Typ, der nach seiner Mutter weint."

„Hast du je gesehen, wie er auf dem Pitcher's Mound einen Ball abbekommen hat?" Vielsagend wies er mit einem Kopfnicken in Richtung Schoß.

„Ist das tatsächlich passiert?"

Dieses Mal lächelte er. „Mehr als einmal. Und während seine Exfreundinnen ihn bejubelt haben, hat er – ob du's glaubst oder nicht – geweint."

Vom ersten Moment an, als Megan in sein Krankenzimmer gekommen war, hatte Gabe sich zu ihr hingezogen gefühlt. Aber so sehr er auch die Minuten herunterzählte, bis er sie wieder küssen konnte, ohne sein Versprechen zu brechen, so gut fühlte es sich an, sie lachen zu hören. Er wusste ohne jeden Zweifel, dass ihre Verbindung tiefer ging als nur unter die Haut.

So tief, dass ihr Lachen nicht nur sein Herz berührte. Es traf ihn mitten in die Seele.

20. KAPITEL

Eine Viertelstunde vor Mitternacht machten sie sich auf den Weg aufs Dach. Megan blieb an der Schwelle zur Dachterrasse stehen, die vollkommen menschenleer war. Unwillkürlich umklammerte sie die Decken, die Gabe ihr gegeben hatte, ein bisschen fester. „Wo sind die anderen?"

Er warf ihr einen fragenden Blick zu. „Du dachtest, dass hier noch andere Feierwütige wären?"

„Es ist ein großes Gebäude mit vielen Wohnungen."

Er nickte. „Das stimmt. Aber mir gehört die oberste Etage. Und das Dach mit der Dachterrasse gehört ganz allein mir."

„Oh."

Es war so dumm von ihr gewesen, allein mit ihm aufs Dach zu gehen. Selbst wenn noch andere Leute dort gewesen wären, hätte sie das nicht vor ihrem eigenen Verlangen nach ihm bewahrt. Nach ein paar Stunden in seiner wundervollen Gesellschaft hatte sie das nun verstanden.

Doch allein?

Sie war dem Untergang geweiht.

„Bisher hatte ich einen tollen Abend mit dir, Megan." Aufmerksam blickte er sie an. Wahrscheinlich rechnete er damit, dass sie wie ein Feigling davonrannte – wie ein rationaler, vorsichtiger Feigling, der sein Herz schützen wollte. Und das war sie.

„Ich auch", gab sie zu und zwang sich dazu, weiter hinaus auf die Dachterrasse zu gehen.

In dem Moment bemerkte sie die Lichterkette und die große Picknickdecke, auf der dicke Kissen verteilt waren. Eine Flasche Champagner, zwei Gläser und ein Teller mit Erdbeeren, die mit Schokolade überzogen waren, standen ebenfalls dort. Aber das war nicht alles. Er hatte außerdem eine Flasche Apfelsaftschorle und ein bruchsicheres Kinderglas besorgt, das mit Schmetterlingen verziert war.

Sie schmolz dahin.

„Das hast du alles vorbereitet?" Sie zeigte auf sich. „Für mich und Summer?"

„Ich wüsste nicht, mit wem ich den Silvesterabend lieber verbringen würde."

Er nahm ihr die Decken aus der Hand. Sofort fühlte sie sich fast nackt, schutzlos. Als hätten die weichen Decken wie eine Art Schutzschild gewirkt und sie davor bewahrt, sich in diesen gut aussehenden, netten und erschreckend anziehenden Mann zu verlieben, der direkt vor ihr stand.

„Das hier ist …" Sie machte eine ausholende Handbewegung. „Das ist magisch."

Sein Lächeln wirkte spielerisch, locker, zufrieden – und unglaublich sinnlich. Alles zugleich. „Sieh dir die Aussicht von hier oben an! Es ist noch besser als der Blick aus der Wohnung."

Sie ergriff seine Hand. Doch als er mit ihr an die Balustrade trat und sie mit seinem Körper wärmte – und beschützte –, achtete sie nicht mehr auf die Aussicht. Stattdessen drehte sie den Kopf, sodass sie ihn anblicken konnte. „Du spielst nicht fair, Gabe."

Sie konnte seinen Kuss beinahe schmecken. Aber er zog sie nur noch enger an sich. „Danke, dass du heute hierhergekommen bist. Und dass du bleibst."

Seine Lippen berührten ihren Scheitel, und vielleicht brach er damit schon sein Versprechen. Doch genau das wollte sie – so sehr, dass sie vor Verlangen, seinen Mund auf ihrem zu spüren, seine Hände auf ihrer Haut, fast erschauerte.

Megan stand an Gabe gelehnt, der sie umarmte, hatte die Augen geschlossen und erlaubte es sich, das Zusammensein mit ihm zu genießen. Das wundervolle Gefühl, seine Wärme, seine Stärke, seine Blicke zu spüren, ließ sie erzittern.

„Dir ist kalt."

Sie bekam nicht die Gelegenheit, ihm zu sagen, dass ihr Zittern nicht an der kühlen Nachtluft lag, denn er ging mit ihr zusammen zur Picknickdecke. Gemeinsam mit ihr setzte er sich zwischen die Kissen. Dann breitete er die Decken über sie beide und nahm die Flasche Champagner.

Megan kuschelte sich unter die Decke. Gabes Schenkel berührte ihren, als Gabe den Korken knallen ließ und den Champagner in die Gläser füllte. „Willst du mich betrunken machen?", zog sie ihn auf.

Sie liebte sein Lächeln, liebte es, wie schnell er zu schmunzeln begann, wie leicht zu lachen. Plötzlich wurde ihr klar, dass auch sie in seiner Nähe öfter lächelte. Nur bei Summer hatte sie sich bisher so sorglos, so glücklich gefühlt. Nur bei Summer hatte sie bis jetzt die Arbeit vergessen können, die sie noch erledigen musste, die Rechnungen, die noch bezahlt werden mussten, den Kühlschrank, der noch gefüllt werden musste.

Bis sie Gabe kennengelernt hatte.

Vielleicht lag es an seiner körperlichen Nähe unter der Decke auf der romantischen Dachterrasse, dass sie nur daran denken konnte, wie sehr sie ihn begehrte. Und wie sehr sie den Kuss wollte!

Vielleicht lag es daran, dass er immer Pläne für sie drei machte, statt so zu tun, als hätte sie keine Tochter.

Vielleicht lag es daran, dass er für sie immer noch ein wenig der Held war, der ihr Leben gerettet hatte, auch wenn ihm das noch so zuwider war.

Vielleicht lag es auch daran, dass ihre draufgängerische Seite herausbrechen und verrückte Dinge anstellen wollte – wie zum Beispiel Sex im Freien zu haben, wo die winzige Möglichkeit bestand, dass jemand aus irgendeinem Fenster sah und sie dabei beobachtete.

Was auch immer es war – nach einigen Stunden, die sich eher wie ein langes Vorspiel angefühlt hatten, war es Megan egal, warum sie empfand, wie sie nun einmal empfand.

Sie wusste nur, dass die fünf Minuten bis Mitternacht *viel* zu lang waren.

Die Antwort auf ihre Frage kam, als er ihr das Glas reichte. „Muss ich dich denn betrunken machen?"

Errötend schüttelte sie den Kopf. Nervös setzte sie das Glas an, legte den Kopf in den Nacken und trank, doch sie verschüttete dabei ein paar Tropfen.

Schon wischte Gabe den Champagner mit dem Daumen weg. Er wollte ihn gerade ablecken, da fasste sie ihn am Handgelenkt. „Warte. Der Drink gehört mir."

Vor Lust weiteten sich seine Augen.

Megan konnte kaum glauben, was sie tat. Doch sie wusste, dass sie die nächsten Minuten nicht überstehen würde, wenn sie Gabe nicht sofort berühren, schmecken konnte. Also griff sie nach seinem Daumen und zog ihn sanft zu ihrem Mund.

Und dann umschloss sie ihn mit den Lippen und saugte daran.

Sie konnte nicht sagen, wer von ihnen beiden zuerst aufstöhnte – er oder sie –, sowie sie mit der Zunge über seinen Daumen fuhr, den Champagner und vor allem den einzigartigen, leicht rauchigen Geschmack seiner Haut wahrnahm.

Es war ein Geschmack, den sie seit dem Lake Tahoe nicht hatte vergessen können.

„Ich halte mein Versprechen." Seine Stimme klang heiser, während er seinen Kopf neigte. „Keine Küsse", war das Letzte, was sie hörte, ehe sie spürte, wie er mit der Zunge ihren Hals berührte.

Sie drängte sich seinem Mund entgegen, wobei sie sacht an seinem Daumen knabberte.

Da hob er den Kopf und schaute ihr in die Augen. Dieser Blick allein reichte fast aus, um sie zum Höhepunkt zu bringen. Langsam ließ er den Daumen aus ihrem Mund gleiten, wanderte mit den Händen zu ihren Hüften und zog Megan auf seinen Schoß.

Sie saß auf ihm, spürte seine Erektion, die gegen sie drückte.

„Gott, du bist toll", raunte er.

Im nächsten Moment explodierte der erste Feuerwerkskörper und zeichnete bunte Farben in den Himmel über ihnen. Die Menschen auf den Straßen jubelten laut. Aber alles, was Megan durch den Kopf ging, war, dass es endlich an der Zeit war, dass Gabe sie küsste.

Doch sie gab ihm nicht die Möglichkeit, den ersten Schritt zu machen. Sie vergrub ihre Hände in seinem Haar und küsste ihn dann mit mehr Leidenschaft, als sie je in sich zu tragen geglaubt hätte. Er erwiderte ihren Kuss, tauchte seine Zunge in ihren Mund. Ihr erleichtertes, lustvolles Stöhnen vermischte sich mit den Explosionen der Feuerwerkskörper und den Geräuschen der fröhlichen Menschen in der Ferne.

„Jetzt." Sie löste sich von ihm. „Ich brauche dich jetzt."

Sie ergriff den Bund ihres Pullovers und streifte ihn zusammen mit ihrem langärmeligen Shirt ab. Als Nächstes öffnete sie mit zitternden Fingern die Knöpfe ihrer Jeans. Sie musste sofort mit diesem Mann zusammen sein.

Eigentlich war sie nie diese Art von Frau gewesen, die so dringend Sex benötigte, dass sie sich praktisch die Kleider vom Leib riss. Andererseits war sie auch noch nie mit einem Mann wie Gabe zusammen gewesen.

Wie sollte eine Frau vom Anblick solcher Muskeln unbeeindruckt bleiben? Wie sollte sie bei all der kaum gezügelten Stärke ruhig bleiben, wenn er sie hielt? Wenn er sie küsste? Wenn er sie liebte?

„Beeil dich", drängte sie. Er befreite sich aus seinen Sachen und warf sie zu ihren auf den Boden.

Natürlich hatte sie nicht bedacht, dass er als Feuerwehrmann mehr Übung darin hatte, schnell aus seinen Klamotten hinaus- und wieder hineinzuschlüpfen als sie. Und während sie noch immer mit ihren Schuhen und den Socken kämpfte, war er bereits …

Nackt.

„Wow." Sie betrachtete seinen wundervollen Körper. „Viele Frauen würden viel Geld bezahlen, um das zu sehen."

„Ich werde mich daran erinnern, falls ich jemals auf der Suche nach einem neuen Job sein sollte."

Ihr wurde klar, dass sie die verrückten Gedanken laut geäußert hatte. Vor Nervosität wurden ihre Hände noch nutzloser. Gabe kniete sich vor ihr auf den Boden, half ihr bei den Schuhen und den Socken, anschließend legte er ihre Jeans zur Seite.

Sie nestelte am Bündchen ihres Slips, als er gerade ihren BH aufhakte. Im nächsten Moment war auch sie nackt. Dieses Mal war er derjenige, der starrte.

„Meins." Er kroch auf sie zu und drückte sie in die Kissen. „Du gehörst mir, Megan."

Sie brachte nur ein Wort heraus: „Ja."

Sie gehörte ihm.

Und dann küsste er sie.

21. KAPITEL

Spiel im Team.
– Einmaleins der Brandbekämpfung

Als Gabe seinen ursprünglichen Plan gemacht hatte, hatte er sich vorgenommen, es langsam angehen zu lassen, falls es gut laufen und er jemals wieder nackt mit Megan zusammen sein würde. Er würde jeden Zentimeter ihres atemberaubenden Körpers genießen und sich darauf konzentrieren, sie auf den Gipfel der Lust zu führen. Und er würde ihr so viele Höhepunkte schenken, dass sie nicht länger leugnen könnte, dass zwischen ihnen eine besondere Bindung bestand.

Aber er hatte nicht bedacht, wie verzweifelt ihrer beider Verlangen sein würde.

Gabe schnappte sich das Kondom, das er auf der Decke platziert hatte. Bevor er die Verpackung aufmachen konnte, beugte Megan sich vor, nahm die Verpackung zwischen die Zähne und riss sie auf. Sie griff sich das Präservativ, ehe es auf ihre Brust fiel, und rollte es ihm über den harten Schaft. Sowie sie ihn berührte, musste er die Zähne zusammenbeißen, um nicht im gleichen Augenblick zu kommen.

Im nächsten Moment vergrub Megan die Hände in seinem Haar und zog ihn zu sich herunter, damit sie ihn küssen konnte. Dabei schlang sie die Beine um seine Taille und ließ ihn in sich gleiten. Er umklammerte ihre Hüften und stieß noch tiefer in sie.

Da Gabe ein großer, starker Mann war, hatte er beim Sex immer darauf geachtet, seiner Partnerin nicht wehzutun. Doch als sich ihre inneren Muskeln nun um ihn schlossen, war die Lust, die er empfand, so intensiv, dass er keinen klaren Gedanken mehr fassen konnte. Er konnte sich nur noch der Lust hingeben, sein Sehnen nach der Frau, die sich unter ihm wand und schrie.

Sie reckte sich ihm entgegen, und er beugte sich herunter, um an einer Brustspitze zu saugen. Er liebte den süßen Geschmack ihrer Haut auf seiner Zunge. Das Feuerwerk über ihnen glitzerte noch immer am Himmel, während sie unter ihm zum Höhepunkt gelangte, ihr Becken an ihn presste, seinen Kopf an sich drückte und den Orgasmus bis zur letzten Sekunde auskostete.

Er konnte sich nicht länger zurückhalten – nicht, wenn sie ihn so fest massierte. Er hob den Kopf, kniete sich hin, umschloss ihre Knöchel und bettete sie auf seine Schultern.

Er musste noch tiefer in sie dringen, musste ihr Innerstes berühren.

Sie krallte sich an seine Arme, da er tiefer, härter in sie glitt.

„Oh Gott", flüsterte sie und senkte die Lider. „Das fühlt sich gut an. So gut." Sie warf den Kopf zurück und fing an, ihre Brüste zu streicheln, während sie alles nahm, was Gabe ihr zu geben hatte. „Mehr, Gabe. Bitte!"

Er hätte nicht damit gerechnet, dass irgendetwas seine Erregung noch steigern könnte, aber der Klang ihrer Stimme, als sie ihn um mehr anflehte, und die Art, wie sie sich selbst berührte, während er in sie stieß, brachten ihn fast um den Verstand.

„Süße", stöhnte er, als die Intensität des körperlichen Aktes ebenso intensive Gefühle in ihm heraufbeschwor. „Ich will das hier nicht allein erleben."

Doch als sie die Augen aufschlug und ihn anblickte, als sie den Mund öffnete und vor Lust aufschrie, als sie wieder kam, und als ihr Höhepunkt seinen auslöste, wusste Gabe, dass er sie nicht nur gebeten hatte, den Gipfel der Lust gemeinsam mit ihm zu besteigen.

Nein, er hatte sie um viel mehr gebeten als nur um Sex, um mehr als nur um den besten Orgasmus, den er je gehabt hatte.

Gabe wollte nicht nur Megans Körper besitzen. Er wollte auch ihr Herz. Und er wollte jeden Teil von ihr kennenlernen – und *lieben*.

Denn mit jedem Moment, den sie zusammen verbrachten, wurde ihm klarer, was für eine Draufgängerin sie in Wirklichkeit war. Sie liebte die Höhe und hatte nicht mal mit der Wimper gezuckt, während sie wilden Sex auf dem Dach gehabt hatten.

Wie lange hatte diese wunderschöne Frau, die auf der Suche nach Nervenkitzel war, ihr wahres Ich verleugnet? Seit dem Tod ihres Mannes?

Oder sogar schon länger?

Megan schmiegte sich an Gabe und barg ihr Gesicht an seiner Schulter. Sie konnte kaum atmen – wie sollte sie sich nur sammeln, um zu begreifen, was gerade zwischen ihnen passiert war?

Er hielt sie genauso fest und drehte sich mit ihr um, sodass sie nicht mehr auf den Kissen, sondern auf ihm lag. Sie liebte das Gefühl, ihn um sich zu spüren, in sich. Sie wusste, dass sie niemals genug von ihm bekommen würde, selbst wenn sie hundert Jahre alt werden würde.

Durch den Schreck über diesen Gedanken – über eine Zukunft, die sie eigentlich nicht mit ihm zusammen haben wollte – schlug sie die Augen auf und versuchte, den Nebel der Lust zu vertreiben, der sie umhüllte.

Oh mein Gott! Ich hatte gerade Sex auf dem Dach.

Auf dem Dach!

Die Wahrscheinlichkeit, beobachtet worden zu sein, war ziemlich hoch. Sie zog die Decke über ihren nackten Körper, auch wenn sich bei der Vorstellung, entdeckt worden zu sein, ganz tief in ihrem Inneren irgendetwas regte.

Gabe streichelte unter der Decke ihren Po. „Meinst du, wir haben jemandem den Silvesterabend versüßt?"

Eigentlich sollte sie schockiert sein – auch über die lässige Art, wie er darüber sprach. „Ich hoffe nicht!"

Doch auch wenn sie prüde klang, konnte Megan das Kribbeln in ihrem Inneren nicht leugnen. Der Gedanke, dass ein anderes Pärchen sich das Feuerwerk hatte ansehen wollen und dann beobachtet hatte, wie sie miteinander geschlafen hatten … Solche Bilder, solche Fantasien ließ sie nur im Geheimen zu.

Schlimmer noch: Sie konnte nicht einmal ihm die Schuld an dem geben, was geschehen war. Immerhin war *sie* diejenige gewesen, die sich mitten auf dem gut einsehbaren Dach die Kleider vom Leib gerissen und ihn dann angefleht hatte, sich auch auszuziehen.

Er lachte leise. Die Lust, die noch immer zwischen ihnen brodelte, schwang darin mit. „Ich ärgere dich nur, Liebling! Das nächste Gebäude, das höher ist als dieses, ist so weit entfernt, dass man schon ein sehr gutes Fernglas bräuchte, um uns zu sehen." Mit dem Finger hob er sanft ihr Kinn an. „Du hast gesagt, dass Summer die Einzige in der Familie ist, die gern Risiken eingeht, aber das stimmt nicht."

Mit Gabe zu schlafen war so unglaublich vertraut. Doch die Art, wie er mit ihr sprach, war noch vertrauter. Fast kam es ihr vor, als würde er ihre tiefsten Geheimnisse kennen, als könnte er in den Weiten ihrer Seele lesen. Sie hatte das Gefühl, er würde durch die Mauern hindurchblicken können, die sie errichtet hatte, um sich selbst und ihre Tochter zu schützen.

Sie fröstelte. Sofort hob er sie mit der Decke zusammen hoch. „Ich bringe dich mal wieder ins Warme."

Megan wusste, dass sie sich bei ihm für das Feuerwerk bedanken sollte – auch wenn sie sich nur auf die Explosionen zwischen ihnen konzentriert hatte – und dass sie jetzt nach Hause gehen sollte. Aber sie hatte ihren Schwur, sich von ihm fernzuhalten, ohnehin schon gebrochen. Und sie hatte wirklich viel gearbeitet, seit Summer mit ihren Eltern weggefahren war. Sie war so müde.

Doch vor allem fühlte es sich gut an, wenn er sie so in den Armen hielt. Dieses Gefühl wollte sie noch auskosten – zumindest für ein paar Sekunden.

Gabe hauchte ihr Küsse aufs Haar, auf die Stirn, auf die Wange. Sie wandte ihm den Kopf zu und küsste ihn. Auf der Hälfte des Weges blieb er stehen und raubte ihr mit einem Kuss den Atem.

„Frohes neues Jahr."

Sie liebkoste seine Unterlippe mit der Zungenspitze, bevor sie sagte: „Dir auch ein frohes neues Jahr."

Megan hätte erwartet, dass er sie ins Schlafzimmer tragen würde, aber er blieb nicht vor dem großen Bett mit der schönen Tagesdecke stehen. Stattdessen ging er mit ihr ins Badezimmer.

„Wie wär's mit einem Bad, um das neue Jahr zu beginnen?"

Die sündhafte, wunderbare Vorstellung, sich nackt und eingeseift in der Whirlpoolwanne an Gabe zu schmiegen, reichte beinahe, um sie ernsthaft ins Grübeln zu bringen. Doch die Angst war stärker. Seit dem Feuer hatte sie sich nicht mehr in eine Badewanne gewagt. „Warum duschen wir nicht einfach?"

Sie wandte den Kopf, um ihn zu küssen, aber weil er ein kluger Mann war, durchschaute er ihren Versuch, ihn abzulenken. „Ich möchte mit dir baden, Megan."

Meine Güte! Sie holte tief Luft, um sich zu sammeln. „Na gut. Vielleicht kann ich es probieren."

Er strich ihr eine Strähne aus der Stirn und sah wieder einmal mehr in ihren Augen, als sie es eigentlich wollte. „Liegt es daran, dass ich euch damals in der Badewanne gefunden habe?"

Wenn sie stärker gewesen wäre, wenn sie sich in Gabes starken Armen weniger sicher gefühlt hätte, wenn er ein anderer gewesen wäre, dann hätte sie möglicherweise versucht, es abzustreiten.

Aber wie konnte sie diesen Mann anlügen?

„Ich dachte, wir würden dort sterben. In der Wanne."

„Das hätte ich niemals zugelassen."

Sie konnte sich nicht verkneifen, die Frage zu stellen, die ihr seit mehr als zwei Monaten durch den Kopf ging. „Was wäre denn gewesen, wenn du nicht rechtzeitig gekommen wärst?"

„Kein ,Was wäre, wenn …‘, Megan." Er nahm eine ihrer Hände und legte sie auf sein Herz. „Nicht heute Abend." Er beugte sich vor und hauchte einen zarten Kuss auf ihre Lippen. „Lass dir von dem Feuer nicht mehr nehmen, als es dir schon genommen hat, Süße."

Er hatte ja recht. Aber verstand er denn nicht, dass sie im „Was wäre, wenn …" gefangen war? Immer wieder stellte sie sich die gleichen Fragen. Nicht nur wegen des Feuers, auch wegen Gabe, wegen Summer, ihrer Zukunft und …

Genug! Sie hasste diese ständigen Grübeleien! „Weißt du was?" Sie kniff die Augen zusammen.

„Was, Megan?"

Sie holte tief Luft. „Es ist Zeit für einen Neuanfang. Es ist Zeit, die Vergangenheit ruhen zu lassen."

Sie war alt und klug genug, um zu wissen, dass sie in einer Nacht nicht ändern konnte, wer sie war, wie ihr Kopf nun mal funktionierte und wie ihr Herz empfand. Aber sie konnte kleine Schritte gehen. Sie konnte sich Stück für Stück von der Last ihrer Ängste befreien.

Vor allem, wenn einer der Schritte darin bestand, mit einem Mann ein Bad zu nehmen, dessen Blick ihr unglaubliche Lust versprach.

„Lass das Wasser ein, Gabe."

Er hielt sie auch weiterhin fest, während er mit der freien Hand den Wasserhahn aufdrehte. Während das warme Wasser in die Wanne lief, drehte Megan den Kopf und sah voller Staunen den Mann an, der sie auf dem Schoß hielt. Behutsam fuhr sie mit den Fingerspitzen über die Narbe auf seiner Stirn.

„Ich wünschte, du wärst unverletzt geblieben." Einen Moment lang schloss er die Augen, während sie sacht über seine Stirn streichelte.

„Damals im Krankenhaus …" Er sah sie an. Die Tiefe der Gefühle, die in seinem Blick standen, berührte sie bis in ihr Innerstes. „Es tut mir leid, dass ich so ein Idiot war." Er ergriff ihre Hand, hob sie an seine Lippen und küsste ihre Handfläche. „In dem Moment, als du hereinkamst und ich dich ohne all den Rauch sah, ohne die Flammen, wusste ich, dass du etwas ganz Besonderes bist."

„Du wärst bei unserer Rettung beinahe gestorben", sagte sie, und ihre Stimme war kaum mehr als ein Flüstern. „Du hattest jedes Recht, dich so zu verhalten."

Er schüttelte den Kopf. „Ich war überrascht darüber, wie stark meine Gefühle für dich schon waren. Doch das war keine Entschuldigung für mein Verhalten."

Megan hatte sich in seiner Wohnung allmählich wieder aufgewärmt. Aber als er nun über Gefühle und Ängste sprach, merkte sie, wie ihr wieder kalt wurde. Sie begann zu zittern, als sie an die Dinge dachte, denen sie sich nicht stellen wollte. Zumindest im Augenblick noch nicht.

Sie ahnte, dass er ihr ansehen konnte, wie unbehaglich sie sich bei diesem Thema fühlte. Und tatsächlich bremste Gabe sich, hob ihre Hand an seinen Mund und küsste sie zärtlich. „Ich habe mir auf dem Dach nicht die Zeit genommen, um dich auszuziehen", sagte er, während er anfing, die Decke von ihr zu lösen.

„Ich würde sagen, dass du es ganz gut gemacht hast", murmelte sie, während sie sich vorbeugte, um ihm einen Kuss auf seinen breiten Brustkorb zu hauchen. Einerseits war sie erleichtert darüber, dass er sie nicht weiter drängte, über ihre Gefühle zu reden – doch andererseits war sie auch enttäuscht.

„Nur ,ganz gut'?" Seine Stimme klang heiser. Er umfasste ihre Brust und strich mit dem Daumen über die Spitze. Es war der Daumen, an dem sie kurz zuvor auf dem Dach gesaugt hatte.

„Mhm", war alles, was sie hervorbringen konnte. Gabe zog die Decke weg und stieg mit Megan zusammen in die Wanne.

Noch nie hatte sie etwas so Romantisches, etwas so Aufreizendes erlebt wie dieses gemeinsame Bad. Unter freiem Himmel, im Licht des Feuerwerks hatten sie aufregende und riskante Dinge getan, aber als sie nun ins warme Wasser tauchte und ihren Rücken und ihren Kopf an Gabes Oberkörper lehnte, seufzte sie zufrieden auf. In dieser magischen Nacht schienen sich all ihre erotischen Fantasien zu erfüllen.

Er nahm mit den Händen warmes Wasser auf und ließ es über ihren Körper strömen, befeuchtete jeden Zentimeter ihrer Haut und ihr Haar. Es fühlte sich so wundervoll an, so verwöhnt zu werden. Es war mehr als nur Sex, mehr als nur Verlangen.

Er hatte gerade erst mit ihr geschlafen und er musste wissen, dass das alles nicht nötig war, um noch einmal mit ihr Sex haben zu können. Dennoch tat er es.

Sie kuschelte sich an seinen Arm und küsste seine Muskeln, während er die Seife ergriff.

„Versucht du, mich abzulenken?"

„Nein", erwiderte sie ehrlich. „Ich musste dich einfach nur küssen."

Er vergrub eine Hand in ihrem Haar und zog sacht daran, bis sie ihm das Gesicht zuwandte und er sie küssen konnte. Es war ein unerhört süßer Kuss.

Er küsste sie lange, bevor er sich von ihr löste und sie Luft holen konnte.

„Mir ging es nicht anders."

Die Seife war ihm während des Kusses aus den Fingern geglitten. Unter Wasser suchte er danach und strich an ihren Hüften entlang.

„Sie ist nicht hier." Mit den Füßen tastete er am Ende der Wanne nach der Seife. „Und da ist sie auch nicht."

„Ich glaube, ich weiß, wo sie ist."

Sein Blick war auf ihre Lippen gerichtet. „Wo denn?"

Sie nahm seine Hand und legte sie auf ihren Bauch. „Du kommst der Sache schon näher." Er ließ die Hand ein bisschen tiefer wandern und reizte sie. „Du bist fast da."

Unwillkürlich hielt sie den Atem an, während er über ihre Härchen streichelte. Im nächsten Moment schob er seine Hand zwischen ihre Oberschenkel und liebkoste sie. Ihr Atem beschleunigte sich; sie lehnte den Kopf an seine Schulter.

Wie von allein schien sich ihr Becken gegen seine Finger zu drängen, und er massierte sie mit der einen Hand weiter, glitt in ihre feuchte Hitze, unterdessen widmete er sich mit der anderen ihrer Lustperle.

Zärtlich knabberte er an ihrem Ohrläppchen, und trotz des warmen Wassers und trotz der Hitze seines Körpers, an den sie sich geschmiegt hatte, erschauerte sie.

„Du bist so wunderschön, Süße. So verdammt schön." Mit der Zungenspitze strich er über die empfindliche Stelle unterhalb ihres Ohrläppchens. „Komm für mich. Ich muss es sehen. Ich muss es fühlen."

Aber sie hätte seine Aufforderung gar nicht gebraucht. Keuchend wand sie sich, presste sich an seine Finger und spürte, wie das Kribbeln in ihrem Innersten zu einem wahren Erdbeben anschwoll.

„*Gabe!*"

Er beobachtete, wie sie jede Sekunde ihres Höhepunktes genoss und auskostete. Er ließ sie nicht los. Nachdem der Orgasmus schließlich geendet hatte und sie wieder „zurück" war, bemerkte sie erst, wie groß und hart er sich an sie drückte.

Zum Glück war er gut vorbereitet. Sie entdeckte ein Kondom auf einem Handtuch. Es war ihr egal, dass sie heute Abend so willig wirkte, so leicht zu haben, und sie beugte sich über den Wannenrand, damit sie das Präservativ erreichen konnte. Sie riss die Verpackung auf – dieses Mal mit den Fingern und nicht mit den Zähnen, obwohl es durchaus reizvoll und verrückt gewesen war. Schweigend hob er die Hüften an, sodass sie ihm das Kondom über die Erektion rollen konnte.

„Ich weiß, dass wir uns darauf geeinigt haben, heute Abend nicht über ‚Was wäre, wenn …' nachzudenken. Doch ich frage mich, was wäre, wenn …" Sie hielt inne und leckte sich über die Lippe. „… wenn du mir dabei helfen würdest, eine meiner Fantasien wahr werden zu lassen?"

Plötzlich wollte sie sich nicht nur zurückerobern, wieder eine Badewanne nutzen zu können. Sie wollte auch ihre Hoffnung für die Zukunft retten. Sie wollte sich nicht länger von ihrer Angst einschränken lassen.

Unter Wasser streichelte er ihre Oberschenkel und ihre Knie. „Was für eine Fantasie?" Als sie den rauen Ton seiner

Worte hörte, hätte sie beinahe die Fantasie Fantasie sein lassen und wäre auf seinen Schoß geklettert.

„Ich habe noch nie mit einem Mann zusammen gebadet."

„Gut."

Sie musste über seine eifersüchtige Freude, der erste Mann zu sein, mit dem sie das hier erlebte, lächeln. Und sie freute sich. Sie freute sich, dass es Gabe war, mit dem sie es erlebte.

„Aber wenn ich manchmal allein bin ..." Sie hielt inne, war es nicht gewohnt, die Worte laut auszusprechen.

„Dann berührst du dich selbst?"

Sie nickte. „Und manchmal träume ich davon, wie jetzt in einer Badewanne zu liegen und ..."

Erneut biss sie sich auf die Unterlippe, und er raunte: „Falls du nicht damit aufhörst, bin ich mir nicht so sicher, ob wir es noch schaffen, deinen Wunsch wahr werden zu lassen."

„Oh." Beinahe hätte sie vor Verlegenheit wieder an ihrer Lippe geknabbert. In letzter Sekunde verkniff sie es sich. „Okay."

„Megan." Sie hörte die fast sinnliche Warnung, die in seiner Stimme mitschwang. „Wie sieht deine Fantasie denn nun aus?"

Doch ihr war schon klar, dass sie es niemals würde sagen können. Stattdessen würde sie es ihm zeigen müssen.

Mit so viel Anmut, wie sie aufbringen konnte, wenn man bedachte, wie erregt und wie nervös zugleich sie war, drehte sie sich im Wasser, sodass sie Gabe den Rücken zuwandte. Sie blickte über ihre Schulter, ging vor ihm auf die Knie und stützte sich dann mit beiden Händen ab.

„Das", flüsterte sie so leise, dass es über die Wasserbewegung in der Wanne hinweg kaum zu hören war. „Das ist meine Fantasie."

Sein Aufstöhnen hallte von den gefliesten Wänden wider. Dann endlich griff er sie am Hintern. Aber obwohl sie so mutig war wie nie zuvor, erschrak sie, als er sich vorbeugte und zuerst einen Kuss auf die eine Pobacke und danach auf die andere drückte. Bedächtig hauchte er eine Spur von Küssen ihren Rücken hinauf, bis er ihr schließlich aufreizend in die Schulter biss.

„Ist es das, Megan? Ist das deine Fantasie?"

Sie konnte nicht sprechen, konnte nur nicken und sich am Wannenrand festhalten, während sie sich gegen seine Hüften drängte. Das Wasser spritzte zu allen Seiten, während er nun von hinten in sie stieß. Diesmal kam er mit ihr zusammen und trieb seinen harten Schaft so fest und tief in sie, dass sie nicht mehr wusste, wo sein Orgasmus aufhörte und ihrer begann.

Eine Hand an ihre Brüste gelegt, die andere zwischen ihren Beinen, küsste und leckte er über ihren Hals, und Megan hatte das Gefühl, in Gabes Armen zu zerbersten.

22. KAPITEL

Finden Sie einen Weg, mit den unvermeidlichen Höhen und
Tiefen umzugehen.
– Einmaleins der Brandbekämpfung

Gabe liebte es, Megan beim Schlafen zuzuschauen. Sie sah so friedlich aus. Lächelnd kuschelte sie sich enger an ihn. Er war glücklich und zufrieden. Er war mit ihr zusammen, während die Sonne das neue Jahr begrüßte.

Auch wenn seine Schwestern ihn im Laufe der Jahre unzählige Male als ahnungslos beschimpft hatten, war Gabe doch eines klar: Zwar hatte Megan darüber gesprochen, neu anzufangen und sich mit der Vergangenheit zu versöhnen, aber es war ziemlich wahrscheinlich, dass sie sich genauso darüber aufregen würde, mit ihm im Bett gelandet zu sein, wie beim ersten Mal am Lake Tahoe.

Dass er sich inzwischen darüber im Klaren war, was er wollte, bedeutete noch lange nicht, dass es bei ihr auch so war.

Wieder rührte sie sich und machte langsam die Augen auf.

„Guten Morgen, meine Schöne!"

Er war erleichtert zu sehen, dass sie die Augen dieses Mal nicht entsetzt aufriss. Stattdessen hob sie die Hand und strich ihm sanft durchs Haar. „Hallo."

Doch bevor er seine Hoffnungen zu hoch schrauben konnte, rutschte sie zur Bettkante und stand auf.

„Summer kommt heute nach Hause, und ich muss noch ein paar Sachen erledigen."

Gabe wollte sie wieder ins Bett ziehen, aber er hielt sich zurück. Er wusste, dass er ihre Reaktion schon mal als einen Schritt in die richtige Richtung betrachten konnte. Im Gegensatz zu dem Morgen im Hotelzimmer rannte sie nicht ans entgegengesetzte Ende des Zimmers. Und sie warf auch nicht mit dem Wörtchen „niemals" um sich.

Wie es aussah, hatte er Glück gehabt, nicht zu einem Einsatz gerufen worden zu sein. Seine offizielle Schicht begann erst in ein paar Stunden. Das war genug Zeit, um noch einmal mit ihr zu schlafen und mit der Zungenspitze jeden Zentimeter ihrer Haut zu schmecken …

Halt dich an deinen Plan, du Held!

Gabe beschloss, der inneren Stimme zu folgen, die bisher immer recht gehabt hatte. „Warum gehst du nicht unter die Dusche und ich laufe nach oben und hole deine Sachen?"

Sie wirkte sehr überrascht, dass er ihr zustimmte, so mit dem Tag weiterzumachen, wie sie es wollte. Getrennt voneinander.

„Gut." Sie hielt inne und warf ihm ein unsicheres Lächeln zu. „Danke."

Er lächelte, als sie nackt ins Badezimmer ging und leise die Tür hinter sich schloss. Hoffentlich würde sie die Dusche genießen.

Er zog eine verwaschene Jeans an und ging nach oben, um ihre Kleider zu holen und sie aufs Bett zu legen. Als das erledigt war, ging er in die Küche und machte das Frühstück.

Einige Minuten später kam sie zu ihm. Das nasse Haar fiel ihr über die Schultern. Schüchtern sah sie ihn an. „Ich konnte den Bacon vom Badezimmer aus riechen."

Gabe wollte sein Glück nicht überstrapazieren, doch manche Dinge ließen sich einfach nicht vermeiden – wie zum Beispiel, Megan nun an sich zu ziehen und sie zu küssen. Als sie sich atemlos voneinander lösten, zog er sich ein paar Zentimeter zurück und blickte sie an.

„Ich wache gern neben dir auf." Er nahm ihre Hand und ging mit Megan zum Tisch. „Ich sehe dir auch gern beim Essen zu."

Aber noch ehe einer von ihnen auch nur einen Bissen zu sich nehmen konnte, klingelte sein Handy. Schnell warf er einen Blick auf das Display.

Stirnrunzelnd sah Megan ihn an. „Musst du gehen?"

„Nein, noch nicht, erst in ein paar Stunden. Einer der Jungs wollte mich nur daran erinnern, dass ich auch seine Schicht übernehme."

„Wie lange arbeitest du?"

„Normalerweise dauert eine Schicht achtundvierzig Stunden. Allerdings werden es jetzt zweiundsiebzig."

Erschrocken blickte sie ihn an. „Schläfst du in der Feuerwache?"

„Wenn ich kann."

Sie seufzte und sah ihn ernst an. „Ich wünschte, die Dinge lägen anders, Gabe. Doch das tun sie nicht. Die letzte Nacht war toll, aber ..." Sie holte tief Luft und blickte ihm in die Augen. „Es hat sich nichts geändert."

Ihre Worte hatten die gleiche Wirkung wie ein Schlag in die Magengrube. Es fiel ihm nicht leicht, sich nichts anmerken zu lassen. „Du frühstückst mit mir zusammen", erwiderte er locker. „Das ist schon mal eine Veränderung." Eine riesige Veränderung zum Positiven, um genau zu sein.

Sie erhob sich vom Tisch und steckte ihr Handy ein. Auf dem Weg zur Tür nahm sie ihre Tasche von der Couch. „Ich muss los."

Gabe wollte sie bitten zu bleiben, wollte sie zwingen, sich ihren Gefühlen zu stellen, wollte sie dazu bringen, zuzugeben, dass diese Gefühle nicht verschwinden würden, nur weil sie Angst davor hatte, dass die Geschichte sich wiederholen würde.

Stattdessen brachte er ihren Teller in die Küche, nahm einen Bogen Alufolie und schlug ihr Essen darin ein. Dann schnappte er sich seine Wagenschlüssel. „Ich bringe dich nach Hause."

„Ich würde lieber zu Fuß gehen."

Die Art, wie sie beinahe trotzig das Kinn vorgereckt hatte, zeigte ihm, dass sie entschlossen war, aus der Wohnung zu verschwinden – und vor ihm zu fliehen. Und zwar so schnell wie möglich. Auch wenn er vielleicht ahnungslos war, hütete er sich davor, sie noch weiter zu drängen und zu reizen.

„Danke, dass du die Silvesternacht mit mir verbracht hast, Megan."

Sie blinzelte ihn an und wirkte erstaunt darüber, dass er nicht darauf bestanden hatte, sie trotzdem nach Hause zu fahren. Oder hatte sie erwartet, dass er sie küssen würde, um sie zum Bleiben zu überreden? War sie enttäuscht, dass er es nicht getan hatte? Und war ihr nicht klar, dass er sie niemals zu irgendetwas zwingen würde? Dass er nicht riskieren wollte, dass sie es ihm übel nehmen würde, dass er sie bedrängt hatte?

Schließlich sagte sie so leise, dass er es fast überhört hätte, wenn er nicht so genau hingehört hätte: „Es hat mir viel Spaß gemacht."

Sie wandte sich zum Gehen, aber im letzten Moment kam sie noch einmal zu ihm. Dieses Mal war er überrascht, als sie ihm das eingepackte Essen aus der Hand nahm. „Danke für das Frühstück", sagte sie, stellte sich auf die Zehenspitzen und hauchte ihm einen kleinen Kuss auf die Wange.

Nichts ergab mehr einen Sinn. Megan war alt genug, um den Unterschied zwischen richtig und falsch zu kennen und zu wissen, wann sie in Gefahr geriet, tief zu fallen. Warum also tat sie es immer wieder? Warum landete sie immer wieder mit Gabe im Bett?

Sie konnte akzeptieren, dass keine Frau auf der Welt stark genug gewesen wäre, seinem Charme zu widerstehen. Sie konnte sich nicht vorstellen, dass irgendjemand ihn nicht mögen könnte. Doch jemanden zu mögen, ihn für seine Qualitäten zu schätzen, mit ihm zu lachen und ein Essen mit ihm zu genießen, war etwas vollkommen anderes, als ihn um einen Kuss anzuflehen.

Schlimmer noch: Sie hatte sich nicht damit begnügt, ihn darum anzuflehen. Sie war viel weiter gegangen. Sie hatte sich buchstäblich die Kleider vom Leib gerissen – und hatte bei ihm gleich weitergemacht. Und vielleicht war es ja auch unvermeidlich gewesen, auf dem Dach mit ihm zu schlafen, nachdem sie sich eine Woche lang nach ihm verzehrt und ständig an ihn gedacht hatte – wenn sie nicht mit der Arbeit oder mit den Gedanken an Summer beschäftigt gewesen war.

Aber was im Badezimmer passiert war … Ihr stockte der Atem, wenn sie nur daran dachte und sich daran erinnerte, wie mutig sie ihn gebeten hatte, eine geheime Fantasie mit ihm auszuleben.

Und wie wundervoll er ihren Wünschen nachgekommen war.

Megan lief einen steilen Hügel hinauf. Doch im Licht des neuen Tages – des ersten Tages eines neuen Jahres – konnte sie sich nichts vormachen: Der Hügel und der beschwerliche Anstieg waren nicht die Gründe für ihre Atemlosigkeit.

Sie war atemlos, weil sie an Gabe denken musste.

Aber das war nicht der einzige Punkt, in dem sie sich nicht länger selbst belügen konnte.

Sie war dabei, sich in ihn zu verlieben. Sie konnte nicht verhindern, tiefer und tiefer in seinen Bann gezogen zu werden – mit ihrem Körper und mit ihrem Herzen.

Megan verstärkte ihren Griff um das Päckchen mit dem Frühstück, das er für sie zubereitet hatte, und lief weiter den Hügel hinauf. Die Aussicht über die Gegend verschlug ihr immer wieder die Sprache. Einige Minuten lang blieb sie auf dem Hügel stehen, um durchzuatmen, und wünschte sich, sie könnte den Anblick des Sonnenlichts, das auf dem blauen Wasser der Bucht glitzerte, mit jemandem zusammen genießen.

Mit Gabe.

In diesem Moment fuhr ein Feuerwehrauto vorbei. Unwillkürlich sah sie genauer hin als früher. Wer saß darin? Hatten diese Männer Ehefrauen? Kinder? Geschwister? Wie kamen die Menschen, die sie liebten, mit der Gefahr und der Möglichkeit zurecht, dass sie sie an den Rauch, die Flammen oder herabstürzende Trümmer verlieren könnten?

Als sie mit David zusammengekommen war, hatte die Angst vor den Gefahren, die sein Beruf als Kampfpilot mit sich brachte, noch keine Rolle gespielt. Sie war zwanzig, und sie war schwanger – *das* war der Riesenschock gewesen. Und es war die Angst vor der Schwangerschaft, die sie damals umtrieb, die Angst vor der Geburt und davor, Mutter eines winzigen Wesens zu sein, das vollkommen von ihr abhängig war. Und darüber hinaus hatte sie sich mit dem Gedanken auseinandersetzen müssen, dass David und sie heiraten würden. Dabei hatte sie doch wie alle anderen zwanzigjährigen Mädchen geglaubt, noch viel Zeit zu haben, um ihren Märchenprinzen zu finden.

Doch nichts war so gelaufen, wie sie es geplant hatte. Sie hatte nicht damit gerechnet, ihren Ehemann, mit dem sie ebenfalls nicht gerechnet hatte, so schnell wieder zu verlieren. Sie hatte nicht damit gerechnet, dass es ihr so viel Spaß machen würde, eine junge Mutter zu sein.

Und sie hätte nie damit gerechnet, ihren Märchenprinzen, ihren Retter in einem der beängstigendsten Momente ihres Lebens zu treffen – mit Summer im Arm zusammengekauert in einer Badewanne, während die Flammen um sie herum gewütet hatten. Nie hätte sie gedacht, ausgerechnet an dem Ort die Liebe zu finden.

Liebe.

Oh Gott! Die Tüte mit dem Frühstück glitt ihr aus der Hand und landete auf dem Bürgersteig.

Ihr war klar gewesen, dass sie sich in Gabe verknallt hatte – in sein Lachen, in die Art, wie er sie küsste, in die Art, wie er sie berührte.

Aber Liebe?

Nein, dachte sie und bückte sich, um ihr Frühstück wieder aufzuheben. Sie wollte sich selbst nichts vormachen. Sie wollte das neue Jahr nicht als Lügnerin beginnen. Allerdings wusste sie jetzt etwas, was sie als unschuldige Zwanzigjährige, die das Leben und seine Möglichkeiten beim Schopfe hatte packen wollen, nicht verstanden hätte: Wenn es zu schwierig wurde, sich einer Sache zu stellen, war es bisweilen besser, sie zu verdrängen.

Denn manchmal bestand die einzige Chance darin, weiterzumachen und so zu tun, als wäre nichts passiert.

23. KAPITEL

Es war eines, so zu tun, als ob nichts passiert wäre, wenn sie allein war. Es war jedoch etwas ganz anderes, die Fassade in Gegenwart von Summer aufrechtzuerhalten. Vor allem, wenn die Lieblingsfrage ihrer Tochter zu lauten schien: „Wann besuchen wir Gabe mal wieder?"

Glücklicherweise war er, wie Megan wusste, mit seiner mehrtägigen Schicht beschäftigt. Jeden Tag, wenn Summer sie bat, zur Feuerwache zu fahren, blieb Megan standhaft. „Wenn er nicht gerade arbeitet, schläft er wahrscheinlich. Wir sollten ihn nicht stören."

Summer ging nach den Ferien wieder zur Schule, als Sophie Megan anrief, um sich mit ihr zum Mittagessen zu verabreden. Natürlich wollte Megan ihre Freundin wiedersehen. Doch sie machte sich Sorgen. Ihre Strategie, so zu tun, als wäre nichts gewesen, durchzuhalten, war ihr schon bei Summer schwergefallen. Bei Gabes Schwester würde sie vermutlich total versagen.

Aber als sie Sophies breites Lächeln erblickte, als sie sich vor einem kleinen Bistro mit ihr traf, waren ihre Bedenken wie weggewischt.

„Du siehst toll aus!"

„Du auch!"

Megan wünschte sich, sie hätte auch Sophies schlichten, lässigen und dennoch schicken Stil. Statt Jeans und Pullover zu tragen wie die anderen Gäste des Bistros, hatte Sophie sich für ein langes Strickkleid entschieden, das ihre Knöchel umschmeichelte, als sie zu ihrem Tisch gingen. Sie dachte zurück an ihre Unterhaltung im Gartenschuppen, als Sophie so aufgewühlt gewesen war. Wegen eines Mannes.

Wer auch immer er ist, dachte Megan, er muss blind sein, wenn er diese bezaubernde, wunderhübsche Frau nicht bemerkt.

Nachdem sie bestellt hatten, fragte Sophie: „Habt ihr während Summers Winterferien etwas Schönes gemacht?"

Megan musste sich zusammenreißen. Sie konnte ihre Freundin unmöglich anlügen, doch sie wusste nicht, was sie ihr von Gabe erzählen sollte. Sie war im Augenblick viel zu verwirrt.

„Wir waren ein paar Tage im Schnee. Danach haben wir einige Wanderungen unternommen, gebastelt und uns so ziemlich alle Folgen von *iCarly* angeschaut. Und natürlich ist Summer von ihren Großeltern mit Geschenken überhäuft worden. Und du? Was war in den letzten Wochen bei dir los?"

Sophie zog ein Büchlein aus ihrer Handtasche. „Ich habe mein Projekt beendet. Das hier ist der Korrekturabzug, bevor die letzte Fassung an die Druckerei geschickt wird."

Megan las den Titel laut vor. „*„Die größten Liebesgeschichten aller Zeiten: Eine kommentierte Bibliographie.* Jetzt erhältlich in Ihrer örtlichen Bücherei. Zusammengestellt und bearbeitet von Sophie Sullivan.'" Sie lächelte ihre Freundin an. „Das ist ja toll! Herzlichen Glückwunsch."

„Danke." Sophie krauste die Nase. „Ich bin sehr zufrieden damit, obwohl ich das Gefühl habe, der Titel ist ein bisschen missverständlich."

„Warum?"

„Nicht alle der Geschichten haben ein Happy End. Was sie allerdings nicht weniger fesselnd macht."

„Nur realistischer", sagte Megan leise.

Sophie ließ das Buch wieder in ihre Tasche gleiten. „Du musst ihn vermissen."

Dieses Mal konnte Megan nicht verhindern, dass sie die Augen aufriss. Oh Gott, Sophie wusste über Gabe Bescheid! Sie wollte etwas sagen, wollte Sophie dazu bringen, zu verstehen, dass sie ihren Bruder nicht verletzen wollte. Aber ehe ihr die passenden Worte einfielen, sagte ihre Freundin: „Ich wünschte, ich hätte deinen Ehemann kennenlernen können."

Erleichterung erfasste Megan und sie lehnte sich auf ihrem Stuhl zurück.

Doch Sophie deutete ihre Reaktion anders. „Es tut mir leid. Ich hätte nicht davon anfangen sollen … Meine Mutter hat nie einen anderen Mann als meinen Vater geliebt."

Megan runzelte die Stirn. „Ist dein Vater nicht gestorben, als du noch ein Kind warst?"

Sophie nickte. „Ich war damals zwei Jahre alt."

Megan rechnete schnell nach. Es war mehr als zwanzig Jahre her. Das war eine lange Zeit, um sie allein zu verbringen. Zu lang. Vor allem, wenn man bedachte, dass das letzte von Marys Kindern schon vor gut fünf Jahren von zu Hause ausgezogen war.

„Aber deine Mutter hat sich doch sicherlich mit Männern verabredet, oder?"

„Nein", entgegnete Sophie stirnrunzelnd. „Nicht, dass ich wüsste."

„Was, denkst du, war der Grund dafür? Hätte dein Vater nicht gewollt, dass sie sich noch einmal verliebt?"

„Ich weiß es nicht", erwiderte Sophie leise. „Aber nach allem, was Marcus und Smith über ihn erzählt haben, glaube ich nicht, dass er so ein Mann war." Der Ausdruck auf Sophies Gesicht erinnerte Megan so an Gabe, dass sie vor Schreck beinahe die Gabel fallen ließ. „Vielleicht", fuhr Sophie nachdenklich fort, „hatte sie Angst, wieder zu lieben und den Mann möglicherweise noch einmal zu verlieren."

244

„Sie kam mir so furchtlos vor. Sie schien nicht einmal Einwände gegen Gabes gefährlichen Job zu haben." Doch noch während sie die Worte aussprach, verstand Megan, warum Mary Sullivan ihre Kinder das Leben leben ließ, das sie sich ausgesucht hatten. „Ich habe Summer auf dem Spielplatz zugesehen und bin zusammengezuckt, als sie auf ein Klettergerüst gestiegen ist und sich aufs Dach gehangelt hat. Sie war viel kleiner als die anderen Kinder, aber sie hatte keine Angst. Sie hat noch immer keine Angst – und jeden Tag bereite ich mich innerlich darauf vor, dass sie mir eröffnet, dass sie Scharfschützin oder Rennfahrerin werden will."

Sophie lachte. Megan wusste, dass sie vielleicht ihre aufkeimenden Gefühle für Gabe verraten würde, doch sie musste es wissen. „Wie geht ihr damit um, dass Gabe eines Tages möglicherweise von einem Einsatz nicht zurückkehren könnte?"

Ihre Freundin dachte einen Moment lang nach. „Marcus könnte wahrscheinlich Äpfel statt Weintrauben züchten. Chase könnte malen statt zu fotografieren." Sophie schüttelte den Kopf. „Aber schon als wir noch Kinder waren, wollte Gabe an Halloween immer nur als Feuerwehrmann gehen."

Megan zog eine Augenbraue hoch. „Ernsthaft? Jedes Jahr?"

Sophie grinste. „Er ist sehr zielstrebig."

Megan spürte, wie sie errötete. Sie wusste aus eigener Erfahrung, *wie* zielstrebig er sein konnte. Und wie wundervoll es war, das Ziel seiner Wünsche zu sein.

Sie sah auf und bemerkte, dass Sophie ihr ein betrübtes kleines Lächeln zuwarf. „Und auch, wenn es schlimm klingt: Ich versuche immer, mir zu sagen, dass er statistisch gesehen eher von einem Auto angefahren wird, als bei seiner Arbeit zu sterben. Und wir alle fahren doch Auto, obwohl wir die Gefahren kennen, oder?"

„Ich schätze, du hast recht."

Sophies Argumente hatten Hand und Fuß. Dennoch passte nicht zusammen, was Megans Verstand und ihr Herz ihr sagten.

Sophie blickte sie noch immer aufmerksam an. „Darf ich dich etwas fragen?"

Megan versuchte, locker zu bleiben. „Klar."

„Hast du dich mal wieder mit Gabe getroffen? Nach der Party, meine ich."

„Ja", antwortete sie wahrheitsgemäß.

Sophie lächelte. „Gut."

Megan bereitete sich innerlich darauf vor, dass ihre Freundin noch mehr Fragen stellen würden. Aber stattdessen sagte Sophie nur: „Teilst du dir mit mir ein Stück Schokoladenkuchen?"

„Klar, gerne."

Die beiden Frauen lächelten einander an. Kaum dass Sophie die Hand gehoben hatte, um dem Kellner ein Zeichen zu geben, kam er auch schon an ihren Tisch geeilt, um zu sehen, was die hübscheste Frau im Restaurant brauchte. Und dennoch hatte Megan den Eindruck, dass Sophie ihre Wirkung auf die Männer überhaupt nicht kannte.

Megan rang kurz mit sich. Sollte sie sich aus dem Liebesleben ihrer Freundin heraushalten? Doch was wäre sie dann für eine Freundin? Und im Übrigen hatte Sophie sich ja auch schon in die Sache zwischen ihr und Gabe eingemischt, oder?

Der Kuchen wurde schnell serviert. Während die beiden Frauen nach den Gabeln griffen, fragte Megan: „Hat das, was dich vor ein paar Wochen bei der Party so beschäftigt hat, inzwischen ein gutes Ende gefunden?"

Sophie sah Megan überrascht an. Im nächsten Moment errötete sie und schüttelte dann den Kopf. „Nein. Ich glaube, in dieser Sache wird das Glück nie auf meiner Seite sein."

Megan runzelte die Stirn. „Bist du mit jemandem zusammen?"

Wieder schüttelte Sophie den Kopf. „Genau genommen nicht. Es gibt ein oder zwei Männer, die immer wieder mal anrufen, aber ich bin nicht interessiert."

Offensichtlich sparte ihre Freundin sich für einen besonderen Mann auf. Megan wusste, dass es das Einfachste wäre, das Thema an dieser Stelle fallen zu lassen. Es wäre sicherer, über das Wetter oder ihre Pläne fürs Wochenende zu reden.

Doch Megan war es leid, nur gute Bekannte zu haben. Sie wollte eine echte Freundin – eine Frau, mit der sie zusammen lachen und weinen konnte, eine Frau, der sie vertrauen konnte.

Vielleicht war es an der Zeit, ein Risiko einzugehen.

„Ist der Mann, für den du dich interessierst, das alles wert, Sophie?"

Sophie schlug die freie Hand über die Augen und stieß einen Laut aus, der eine Mischung zwischen Lachen und Schluchzen war.

Sie blickte Megan mit einem so traurigen Ausdruck in den Augen an, dass sich ihr Magen zusammenzog. „Manchmal bin ich mir sicher, dass er es wert ist, aber dann … Tja, dann frage ich mich, ob ich mir was vormache. Offenbar will ich einfach nicht sehen, wer er wirklich ist."

Arme Sophie! Sie war anscheinend hoffnungslos in einen Mann verliebt, der ihre Liebe möglicherweise nicht verdiente.

Aber obwohl sie den Kuchen ein bisschen näher zu Sophie schob und die beiden mit Schokolade und Kohlenhydraten versuchten, ihr ins Schlingern geratenes seelisches Gleichgewicht wieder zu stabilisieren, konnte Megan nur an Gabe denken.

Und an die Tatsache, dass er *definitiv* alle Anstrengungen wert war.

Summer hüpfte auf dem Spielplatz herum, während sie darauf wartete, dass Megan sie von der Schule abholte.

„Bist du froh, dass die Schule wieder angefangen hat?", fragte Megan und wuschelte ihrer Tochter durch das blonde Haar.

„Rate mal, wo wir heute waren!"

Megan versuchte, sich daran zu erinnern, was auf der Einverständniserklärung für den Schulausflug gestanden hatte, die sie vor einigen Monaten unterschrieben hatte. Doch Summer machte schon ihre Schultasche auf und holte einen Feuerwehrhelm aus Plastik heraus.

„Oh", sagte Megan, und mit einem Mal war ihr Mund ganz trocken. „Wow, wie aufregend!"

„Gabe war auch da, und er hat uns alles gezeigt! Wir sind sogar die Stange von den Schlafplätzen hinuntergerutscht. Und wir haben uns den Krankenwagen angesehen. Und wir saßen auf der Rückbank im Feuerwehrwagen."

Während des kurzen Spaziergangs bis zu ihrer Wohnung unterhielt Summer Megan mit Geschichten von der Feuerwache. Und als Megan kurz darauf in der Küche stand und Käse und Äpfel für einen Nachmittagssnack klein schnitt, ging ihr nur ein Wort durch den Kopf.

Schicksal.

Sie hatte nie an solche Dinge geglaubt. Sie war immer der Überzeugung gewesen, dass sich gute Entscheidungen und harte Arbeit irgendwann einmal auszahlen würden. Und so war es auch.

Aber allmählich fühlte es sich so an, als würde das Universum ihr etwas zurufen. *Pass auf!*

„Und er hat mich gefragt, ob du genauso gern Achterbahn fährst wie ich."

Megan wurde aus ihren Grübeleien gerissen, als sie hörte, was Summer gerade gesagt hatte. „Was hast du geantwortet?"

248

„Ich habe gesagt, dass du Achterbahnen natürlich genauso cool findest wie ich. Und dass du vor nichts Angst hast."

Megan legte das Schälmesser zur Seite, ging zu ihrer Tochter und umarmte sie. „Danke, Süße."

Während Summer die Umarmung, so fest es ging, erwiderte, sah sie ihre Mutter mit ihren grünen Augen an. „Wofür?"

„Einfach weil du so bist, wie du bist."

Und weil du an mich glaubst, wenn mir der Glaube an mich selbst manchmal fehlt.

Ein paar Minuten später saß Summer am Küchentisch, aß ihren Snack und malte ein Bild. Megan nahm das schnurlose Telefon, ging in ihr Schlafzimmer und schloss die Tür hinter sich.

Sie zwang sich, nicht aufzulegen, als Gabes Anrufbeantworter ansprang und sie seine Stimme hörte. „Hi Gabe, hier spricht Megan. Ich weiß, dass du noch immer Dienst hast, aber wenn du wieder zu Hause bist und dich ausgeruht hast …"

Sie musste innehalten, musste durchatmen, musste sich Summers Worte in Erinnerung rufen. *Du hast vor nichts Angst.*

„Ich würde dich gern wiedersehen. Vielleicht können wir uns im Laufe der Woche zum Mittagessen treffen?" Sie schluckte und fügte hinzu: „Ich hoffe, bald!" Und damit legte sie auf.

24. KAPITEL

Am nächsten Tag, als Summer in der Schule war, klopfte Gabe an Megans Tür.

Er war bei einem medizinischen Notfalleinsatz gewesen, als sie angerufen hatte. Zurück auf der Feuerwache und nachdem er den Papierkram erledigt hatte, hatte er angefangen, eine Überraschung für sie zu planen. Eine Überraschung, von der er hoffte, dass sie ihr gefallen würde.

In den vergangenen Tagen hatte er sie wie verrückt vermisst und war unzählige Male drauf und dran gewesen, sie anzurufen. Doch ihm war klar, dass er sie nicht drängen durfte. Er konnte einfach nicht riskieren, sie in die Flucht zu schlagen – und das vielleicht für immer. Also hatte er darauf gewartet, dass sie Kontakt zu ihm aufnahm, und sich währenddessen immer wieder in Erinnerung gerufen, dass sie sich nicht verabschiedet hatte.

Stattdessen hatte sie gesagt, wie viel Spaß sie gehabt hatte … und ihn auf die Wange geküsst.

Dennoch war er sehr erleichtert gewesen, ihre Stimme auf seinem Anrufbeantworter zu hören.

Aber als sie nun die Tür öffnete und in ihrer Jeans und dem Pullover umwerfend schön vor ihm stand, ging sein Gefühl über Erleichterung und Lust hinaus. Und in dem Moment wusste er es genau.

Er liebte sie.

Überwältigt von der Tiefe der Gefühle, die er für diese wunderschöne Frau empfand, hätte er sie wahrscheinlich nur stundenlang angestarrt, wenn Megan ihn nicht am Hemd gefasst und an sich gezogen hätte.

Endlich reagierte er und schloss sie in die Arme. Sie küssten sich, als wären drei Jahre vergangen, seit sie sich zum letzten

250

Mal gesehen hatten, nicht drei Tage. Hastig rissen sie sich die Kleider vom Leib, wie sie es schon auf seiner Dachterrasse getan hatten.

Sex war noch nie ein so drängendes Bedürfnis, noch nie so lebenswichtig wie das Atmen, so wichtig wie Essen und Trinken gewesen. Doch es war nicht nur die Suche nach Erlösung, nach einem Höhepunkt, die die beiden dazu brachte, in enger Umarmung zu ihrer Couch zu taumeln, und die Gabe dazu trieb, Megan die Unterwäsche abzustreifen und zwischen ihren Schenkeln zu knien.

Er wollte Megan nicht einfach nur Lust verschaffen, er wollte nicht nur die kleinen keuchenden Laute und das Aufstöhnen hören, während er nun über ihre heiße Feuchte leckte und zwei Finger in sie tauchte.

Es war mehr als der Rausch, den er selbst erlebte, als er mit der Zunge ihre Lustperle umkreiste, sie dann mit den Lippen umschloss, daran saugte und Megan in der der nächsten Sekunde von ihrem Orgasmus mitgerissen wurde.

Selbst in dem Augenblick, in dem er sich aufrichtete, ein Kondom überrollte, Megan an sich presste und dann in sie eindrang, war nicht dieser Akt das, was er brauchte.

Nein, sein Verlangen ging tiefer. Es ging über das physische Vergnügen, mit der Frau zusammen zu sein, die er liebte, hinaus.

Denn als Megan den Kopf in die Polster sinken ließ, als sie den Rücken durchbog, ihre Beine um ihn schlang und ihre Hände auf seine legte, ehe sie beide eng umschlungen den Gipfel erreichten, wurde Gabe zum ersten Mal in seinem Leben eines klar: Er wusste, wie es sich angefühlt haben musste, Adam zu sein.

Und das Bedürfnis zu verspüren, Eva zu der Seinen zu machen.

Glücklich und zufrieden betrachtete Gabe Megan, die in seinem Truck neben ihm saß. Seine Lust auf sie wuchs schon wieder ins Unermessliche, obwohl sie erst vor einer Viertelstunde miteinander geschlafen hatten. Er war versucht gewesen, sie ins Bett zu tragen und den ganzen Nachmittag dort mit ihr zu verbringen, aber er wusste, dass sie seine Überraschung lieben würde. Und er hoffte, dass es in Zukunft noch viel mehr Tage und Nächte geben würde, in denen sie sich lieben könnten.

„Ich bin froh, dass du angerufen hast", sagte er und ergriff ihre Hand. Er freute sich, als sie ihre Finger mit seinen verschlang.

„Ich auch." Sie blickte aus dem Fenster. „Obwohl ich glaube, dass ich diejenige war, die dich zum Mittagessen einladen wollte. Und jetzt fährst du mit mir an irgendeinen geheimen Ort."

Er bemerkte die Aufregung in ihrer Stimme. Sie genoss es, überrascht zu werden. Wie, fragte er sich, würde es ihr wohl gefallen, wenn *er* beim nächsten Mal im Bett die Führung übernahm? Wenn er ihr nicht verraten würde, was er mit ihr vorhatte? Wenn sie erraten müsste, wie er sie zum Höhepunkt bringen würde?

Sie bogen auf einen unbefestigten Parkplatz ein. Er stieg aus, ging um den Truck herum und half ihr, den Arm um ihre Taille, aus dem Wagen. Er genoss es, sie so nah bei sich zu spüren.

Genau, wie er es sich nicht versagt hatte, während der Fahrt ihre Hand zu nehmen, versagte er es sich auch jetzt nicht, Megan zu küssen. Sie erwiderte seinen Kuss voller Leidenschaft, legte die Arme um seinen Hals und vergrub die Hände in seinen Haaren.

Sie hatten sich schon oft geküsst, doch dieser Kuss war anders. Er hatte immer gewusst, dass sie ihn begehrte, hatte ihr Verlangen immer gespürt. Aber nun kam es ihm vor, als wäre ein Knoten geplatzt. Anfangs schien es, als hätte sie seinen Küssen einfach nicht widerstehen können – und nun, als würde sie ihn küssen, weil sie es *wollte*.

Als sie sich schließlich voneinander lösten, um Luft zu holen, lächelte sie ihn an. „Ich küsse dich gern, Gabe."

Im nächsten Moment küsste er sie wieder. Erst das laute Geräusch einer Hupe erinnerte sie daran, dass sie mitten auf einem öffentlichen Parkplatz in der Nähe eines großen Zeltes standen.

„Wo sind wir?", fragte sie.

Er grinste und hielt ihre Hand ein bisschen fester. „Das wirst du gleich sehen."

Ein paar Sekunden später weiteten sich ihre Augen. „Ich habe letzten Monat eine Anzeige für den Zirkus gesehen, aber ich dachte, er wäre schon weitergezogen!"

„Heute ist der letzte Tag. Gefällt dir meine Überraschung?"

„Soll das ein Witz sein?" Sie sah genau so aus wie Summer, wenn sie aufgeregt war. „Ich liebe den Zirkus! Summer macht sich immer über mich lustig, weil sie meint, ich wäre aufgeregter als die kleinen Kinder und würde mich noch mehr über die Akrobaten, die Tiernummern und die Trapezkünstler freuen. Als ich klein war, habe ich davon geträumt, zum Zirkus zu gehen. Ich wollte das Mädchen sein, das alle Leute mit dem Tanz auf dem Rücken eines Elefanten fasziniert."

Er hatte bereits zwei VIP-Tickets besorgt, und sie gingen zu ihren Plätzen in der ersten Reihe – direkt am Geschehen. Gabe liebte diese Seite an Megan. Sie vergaß in solchen Momenten, sich zurückzuhalten, um sich zu schützen, und ließ ein Fenster offen, durch das er ihr wahres Ich sehen konnte. Und er sah nicht nur die tolle Mutter, nicht nur die kluge

Buchprüferin, sondern eine Frau, die gern Risiken einging, die das Adrenalin liebte, die die Aufregung brauchte.

Genau wie er.

Nachdem er Popcorn, Zuckerwatte und gebrannte Erdnüsse gekauft hatte, meinte sie kichernd: „Wenn Summer herausfindet, dass wir das alles gegessen haben, bekomme ich die Standpauke meines Lebens."

Gabe lächelte. „Sollte es nicht eigentlich andersrum sein? Solltest du nicht diejenige sein, die sie ermahnt, sich von Junkfood fernzuhalten?"

„Sie lernen in der Schule gerade etwas über Ernährung. Falls du dich das gefragt hast …" Sie hielt die rosa Zuckerwatte hoch. „Das hier ist kein natürliches Lebensmittel."

Er lachte. „Ich habe mich übrigens sehr gefreut, als ich Summer auf der Feuerwache wiedergesehen habe." Er wollte Megan nicht drängen, weil er wusste, dass sie sich über ihre Gefühle und über sie beide als Paar noch nicht im Klaren war, doch das musste sie wissen. „Ich habe sie vermisst."

Der Ausdruck in Megans Augen wurde weich. „Sie hat dich auch vermisst. Also, genau genommen habe ich gedacht …"

Bevor sie weitersprechen konnte, ging das Licht im Zuschauerraum aus und die Lichter in der Manege gingen an. Gabe hatte das überwältigende Bedürfnis, Megan aus dem Zelt zu ziehen, um zu hören, was sie ihm zu sagen hatte.

Was hatte sie gedacht?

Hatte sie gedacht, sie würde gern mit ihm zusammen sein?

Oder lieber doch nicht?

Megan war ganz versunken in die Darbietungen, aber Gabes Gedanken kreisten nur um sie.

Megan liebte den Zirkus und genoss jede Sekunde der Show. Sie konnte kaum hinsehen, als die Akrobaten durch die Manege wirbelten. Sie hielt die Luft an, als der Dompteur mit zehn gefährlichen Tigern hereinkam. Sie lachte, bis ihr Bauch wehtat, als die Clowns ihre Späße machten.

Und obwohl ihre Sinne eigentlich hätten beschäftigt sein müssen, konnte sie nicht eine Sekunde lang den Mann vergessen, der neben ihr saß. Kein Mann, mit dem sie bisher zusammen gewesen war, hatte je die Idee gehabt, sie in den Zirkus auszuführen. Immer waren es steife Verabredungen in schicken Restaurants gewesen, bei denen man sich in gedämpftem Ton über die Arbeit und Geldanlagen unterhalten hatte. Sie hatte keinen dieser Männer je nahe genug an sich herangelassen, damit sie etwas über ihre Hoffnungen und Träume herausfinden konnten oder darüber, was sie zum Lachen oder zum Weinen brachte.

Doch obwohl sie immer wieder versucht hatte, Gabe wegzustoßen, und obwohl sie versucht hatte, ihr Herz vor ihm zu schützen, hatte er sie durchschaut. Vom Feuerwerk hoch oben auf seiner Dachterrasse bis hin zum unschuldigen, kindlichen Vergnügen, in den Zirkus zu gehen, erfüllte er ihre Seele mit wundervollen Erlebnissen.

Ganz zu schweigen von der überwältigenden Erfahrung, mit ihm zu schlafen.

Am Ende der Vorstellung sprang sie auf und klatschte so begeistert, dass ihre Handflächen glühten.

„Danke, Gabe! Es war …" Sie musste nach dem richtigen Wort suchen und bediente sich Summers Lieblingsausdruck, während sie ein Mitbringsel für ihre Tochter aussuchte. „Es war super! Total super!"

Sie warf einen Blick auf ihn. Er schien sich darüber zu freuen, wie glücklich sie war, aber zugleich wirkte er auch seltsam besorgt.

„Hat es dir nicht gefallen?"

„Doch. Obwohl ich zugeben muss, dass es allein dadurch, dich zu beobachten, schon der schönste Zirkusbesuch meines Lebens war."

Megan errötete, als sie das Verlangen in seinen Augen stehen sah. Es war erstaunlich, wie alles, was sie erlebte, durch Gabes Anwesenheit noch intensiver, noch strahlender wurde. Ihr waren all die Schattierungen und Konturen nicht aufgefallen, bis Gabe buchstäblich in ihr Leben geplatzt war.

Sie genoss es, seine Hand zu halten und sich an ihn zu schmiegen, als sie zum Parkplatz zurückgingen. Er hauchte ihr einen Kuss auf den Scheitel. Alles fühlte sich so richtig an.

„Wann musst du Summer abholen?"

Sie warf einen Blick auf ihre Uhr. „In ungefähr einer Stunde."

Im nächsten Moment zog Gabe sie vom Truck weg in Richtung Meer. Ein paar Minuten später saßen sie zusammen auf einem Baumstamm und betrachteten die Golden Gate Bridge.

Wieder hatte Gabe diesen ernsten Ausdruck auf dem Gesicht. „Irgendetwas stimmt doch nicht, oder? Im Zirkuszelt hast du auch schon so komisch geguckt."

„Nein, es ist nichts. Zumindest hoffe ich es." Mit gespreizten Fingern fuhr er sich durchs Haar, das daraufhin ein wenig zerzaust wirkte. „Als wir über Summer gesprochen haben, meintest du, dass du nachgedacht hättest. Aber du bist nicht dazu gekommen, deine Gedanken mit mir zu teilen."

Ihr Herz schlug schneller. An der Manege war sie von seiner süßen Überraschung so überwältigt gewesen, dass sie geredet hatte, ohne vorher großartig nachzudenken.

Doch jetzt war Megan nervös. Aus reiner Gewohnheit wollte sie aufstehen und vor Gabe davonlaufen – so schnell und so weit es ging.

Es war schwer, dazubleiben und sich nicht nur Gabe, sondern auch ihren eigenen Ängsten zu stellen.

„Ich habe viel über uns nachgedacht", begann sie schließlich.

Sie musste seine Hand nehmen, um Halt zu finden und sich zu beruhigen. Er war genauso warm und ruhig wie immer. Diese Unterhaltung würde nicht einfach werden. Aber das war keine Entschuldigung dafür, sie nicht zu führen, keine Entschuldigung dafür, ihre Gefühle länger vor Gabe zu verstecken.

„Ich hatte nie vor, dich so nahe an mich herankommen zu lassen", brachte sie mit schmerzhafter Ehrlichkeit heraus.

„Ich weiß, Süße."

„Du hattest das ja auch nicht vor", musste sie hinzufügen und bemerkte erstaunt, dass er den Mund zu einem winzigen Lächeln verzog. „Du hast dich genauso sehr wie ich gegen das gewehrt, was zwischen uns ist."

„Nur, bis ich eingesehen habe, dass ich mich nicht dagegen wehren muss. Der Brand war einfach nur die Art, wie wir uns getroffen haben, der schicksalhafte Zwischenfall, bei dem wir uns begegnet sind. Und nicht mehr."

Seine Worte schienen etwas in ihrem Inneren zu lösen und die Sorgen in ihr zu vertreiben, dass er in ihr immer noch das Opfer sehen könnte, das ihn anhimmelte.

„Alles mit dir war ... ist ... so toll. Nicht nur der Sex", sagte sie leise. Er hob die Hand und strich mit den Fingerknöcheln sacht über ihre Wange. Megan erschauerte. „Mit dir zu schlafen, ist ..." Sie benetzte ihre Lippen. „Es ist unglaublich. Nur zu reden, zu lachen, Snowboard zu fahren ist es allerdings auch ... Ich liebe jede Minute, die wir gemeinsam verbringen."

„Ich auch."

Sie wollte, dass er sie verstand. „Ich habe mich nicht nur wegen meiner Vergangenheit gegen die Gefühle gewehrt. Ich habe mich auch wegen Summer dagegen gewehrt. Ich hatte Angst davor, mich in dich zu verlieben und zuzulassen, dass Summer eine Bindung zu dir aufbauen und dich noch mehr bewundern würde, als sie es ohnehin schon getan hat. Denn es würde ihr das Herz brechen, wenn du gehst."

„Ich habe nicht vor, das zu tun."

Seine Worte ließen sie kurz verstummen. „Woher willst du das wissen?"

Ehe ihr klar war, was er tat, hatte er sie von dem Baumstamm und auf seinen Schoß gezogen. Er war so groß, und ihr gefiel es, wie weiblich sie sich in seinen Armen fühlte, wie sicher und geborgen.

„Deswegen", sagte er und küsste sie. „Ich liebe dich, Megan."

Ihr stockte der Atem. Sie hatte es nicht kommen sehen, hatte nicht damit gerechnet, dass Gabe sich ihr offenbaren würde.

Unfähig zu glauben, was er gerade gesagt hatte, war ihr nicht bewusst, dass sie mit einer Frage herausplatzte: „Tatsächlich?"

„Tatsächlich, Süße. Du bist die mutigste Frau, die ich kenne. Bei dem Feuer in eurem Haus hat die Liebe zu deinem Kind dich stark gemacht und zwischen Leben und Tod entschieden. An diesem Tag habe ich schon einen Teil meines Herzens an dich verloren."

„Ich habe mir immer eingebildet, ich sei stark", flüsterte sie, und ihre Stimme war über die Brandung hinweg kaum zu hören. „Doch die Wahrheit ist, dass ich viel zu lange vor Angst wie gelähmt war. Schon vor Davids Tod." Sie wollte nichts mehr vor Gabe verbergen. Oder vor sich selbst. „Ich war neunzehn, als ich David kennenlernte. Er war älter als ich, und ich fand es aufregend, mich mit ihm zu verabreden. Er hat mich nie zu irgendetwas gedrängt ... Wir schliefen erst nach zwei Monaten zum ersten Mal miteinander." Sie spürte, wie Gabe sich verspannte. „Tut mir leid. Du willst sicher nicht hören, wie ich von einem anderen Mann spreche. Vor allem nicht, nachdem du gesagt hast ..."

„Ich liebe dich, Megan", wiederholte er und nahm ihr so das Wort aus dem Mund, das ihr nicht über die Lippen kommen wollte.

„Es tut mir leid, dass ich dir das jetzt alles erzähle, aber ich möchte, dass du mich verstehst." Sie drückte seine Hand. Sie war froh, dass er bei ihr war und blieb. „Mit David zu schlafen, kam mir nicht besonders riskant vor. Immerhin schliefen im College alle Mädchen mit ihren Freunden." Sie hielt kurz inne. „Allerdings fanden die anderen nicht an ihrem zwanzigsten Geburtstag heraus, dass sie schwanger waren."

Dieses Mal drückte Gabe ihre Hände.

„Ich war in Panik. In Panik, ein Baby zu bekommen. In Panik, einen Mann zu heiraten, bei dem ich mir nicht einmal sicher war, ob ich ihn überhaupt liebte. Ich habe mir damals geschworen, ein Leben ohne Risiken zu leben, um mich davor zu schützen, je wieder so zu empfinden. Sein Tod bestärkte mich nur darin." Sie blickte Gabe in die Augen. „Mit dir zusammen zu sein, ist in vielerlei Hinsicht ein Risiko, Gabe. Nicht nur für mich, sondern auch für meine Tochter."

Seine Miene, seine Stimme waren sanft, als er erwiderte: „Ich kann mir nicht einmal ansatzweise vorstellen, wie beängstigend es gewesen sein muss, in so jungen Jahren so viel Verantwortung übernehmen zu müssen. Doch wenn ich dich und Summer so sehe ..." Er machte eine Pause und lächelte, als er an Summer dachte. „Ich weiß, dass deine Tochter das Beste ist, was dir je passiert ist."

Tränen schimmerten in ihren Augen. „Das ist sie."

„Bist du dann nicht froh, dass du all diese Risiken ein-gegangen bist? Dass du dich entschieden hast, wie du dich entschieden hast? Denn nur so hast du deine Tochter be-kommen."

Noch nie hatte jemand ihr gegenüber diesen Standpunkt geäußert. Und er hatte recht: Sie würde all diese beängstigen-den Momente noch einmal durchmachen, um mit ihrer Toch-ter kuscheln zu können, um sehen zu können, wie Summers Gesicht zu strahlen begann, wenn sie lachte, und um ein Teil von Summers Weg vom Kind zur Frau zu sein.

„Sag es noch einmal, Gabe. Bitte."

Er ließ ihre Hände los und umschloss sanft ihr Gesicht. Mit den Daumen strich er über ihre Wangen. „Ich liebe dich." Er unterstrich seine Worte mit einem Kuss.

Megan brachte die drei Worte nicht über die Lippen, als sie sich voneinander lösten, obwohl sie Schmetterlinge im Bauch hatte. Aber sie konnte etwas anderes sagen: „Ich will es ver-suchen. Du, ich und Summer. Ich möchte uns eine Chance geben." Und es gab eine Möglichkeit, Gabe zu beweisen, dass sie es ernst meinte. „Möchtest du sie mit mir zusammen von der Schule abholen?"

„Ja", entgegnete er. Seine Miene verriet, dass er genau wusste, wie viel diese Geste bedeutete. „Das würde ich sehr gern."

Nachdem sie schweigend zu ihrem Apartment gefahren waren und Gabe den Truck vor dem Gebäude geparkt hatte, hielt er auf dem Weg zu Summers Schule fünf Blocks lang Me-gans Hand. Summer war außer sich vor Freude, als sie Gabe auf dem Spielplatz erblickte. Während die Kinder sich um den Feuerwehrmann versammelten und alle durcheinanderrede-ten, hielt Megan sich im Hintergrund und beobachtete sie.

Sie hatte heute all ihren Mut zusammengenommen und hatte Gabe Dinge anvertraut, die sie sonst noch niemandem erzählt hatte. Zum Beispiel, dass sie ihren Ehemann nur geheiratet hatte, weil sie eine ängstliche junge Frau gewesen war, die naiv und unerfahren gewesen war und jemanden an ihrer Seite gebraucht hatte.

Doch auch wenn sie heute einiges offenbart hatte, so hatte Megan Gabe doch nicht alles gesagt.

Ihm waren die Worte „Ich liebe dich!" so leicht über die Lippen gekommen. Und sie hätte sie so gern erwidert! Aber sie konnte nicht. Noch nicht. Nicht, bevor sie innerlich noch etwas zur Ruhe gekommen war, bevor sie sich sicherer war, die richtige Entscheidung getroffen zu haben.

Gabe und Summer kamen Hand in Hand zu ihr. Summer plapperte ununterbrochen, und Gabe schien jedes Wort zu verstehen. Das warme Gefühl, das in Megans Brust entstanden war und sich nun unaufhaltsam ausbreitete, hatte nichts mit irgendwelchen Entscheidungen zu tun.

Sondern nur mit der möglichen Aussicht auf eine Zukunft voller Liebe.

25. KAPITEL

„Oh, Mommy, sieh mal! Das ist Justin Bieber! Ich muss ein Foto mit ihm machen."

Summer rannte zu der fast unheimlich lebensechten Wachsfigur des jungen Popstars, und Megan schoss schnell ein paar Fotos mit ihrer Digitalkamera. Als sie sich umdrehte, konnte sie Gabe nicht mehr entdecken – nicht einmal bei der Figur von Kim Kardashian, die die Aufmerksamkeit der meisten Männer fesselte.

Eigentlich waren Megan, Summer und Gabe an diesem kühlen Freitagabend nach Fisherman's Wharf gekommen, um Muschelsuppe im Brotteig zu essen. Doch stattdessen waren sie im Wachsfigurenkabinett gelandet. Erstaunlicherweise war bisher noch keiner von ihnen dort gewesen; das Museum war eher etwas für Touristen als für Einheimische. Aber Megan konnte sich nicht daran erinnern, wann sie zuletzt so viel gelacht hatte. Ihre Wangen taten schon weh, und sie war sich ziemlich sicher, dass sie ihre Bauchmuskeln am nächsten Morgen auch spüren würde.

Plötzlich entdeckte sie Gabe. Er stand im nächsten Raum neben seinem Bruder – oder vielmehr neben der Wachsversion von Smith Sullivan.

„Er hat uns nie erzählt, dass es hier eine Figur von ihm gibt", sagte Gabe frech grinsend. „Junge, wir werden jede Menge Spaß mit dem Kerl hier haben. Kannst du ein paar Fotos von uns machen?" Er legte einen muskulösen Arm um die Schultern der Wachsfigur. Megan bemerkte, dass einige andere Besucher stehen blieben und Gabe und die Figur anstarrten. Vor allem, als Summer sagte: „Hey, ist das nicht dein Bruder, Gabe?"

Er lächelte sie an. „Das ist er, Süße. Stocksteif, der Kleine, nicht wahr?"

Summer kicherte. Und Megan schoss durch den Kopf, dass jeder der Sullivan-Brüder einzigartig war, aber dass sie alle eine gewisse … schroffe Schönheit teilten. Selbst als Wachsfigur sah Smith Sullivan gut aus. Natürlich verblasste die Figur neben einem Sullivan aus Fleisch und Blut.

Ein paar Minuten später entdeckten sie Nicolas Wachsfigur in einer anderen Ecke des Raumes.

„Wir haben sie auf dem Fest deiner Mom kennengelernt!", rief Summer aus. Voller Stolz sagte sie: „Ich brauche kein Bild mit ihr, weil ich sie ja kenne. Wann lernen wir denn mal Smith kennen, Gabe?"

Gabe zerzauste ihr das Haar. „Sobald er mal wieder in der Stadt ist, muss er dir ein Eis spendieren."

„Cool!"

Summer rannte weiter, und Megan spürte, wie sich ihr Herz plötzlich zusammenzog. Genau davor hatte sie Angst gehabt. Dass Summer aufgrund der gemeinsamen Ausflüge glaubte, dass ihre Mutter und der Feuerwehrmann für immer zusammen sein würden. Oder zumindest lange genug, um mit Smith Sullivan Eis essen zu gehen.

Megan konnte Gabes Blick auf sich spüren. Im nächsten Moment schlang er die Arme um ihre Taille, um sie an sich zu ziehen. „Ich habe gehört, dass sie einen aus dem Wachsfigurenkabinett werfen, wenn man so finster vor sich hinstarrt."

Sie vergrub ihr Gesicht an seinem Hals und atmete seine Wärme und seinen rauchigen Duft ein, bis sie ihre Ängste wieder zurückdrängen konnte. Die ganze Zeit hielt Gabe sie fest und streichelte ihr über den Rücken.

„Ich fühle mich wohl und genieße den wundervollen Tag. Genau wie Summer."

„Dann sind wir ja schon zu dritt."

Er ergriff ihre Hand, und sie gingen zu ihrer Tochter, die die Figuren der Superhelden betrachtete. Megans Gedanken kreisten jedoch um Gabes flüchtige Bemerkung.

Dann sind wir ja schon zu dritt.

Wie sehr sie sich wünschte, dass es so wäre! Sie wünschte sich so sehr einen Ehemann, eine Familie für ihre Tochter, ohne Kummer, ohne Kämpfe.

Nur Liebe.

Doch wie sollte das für Summer und sie Wirklichkeit werden? Gabe war Feuerwehrmann. Ein Feuerwehrmann, der keine Angst davor hatte, in ein brennendes Gebäude zu rennen, wenn er damit einem Menschen das Leben retten konnte.

Hör auf! ermahnte sie sich streng. Sie hatte ihnen beiden versprochen, dass sie es versuchen würde. Und das bedeutete, dass sie ihre Sorgen und Ängste zumindest eine Zeit lang zurückhielt und es einfach genoss, mit ihm zusammen zu sein.

Eine Stunde später setzte Gabe Megan und Summer auf dem Weg zu seiner Nachtschicht auf der Feuerwache vor ihrer Wohnung ab. Er würde am Sonntagabend nach dem Dienst zum Abendessen vorbeikommen, und Megan vermisste ihn schon jetzt.

Stundenlang hatte er ihre Hand gehalten. Er hatte sie berührt, wann immer es möglich gewesen war. Er hatte ihr über die Wange gestreichelt, über den Rücken, über die Hüften. Sie verzehrte sich nach ihm, doch mit Summer zwischen ihnen konnte Megan nichts tun, um ihr Verlangen zu stillen.

Ein Verlangen, das über kurz oder lang dafür sorgen würde, dass sie die Kontrolle verlor.

„Danke für den wundervollen Abend", sagte sie mit leicht rauer Stimme.

Sie packte den Türgriff, aber noch ehe sie die Tür öffnen konnte, sagte Summer: „Wollt ihr euch zum Abschied nicht küssen?"

Megan lachte erstickt auf. Als sie zu Gabe sah, erkannte sie in seinen Augen dieselbe kaum verhohlene Lust, mit der sie selbst rang.

„Natürlich wollen wir das", sagte Gabe.

Im nächsten Moment küsste er Megan. Es war ein inniger, wunderbarer Kuss. Er weckte in ihr den Wunsch nach mehr, und als Gabe den Kuss beendete, war ihr schwindelig.

Summer lächelte die beiden an und freute sich anscheinend, dass ihr Verkupplungsversuch so gut funktioniert hatte. „Bis Sonntag, Gabe! Das war ein toller Tag."

Am Sonntagabend saßen die drei auf dem Teppich im Wohnzimmer und versuchten, Patient Paul in einer heiß umkämpften Partie „Doktor Bibber" einen Oberschenkelknochen herauszuoperieren.

Zumindest zwischen Summer und Gabe war das Spiel heiß umkämpft. So nahe bei Gabe zu sitzen, machte Megan so nervös, dass ihre Hände zitterten und sie kaum spielen konnte. Wieder und wieder brachte sie die rote Lampe zum Leuchten und löste das Alarmsignal aus, wenn sie mit der Pinzette in den engen Öffnungen auf dem Spielbrett gegen die Kontakte kam.

Summer und Gabe lieferten sich ein Kopf-an-Kopf-Rennen und hatten jeweils einen Stapel kleiner Knochen und Organe vor sich liegen, als Summer mit einem Mal den Mund verzog. „Das ist nicht fair! Du machst so was dauernd bei der Arbeit. Ich bin nur ein Kind."

Megan wartete ab, ob er sich von ihr einwickeln lassen würde, doch er zog nur eine Augenbraue hoch. „Ich bin ausgebildeter Sanitäter, kein Chirurg."

Summer machte eine Grimasse. „Das ist doch praktisch das Gleiche."

Gabe lächelte Megans Tochter an. „Nicht mal annähernd. Aber netter Versuch, Süße."

Als Summer fröhlich zu ihm sagte: „Du bist dran", wusste Megan, dass die Kleine mit ihren Tricks, das Spiel für sich zu entscheiden, noch längst nicht am Ende war.

Gabe nahm die Pinzette und wollte gerade das Gehirn entfernen, als Summer unvermittelt aufschrie. „Oh, meine Güte, was für ein riesiger Käfer!"

Megan zuckte zusammen. „Was für ein Käfer, Summer?"

Doch ihre Tochter war damit beschäftigt, Gabes Hand anzustarren. Er hatte über dem Spielbrett innegehalten und sich nicht dazu hinreißen lassen, die Pinzette ins Loch zu stecken und einen Fehler zu riskieren, der Summer den Gewinn gesichert hätte.

Megan konnte sich ein Lachen nicht verkneifen. „Er hat sieben Geschwister, Süße. Ich denke, du musst dir etwas Besseres einfallen lassen, um ihn aus der Ruhe zu bringen."

Im nächsten Moment tauchte Gabe die Pinzette in die Öffnung, schnappte sich das Gehirn und hatte es fast hinausgezogen, als die Spitze der Pinzette an den Rand der Öffnung geriet. Das rot blinkende Alarmsignal sprang an. Summer riss ihm die Pinzette aus der Hand und holte das Gehirn geschickt heraus.

„Ich gewinne!"

„Gut gemacht, Summer."

Kein anderer Mann, mit dem Megan je verabredet war, hätte so ein Spiel mit Summer gespielt, geschweige denn sich amüsiert – zumindest konnte sie sich das nicht vorstellen. Und kein anderer wäre mit den kleinen Albernheiten ihrer Tochter so gut zurechtgekommen.

„Du musst morgen in die Schule. Zeit fürs Bett", sagte Megan. „Putz dir die Zähne und zieh dir den Schlafanzug an. Dann lese ich dir noch etwas vor."

„Kannst du mir heute Abend nicht was vorlesen, Gabe?"

Vielleicht hätte Summers Bitte Megan nicht erschrecken sollen, aber das tat sie. Noch nie hatte jemand ihrer Tochter eine Gutenachtgeschichte vorgelesen – nicht einmal David. Als Summer noch ein Baby war, hatte er lieber draußen mit ihr gespielt, statt im Haus zu sein, wo sie auf seinem Schoß saß, zahnte und auf dem Buch herumkaute.

„Megan?"

Statt Summers Frage zu beantworten, blickte Gabe Megan in die Augen, und sie konnte ihm ansehen, was er wissen wollte. *Ist das okay für dich?*

In jeder Minute, die die drei zusammen verbrachten, beobachtete Megan, wie Gabe und Summers Bindung enger wurde. Sie waren zwei Menschen, die einfach gern Zeit miteinander verbrachten.

Ihre Tochter hatte, was Männer anging, einen unglaublich guten Geschmack.

Und trotzdem fühlte es sich wie ein weiterer großer Schritt an. Ein weiterer Schritt, nachdem sie schon so viele Schritte gemacht hatten. Zuerst hatten sie einen Freitagabend in Fisherman's Wharf verbracht wie eine kleine Familie. Dann hatte sie Gabe vor Summer geküsst. Und nun erzählte Gabe ihrer Tochter eine Gutenachtgeschichte.

Was wäre, wenn ihm etwas zustoßen würde? Was wäre, wenn Summer sich daran gewöhnte, dass Gabe mit ihr spielte und ihr Gutenachtgeschichten vorlas und dann …

Sie riss sich gerade noch zusammen, bevor sie in Panik verfiel.

Ich muss es versuchen. Ich muss es einfach weiter versuchen.

267

„Klingt doch gut."

Gabe betrachtete aufmerksam ihr Gesicht und das Lächeln, das sie aufgesetzt hatte. „Vielleicht", sagte er leise, „können wir die Geschichte ja zusammen vorlesen."

Erleichterung durchströmte sie. Liebe erfüllte sie. Sie hätte es niemals für möglich gehalten, dass sie je einen Mann kennenlernen würde, der sie so gut verstand. Der ihre Gedanken lesen konnte, ohne dass sie ein Wort sagte.

Eine halbe Stunde später lag Summer im Bett, und Megan und Gabe gingen ins Wohnzimmer zurück.

„Du hattest für jede Figur im ‚Magischen Baumhaus' eine andere Stimme! Das war toll."

Er zuckte die Achseln, als wäre es keine große Sache. „Sophie zwingt uns immer mit sanfter Gewalt dazu, die Lesestunde in der Bücherei zu bestreiten."

Megan gefiel die Vorstellung, dass Gabe auf einem kleinen Plastikstuhl saß und einer Horde Kinder Bücher vorlas – beobachtet von den liebeskranken Müttern der lieben Kleinen. Sie konnte sich vorstellen, welche Fantasien er in den aufregendsten dreißig Minuten ihres Monats in diesen Frauen heraufbeschwor.

Dieselben Fantasien, die er auch in ihr auslöste.

„Bereit für deine Gutenachtgeschichte?" Er zog sie auf der Couch auf seinen Schoß.

„Aber ich bin noch gar nicht müde", entgegnete sie.

Er verzog seinen wundervollen Mund zu einem Lächeln. Megan glaubte, er würde sie küssen, doch stattdessen liebkoste er ihren Hals.

„Es war einmal ein Mann."

„Kein Prinz?"

„Nein", erwiderte er und knabberte an ihrem Kinn. „Er war ein ganz normaler, durchschnittlicher Mann. Doch eines

Tages hatte er Glück und begegnete der schönsten Frau auf der ganzen Welt."

„Bist du dir sicher, dass sie nicht auch ganz normal und durchschnittlich war?"

Er biss zärtlich in ihr Ohrläppchen, und ein wohliger Schauer durchrieselte sie. „Sie war außergewöhnlich, das kann ich dir versichern. Sie war so hübsch, dass er nicht glauben konnte, dass sie überhaupt mit ihm sprach."

„Haben sie sich geküsst?"

Mit dem Mund näherte er sich ihrem. „Oh ja! Und die Küsse brachten seine Welt ins Wanken."

Endlich – *endlich!* – presste er die Lippen auf ihre. Die Leidenschaft, die sie durchfloss, raubte ihr fast den Verstand. Aber egal, wie verrückt sie nach ihm war und wie sehr sie sich wünschte, mit ihm zu schlafen, gelang es ihr dennoch irgendwie, sich in Erinnerung zu rufen, dass ihr Kind am Ende des Flures in seinem Zimmer lag und schlief.

Megan hatte beschlossen, dass es in Ordnung war, dass Summer Zeit mit Gabe verbrachte, Ausflüge unternahm, Spiele spielte und sich von ihm die Gutenachtgeschichte vorlesen ließ. Doch sie würde es niemals in Ordnung finden, wenn ihre Tochter sah, wie am Morgen ein Mann das Schlafzimmer ihrer Mutter verließ. Das würde sie erst gestatten, wenn es ernst wurde. Wenn eine Hochzeit bevorstand.

Angesichts der Tatsache, dass sie es nicht einmal schaffte, „Ich liebe dich!" zu sagen, sollte sie sich ohnehin davor hüten, ihn zu küssen.

Sie rutschte auf seinem Schoß hin und her. „Danke, dass du heute Abend vorbeigekommen bist."

„Danke, dass du mich eingeladen hast."

Als sie seine wachsende Erregung und den Hunger in seinem Blick bemerkte, erkannte sie, dass er in diesem Moment genauso gern mit ihr geschlafen hätte wie sie mit ihm.

Sie hatte ein schlechtes Gewissen. Sie wollte ihn doch nicht am ausgestreckten Arm verhungern lassen. „Ich möchte ja, dass du bleibst, aber ..."

Er legte einen Finger auf ihre Lippen. „Ich verstehe, Megan. Ich würde auch nie etwas tun, das Summer vielleicht verletzen könnte."

Zögerlich kletterte sie von seinem Schoß. Hand in Hand schritten sie zur Tür. Nach einem innigen Gutenachtkuss und nachdem Gabe ihr noch einmal gesagt hatte, dass er sie liebte, ging er den Flur hinunter. Unvermittelt rief Megan seinen Namen.

„Gabe? Du hast nicht erzählt, wie die Geschichte endet." Unwillkürlich hielt sie den Atem an und wartete auf seine Antwort.

In seiner Miene standen all die Liebe und die Begierde, die er für sie empfand.

„Sie endet nicht."

Als Megan Summer am Montagmorgen zur Schule brachte, war sie vollkommen unausgeschlafen. Gabes Küsse hatten ihren Körper unter Strom gesetzt, doch sie hatte dem drängenden Verlangen in ihrem Inneren nicht nachgegeben und sich selbst befriedigt. Es war nicht der Orgasmus, den sie brauchte.

Es war der Mann. *Dieser* Mann.

Sie war noch nie einem Mann hinterhergelaufen – zum Teil, weil sie so jung geheiratet hatte, zum Teil, weil es einfach nicht ihre Art war. Doch heute brachte sie ihr weiblicher Instinkt dazu, nicht nach Hause zu gehen, nachdem sie Summer nachgewunken hatte, sondern die entgegengesetzte Richtung einzuschlagen.

Zehn Minuten später klingelte sie an Gabes Tür. Ihr Herz hämmerte, weil sie sich so beeilt hatte, hierherzukommen und ihn wiederzusehen. Aber während sie nun wartete, wurde ihr auf einmal klar, dass sie keine Ahnung hatte, ob er überhaupt da war oder ob er vielleicht laufen gegangen war oder gerade Brötchen fürs Frühstück holte. Und als er nicht gleich die Tür öffnete, war ihre Enttäuschung beinahe mit Händen greifbar.

Sie wollte sich gerade umdrehen und nach Hause gehen, als die Tür doch noch aufging.

„Megan?"

Anscheinend tat ihr das Universum einen Gefallen, denn Gabe war nicht nur zu Hause, sondern trug auch nichts als ein Handtuch, das er sich um die Hüften geschlungen hatte. Sie starrte ihn nur wortlos an. „Komm rein, Süße", sagte er. Er legte ihr die Hand auf den Rücken. Es fühlte sich so gut, so warm an. „Ist alles in Ordnung?"

Endlich fiel ihr sein besorgter Gesichtsausdruck auf. Schließlich war sie unangekündigt vor seiner Tür erschienen, atemlos, mit großen Augen, in denen der verzweifelte Wunsch stand, ihn zu sehen. Mit ihm zusammen zu sein.

„Nein", entgegnete sie aufrichtig.

„Geht es um Summer?"

Seine Besorgnis, seine Angst strahlten bis zu ihr aus. Sofort presste sie die Hand auf sein pochendes Herz, um ihn zu beruhigen. „Summer geht es prächtig. Ich habe sie gerade zur Schule gebracht."

„Was ist dann los?" Er vergrub die Hände in ihrem Haar und zog sie behutsam zu sich heran. Eindringlich musterte er sie.

„Ich habe dich vermisst", flüsterte sie und ließ schüchtern den Blick sinken. Das Geständnis hatte viel Mut gekostet. „Freitagnacht. Sonntagnacht." Sie schaute ihn wieder an. „Ich hatte das Gefühl, ich werde verrückt, wenn ich dich nicht bald wiedersehe." Sie schlang die Arme um ihn und genoss es, seine Stärke zu spüren.

„Ich bin den ganzen Morgen durch die Stadt gelaufen", sagte er mit rauer Stimme, blickte auf ihre Lippen und dann wieder in ihre Augen. „Ansonsten wäre ich mit dem Werkzeugkoffer bei dir aufgetaucht, hätte mir Zugang zu deiner Wohnung verschafft und wäre zu dir unter die Decke gekrabbelt."

Im nächsten Moment hatte er sie hochgehoben und trug sie in sein Schlafzimmer. Megan war aufgeregt, weil er anscheinend genauso versessen wie sie darauf war, dort weiterzumachen, wo sie am Wochenende aufgehört hatten.

„Wie viel Zeit hast du?", murmelte er dicht an ihrem Ohr und strich mit der Zunge über den empfindlichen Punkt unterhalb ihres Ohrläppchens.

„So viel du brauchst", erwiderte sie und küsste seinen Hals und seine Schulter.

Er schaute sie an. Seine Augen waren dunkel vor Lust. Aber es stand noch etwas anderes darin – etwas Größeres, Bedeutenderes als nur körperliches Verlangen. „Für immer, Megan." Seine Worte berührten sie tief. „Genauso lange brauche ich dich."

Megan atmete tief ein, als sie seine Antwort auf ihre unbedachte Bemerkung hörte. Sie hatte eigentlich nur von Sex gesprochen, von ein paar gestohlenen Stunden im Bett. Doch er hatte reagiert, als hätte sie etwas ganz anderes gemeint.

Und wenn sie ganz ehrlich war, hatte er damit recht.

Sie versuchte, wieder zu Atem zu kommen, während er sie auf die Matratze sinken ließ. Sie hatte geahnt, dass er sie liebte. Und er hatte sie all die Male, die er die berühmten drei Worte in der vergangenen Woche zu ihr gesagt hatte, nie gedrängt, sie ebenfalls auszusprechen. Er wusste, dass sie es versuchte, wusste, dass es für sie das größte Wagnis seit Jahren war, mit ihm zusammen zu sein. Doch als sie nun in seinem großen Bett mit ihm lag und er sie so anblickte wie noch kein Mann zuvor – als sei sie die Sonne, die Sterne und alles dazwischen –, wollte sie ihm zurückgeben, was er ihr so mühelos geschenkt hatte.

„Ich …" Die Worte kamen ihr nicht über die Lippen. Ihre Ängste blockierten sie. Die Furcht, die sie jedes Mal, wenn Gabe bei ihr war, verdrängte. Nein, nicht nur in den Momenten. Auch jedes Mal, wenn sie an ihn dachte. Jedes Mal, wenn Summer seinen Namen nannte und lächelte.

Mit der Zungenspitze strich sie sich über die Lippe und versuchte es noch einmal. „Gabe, ich …"

Seine wundervollen Lippen hauchten einen Kuss auf ihren Mund, als es ihr wieder nicht gelang, den Satz herauszubringen. Er zeigte ihr ohne Worte, dass er sie verstand und dass er nicht weggehen würde. Sie verlor sich in der Liebe, die er in diesen Kuss legte. Sie schlang die Arme und Beine fester um ihn, wollte ihn noch näher spüren.

„Ich werde auf dich warten, Megan. So lange, wie es dauert."

Dankenswerterweise wartete er nicht darauf, dass sie ihm antwortete, ließ kein unangenehmes Schweigen zwischen ihnen aufkommen. Stattdessen griff er nach dem Bündchen ihres Tops und streifte ihr das Oberteil ab.

„Pink ist meine neue Lieblingsfarbe", murmelte er, sowie er ihren BH erblickte.

Sie hatte den BH angezogen, der zu dem Slip passte, den er an jenem Tag bei seinem Überraschungsbesuch in ihrem Wäschekorb gesehen hatte. Aber bevor sie sich selbst eingestehen konnte, dass sie ihn absichtlich trug, weil sie auf diese Reaktion gehofft hatte, neigte Gabe den Kopf. Er leckte knapp über dem Spitzenstoff des BHs zuerst über eine, dann über die andere Brust.

Megan keuchte auf und bog sich ihm entgegen. Er jedoch hob den Kopf. „Ich hatte mehr als eine Fantasie von diesem pinkfarbenen Höschen."

„Ich auch", flüsterte sie.

Seine Hände zitterten, während er nach dem Knopf ihrer Jeans griff. Im nächsten Moment öffnete er den Reißverschluss und befreite sie von der Hose und bei der Gelegenheit auch von den Schuhen und den Socken.

„Erzähl mir eine deiner Fantasien", forderte er sie mit seiner tiefen, begierigen Stimme auf, bei der ihr Hitze und Verlangen durch den Körper schossen. Die Empfindungen ließen ihren Bauch kribbeln und breiteten sich dann in ihr aus.

Doch sie hatte schon die Chance gehabt, mehr als eine Fantasie mit ihm auszuleben. Dieses Mal wollte sie seine geheimen Wünsche wissen.

Während er über ihre Hüften, ihren Bauch und unter ihren Brüsten entlangstreichelte, versuchte sie, sich zusammenzureißen, um ihre Bitte auszusprechen. „Du kennst eine meiner Fantasien bereits. Jetzt möchte ich eine von deinen hören."

Sein Lächeln war so sinnlich, dass sie beinahe auf der Stelle zum Höhepunkt gelangt wäre – der Ausdruck in seinen Augen und die Art, wie er mit den Händen ihre Brüste umschloss, hätten fast ausgereicht.

„Eine meiner Fantasien", sagte er leise, wobei er sich neben sie gleiten ließ, damit er ihren ganzen Körper bewundern konnte, „dreht sich um Überraschungen." Er hielt inne. „Und Vertrauen."

Sie hätte niemals damit gerechnet, dass er das sagen würde.

Sie hätte nicht gedacht, dass er sie um ihr *Vertrauen* bitten würde.

Natürlich vertraute sie ihm. Sie hatte ihn in ihr und in Summers Leben eingeladen. Sie hatte wilden Sex mit ihm erlebt und wusste, dass sie niemals Angst davor haben müsste, was dieser starke Mann mit ihr anstellen könnte, wenn er wollte.

Als würde er ihr die Zeit geben, seine Worte zu verarbeiten, stand er auf und nahm das Handtuch ab. Nachdem er sich wieder zu Megan umgedreht hatte, war er nackt und sichtlich erregt. Seine Erektion reckte sich ihr entgegen.

Es wäre ein Leichtes gewesen, ihn zu sich heranzuziehen, die Fantasie über Überraschungen und Vertrauen unbeachtet zu lassen und einfach mit ihm zu schlafen, ohne weiter über Vertrauen zu sprechen. Aber ihr war bewusst, dass sie ihn damit nicht nur um die Erfüllung eines Traumes bringen, sondern dass sie auch sich selbst betrügen würde.

„Megan?"

Der Moment der Wahrheit war da. Er hatte ihr die Zeit gelassen, um nachzudenken, um sich die Sache durch den Kopf gehen zu lassen, um eine Entscheidung zu treffen. Was die *Liebe* anging, hatte er sie nicht weiter bedrängt, doch sie spürte, dass er in Sachen *Vertrauen* nicht vorhatte, nachzugeben.

Da sie sich nicht sicher war, ob ihre Stimme nicht versagen würde, nickte sie nur.

Sein Lächeln war so ermutigend wie sexy. Dann wandte er sich ab, schritt zur Kommode und machte die Schublade auf. Und er zog eine Krawatte hervor.

Ihr Herz raste, als er sich ihr näherte.

„Hat man dir je die Augen verbunden?"

Sie biss sich auf die Lippe und schüttelte den Kopf.

„Hast du es dir je gewünscht?"

Sie spürte, wie ihre Wangen heiß wurden, und nickte. Allerdings war es in ihrer Fantasie ein namenloser, gesichtsloser

Mann gewesen. Seit dem Brand jedoch war Gabe derjenige, der in jeder ihrer wilden Träume die Hauptrolle spielte.

Er legte die Seidenkrawatte über ihre Augen und hob sanft Megans Kopf an, damit er den Schlips verknoten konnte. „Kannst du noch etwas erkennen?"

Sie konnte noch helles Licht sehen, das an den Seiten unter die Krawatte drang, aber das war alles. „Nein."

„Gut." Das Versprechen von sinnlicher Lust schwang in diesem einen Wort mit. „Wenn du mir versprichst, dort zu bleiben, wo du bist, und mir zu vertrauen, sparen wir es uns auf, dich ans Bett zu fesseln – für eine andere Fantasie."

Sie war schockiert darüber, dass ihre Erregung noch stärker werden konnte. Irgendwie schien Gabe ihre geheimsten Wünsche zu kennen, auch wenn sie sie nicht ausgesprochen hatte.

Aufreizend strich er mit den Händen an ihrem Rücken entlang und zog ihr den BH aus. Er streichelte sie und ließ den Daumen über ihre aufgerichtete Brustwarze kreisen. „Dir gefällt mein Plan, oder?"

Da ihr Körper ihm schon die Antwort gegeben hatte, fiel es ihr leicht, zu erwidern: „Ja." Sie leckte sich über die Lippe. „Mir gefällt er sogar sehr."

Sie hörte, wie er leise aufstöhnte, und spürte, wie die Matratze unter seinem Gewicht einsackte. „Meine sexy Draufgängerin."

Ihre Überraschung über seine Worte vermischte sich mit der Empfindung, die sie durchströmte, als Gabe sich zwischen ihre Oberschenkel kniete. Er glitt über die empfindliche Haut und drückte ihre Beine auseinander.

„Wenn du nur sehen könntest, wie feucht du bist!" Hauchzart wanderte er mit den Fingern über ihren Slip.

Sie liebte es, wenn er so mit ihr sprach, liebte den Dirty Talk, von dem sie nie geglaubt hätte, dass sie ihn einmal erleben würde ... Doch sie hatte sich schon immer gewünscht, diese Erfahrung zu machen.

Seine Hitze schien sie zu versengen, und sie drängte sich ihm entgegen. Sie stand so knapp vor dem Höhepunkt, dass es nicht mehr viel benötigen würde, um sie zum Orgasmus zu bringen. Alle ihre Sinne waren geschärft – jede Berührung, jeder Geruch, jedes Geräusch war viel stärker als sonst. Viel überwältigender.

Plötzlich spürte sie feuchte Wärme zwischen ihren Beinen. Er ließ die Zunge über den pinkfarbenen Spitzenstoff ihres Höschens gleiten.

Unwillkürlich krallte sie die Hände in sein Haar, hob das Becken und reckte sich seinem Mund entgegen. Sie brauchte diesen direkten Kontakt nicht, sie brauchte nur mehr Druck von ...

„*Oh Gott.* " Die Worte platzten aus ihr heraus, während er den Slip zur Seite schob. Er leckte über sie und tauchte die Zunge schließlich in sie.

Seine Finger schienen überall zu sein. Mit einer Hand streichelte und reizte er ihre Brüste, dann drang er in sie ein. Zum ersten Mal in ihrem Leben schrie Megan auf, als sie kam. Es war ein Laut, von dem sie nicht geglaubt hätte, dass sie ihn ausstoßen könnte – wenn sie in der Lage gewesen wäre, einen klaren Gedanken zu fassen.

Während der Höhepunkt sie mit sich riss, die Wellen der Leidenschaft sich aufbauten und sie dann überrollten, hörte Gabe nicht auf, sie zu verwöhnen.

Als der Orgasmus schließlich endete, fühlte Megan sich erschöpft. Doch im nächsten Moment spürte sie, wie Gabe sich auf sie legte. Er war ihr so nahe, dass sie seine harte Erektion auf ihrer Haut fühlen konnte. Und ihre Lust erwachte zu neuem Leben.

Er hauchte eine Spur von Küssen ihren Körper hinauf und knabberte zärtlich an ihr. Sowie er ihr Gesicht erreichte, zitterte sie.

„Danke, dass du mir vertraust."

In dem Moment, als er sie von der Augenbinde befreite, glitt er in sie. Sie fühlte, wie sie sich ihm auf eine Art öffnete, wie es noch nie bei einem Mann getan hatte. Die Gitterstäbe um ihr Herz zerbrachen, die Schutzmauern, die sie errichtet hatte, fielen in sich zusammen, als er sie festhielt und liebevoll küsste.

Falls es in ihrem Leben je einen Moment gegeben hatte, ein Risiko zu wagen, dann war es jetzt. Falls es je einen Menschen gegeben hatte, für den es sich gelohnt hätte, das Wagnis einzugehen, war es Gabe. Aber ehe sie die Worte über ihre Lippen bringen konnte, sagte er: „Komm mit mir, Liebling!" Und schon wurde sie von ihrem nächsten Höhepunkt davongetragen, der ihr jeden klaren Gedanken raubte.

Was blieb, war die Liebe, die von ihm zu ihr strömte – und von ihr zu ihm, als sie endlich den Weg in ihre Seele freigab.

26. KAPITEL

Megan hielt Gabe fest umschlungen. Sie spürte seinen Herzschlag auf ihrer Haut – stark und gleichmäßig.

Heute Morgen war sie nicht zu ihm gekommen, um mit ihm zu schlafen und die Begierde zu stillen, die ihr keine Ruhe ließ.

Die Wahrheit war, dass sie gekommen war, um diese besondere Bindung zu spüren.

Sie war gekommen, um mehr Glück und Freude zu erleben, als sie es für möglich gehalten hätte.

Sie war gekommen, um *Liebe* zu spüren.

„Gabe?"

„Mhm?"

Er strich ihr die feuchten Strähnen aus der Stirn und hauchte einen Kuss auf ihre Haut. Sie liebte diese kleinen Gesten der Zuneigung, die für ihn selbstverständlich waren. Er war kein Mann, der glaubte, irgendetwas zurückhalten zu müssen, um besonders männlich zu sein. Wie gut seine Mutter ihre Söhne erzogen hatte! Sicher, einige von ihnen waren Frauenhelden, doch sie konnte sich absolut nicht vorstellen, dass einer von ihnen einer Frau absichtlich wehtun würde.

Nachdem sie Chase und Marcus kennengelernt hatte, war sie felsenfest davon überzeugt, dass es für immer war, wenn die Sullivans sich einmal verliebten. Chloe und Nicola waren für Gabes Brüder offensichtlich der Mittelpunkt der Welt. Bei Chloe hatte sie einen süßen Verdacht, und sie hoffte, dass sie richtig lag. Es wäre so wundervoll, bald ein kleines Baby im Arm halten und verwöhnen zu können.

Während sie in dem Gefühl schwelgte, Gabes warmherzigen Blick auf sich zu spüren, wich die Vorstellung von Chloe und Chases Baby einem anderen Bild. Einem Bild, das ihr eigentlich Angst hätte machen sollen, das sie jedoch mit Freude erfüllte.

Gabe wäre ein unglaublicher Vater. Er war schon jetzt einer von Summers Lieblingsmenschen. Aber Megan handelte zu vorschnell.

Zuerst musste er wissen, was sie für ihn empfand.

„Es gibt etwas, das ich dir sagen wollte."

„Ich kann es kaum erwarten, es zu hören, Süße."

Megan schwieg einen Moment lang und dachte darüber nach, wie viel Glück sie gehabt hatte. Glück, dass ausgerechnet Gabe sie und Summer in der brennenden Wohnung gefunden hatte. Glück, dass sie anschließend eine Bindung zueinander aufgebaut hatten und dass Funken zwischen ihnen gesprüht hatten. Glück, dass sie es geschafft hatten, ihre Schwierigkeiten beizulegen. Und …

„Ich habe versucht, mich von dir fernzuhalten, dich auf Distanz zu halten, dich daran zu hindern, mir und Summer zu nahe zu kommen. Doch mir ist klar geworden, dass es nichts ändern würde – selbst wenn ich mich von dir fernhalten würde und selbst wenn ich dir sagen könnte, dass ich nicht mehr mit dir zusammen sein will. Es würde mich nicht schützen. Denn ich würde immer noch Angst haben, wenn ich die Nachrichten einschalten und Berichte über Brände hören würde. Und ich würde immer noch innerlich sterben, wenn dir irgendetwas zustoßen würde." Sie hasste es, daran zu denken und es auszusprechen, aber sie wusste, dass sie es thematisieren musste. „Dich wegzustoßen, würde niemanden beschützen. Es wäre nur die Garantie dafür, dass ich das Glück versäume, mit dir zusammen zu sein."

Das war er nun. Das war der große Moment, in dem sie es ihm endlich sagen würde. „Ich …"

In dem Moment klingelte sein Handy. Es war ein spezieller Klingelton. Obwohl die unerwartete Störung Gabe offensichtlich missfiel, nahm er das Handy vom Nachttischchen neben dem Bett.

„Was bedeutet dieser Ton?"

„Es ist das Zeichen für einen Einsatz." Mit jedem Wort, das er auf dem Display las, verfinsterte sich seine Miene.

Sie setzte sich im Bett auf und zog die Decke hoch, um ihre Blöße zu bedecken. Fast wirkte es so, als könnte sie sich mit dieser Geste vor dem beschützen, was gerade passierte. „Es ist ernst, oder?"

Er nickte, stand auf und zog sich an. „In Chinatown ist ein Tanklaster in eine Ladenzeile gerast. Vermutlich hat er gefährliche Chemikalien geladen."

Oh Gott, dachte sie. *Das ist ein Zeichen.*

Es musste ein Zeichen sein.

Und in der gleichen Sekunde durchfluteten sie all die Ängste, die sie von der Liebe besiegt geglaubt hatte, und schrien sie an.

Was tust du da nur? Bring dich in Sicherheit, bevor es zu spät ist!

Sie hatte sich einwickeln lassen, hatte sich zu der trügerischen Überzeugung verleiten lassen, eine ernsthafte Beziehung mit Gabe führen und auch die Angst akzeptieren zu können, ihn vielleicht zu verlieren. Und jetzt, in diesem Moment, wurde ihr klar, wie es dazu hatte kommen können: Er war zu keinem Einsatz gerufen worden, seit sie zusammen waren. Und sie hatte ihn ganz bewusst nicht gefragt, was während seines Dienstes passiert war, weil sie es nicht hätte ertragen können, von den gefährlichen Situationen zu erfahren, in denen er sich befunden hatte.

Und sie hätte ihm beinahe ihre Liebe gestanden.

Innerhalb kürzester Zeit war er angezogen, trat ans Bett, in dem sie noch immer wie versteinert lag, und umarmte sie. „Megan?"

Sie löste sich aus seiner Umarmung und rutschte weg von ihm, um sich ans Betthaupt zu lehnen. „Deine Kollegen brauchen dich. Die Leute in den brennenden Gebäuden brauchen dich. Du musst los." Ihre Worte klangen schroffer, als sie es eigentlich beabsichtigt hatte. *Ich brauche dich auch*, schrie ihr Herz.

Doch statt zu gehen, umschloss Gabe Megans Gesicht mit beiden Händen. „Ich liebe dich, Megan."

Er küsste sie zärtlich, und als er den Kuss beendete, wusste sie, worauf er wartete. Sie war an der Reihe, die berühmten drei Worte zu sagen und endlich zuzugeben, wie viel er ihr bedeutete. Kurz bevor der Anruf kam, hatte sie es ihm sagen wollen.

Aber sie konnte es nicht.

Nicht, wenn die Furcht um ihn sie innerlich auffraß.

Egal, wie sehr sie es wollte, sie konnte ihn nicht davon abhalten, zu dem Brand auszurücken. Ihn an sie und Summer zu ketten und ihn dazu zu zwingen, ein „sicheres" Leben zu führen, würde ihn innerlich schneller umbringen, als jedes Feuer es jemals könnte.

Wieder klingelte sein Handy, und sie umarmte ihn fest. Dann zwang sie sich, von ihm abzurücken und ihn seine Arbeit machen zu lassen.

„Du musst gehen", sagte sie wieder. Ihr Verstand war in einer unendlichen Schleife der Furcht und der düsteren Vorahnung gefangen.

Gabe starrte sie eine Weile an. Alles, was er für sie empfand, stand in seinem Blick. „Du hast recht, ich muss jetzt gehen und dieses Feuer bekämpfen, aber ich verspreche dir, dass ich zu dir zurückkomme. Und zu Summer."

Sie schüttelte den Kopf. Es fiel ihr schwer, zu atmen. „Wie kannst du mir das versprechen?"

Er rutschte näher an sie heran, ergriff ihre Hände und legte sie auf sein Herz. „Habe ich je ein Versprechen gebrochen, Megan?"

„Nein."

„Und ich werde jetzt nicht damit anfangen."

Ein letzter Kuss, ein letztes Mal spürte sie seine warmen Lippen auf ihren, die mit einem Mal ganz kalt waren. Und dann war er verschwunden.

Während Gabe zum Einsatzort fuhr, dachte er darüber nach, dass er noch nie eine Frau so geliebt hatte wie Megan. Und er liebte auch Summer. Er wollte, dass die beiden Teil seines Lebens wurden. Er wollte Megan ein Ehemann und Summer ein Vater sein.

Er würde seine Bedenken, mit einer Frau zusammen zu sein, die er vor einem Feuer gerettet hatte, ein für alle Mal beiseiteschieben. Megan war so viel mehr als das. In Wahrheit hatte er sie nie als Opfer gesehen. Genau genommen war sie das genaue Gegenteil eines Opfers.

Er hatte gehofft, dass Megan ihre Sorgen und Ängste überwinden würde, dass sie sich an seinen Beruf gewöhnen würde. Aber so, wie sie gerade auf den Einsatzbefehl reagiert hatte … Sie kämpfte offenbar noch immer gegen die Dämonen an, mit denen ihr Ehemann sie zurückgelassen hatte.

Aber hatte Gabe nicht selbst einige der gefährlicheren Einsätze, zu denen er gerufen worden war, absichtlich vor ihr verschwiegen? Nicht, weil er sie im Dunkeln lassen wollte, sondern weil er der Meinung war, dass er sie nicht sofort mit allem konfrontieren musste. Angesichts ihrer Reaktion auf diesen Anruf wollte er glauben, dass es richtig gewesen war, ihr zu verschweigen, wie oft er sich in Gefahr begab.

Doch plötzlich wurde ihm klar, dass das Gegenteil der Fall war: Es war Megan gegenüber nicht fair, ihr seine Realität vorzuenthalten und ihr gar nicht erst zu zeigen, wie eine Zukunft mit ihm wirklich aussah. Verdiente sie es nicht, alle Fakten zu kennen, bevor sie zugab, ihn auch zu lieben?

Sein Magen zog sich zusammen, als er daran dachte, wie sie ihm gesagt hatte, er solle gehen. Es brach ihm fast das Herz, als er an die Unsicherheit dachte, die in ihren Augen gestanden hatte.

Das Feuer wütete mitten in Chinatown. Gabe sah den Rauch schon von Weitem und fuhr so nahe an den Einsatzort heran, wie es ging. Er nahm seine Ausrüstung von der Ladefläche des Trucks und lief dann direkt zur Brandstelle.

Gas entwich laut zischend aus einer geborstenen Leitung, die der Truck gerammt hatte, bevor er in die Ladenzeile in der Grant Street gerast war. Die Mannschaft von Feuerwache 5 war bereits dabei, Wasser auf die Gasleitung zu spritzen, damit es sich nicht entzündete.

Gabe fiel sofort auf, dass das Team zu beschäftigt mit dem Gasleck und den Bewohnern der umliegenden Häuser gewesen war, um eine Zuleitung zu der schmalen Gasse zwischen den Gebäuden zu legen. Er schnappte sich einen Schlauch vom nächsten Löschfahrzeug und schloss ihn am Hydranten an.

Sein Captain kam zu ihm, gefolgt von Gabes Partner. „Dann schauen wir mal, ob wir einige dieser Geschäfte retten können", meinte Eric zu ihm.

Gabe nahm das Werkzeug und setzte seine Atemschutzmaske auf. Dann packte er die Düse des Schlauchs. Zusammen mit Eric näherte er sich vorsichtig einem der brennenden Geschäfte. Er trat hinein und richtete den Wasserstrahl auf die Decke, bis die Flammen erloschen.

Er hatte zwar eine Schutzmaske, allerdings kein Atemgerät aufgesetzt, und der Rauch quoll ihm dicht entgegen. Er ging in die Hocke und kroch auf den Knien bis zu einem Fenster. Es gelang ihm, das Fenster zu öffnen, aber leider brachte es keine Verbesserung.

Langsam bewegte er sich weiter in das Gebäude hinein. Die Düse des Schlauches gab die Richtung vor. Eric folgte ihm.

Die Situation war schlimm. Wirklich schlimm.

Doch er hatte Megan ein Versprechen gegeben, verdammt! Und er musste dieses Versprechen halten.

Um jeden Preis.

27. KAPITEL

Megan konnte es nicht.

Sie hatte von Anfang an gewusst, dass sie nicht stark genug war, um mit einem Mann zusammen zu sein, der jeden Tag sein Leben aufs Spiel setzte. Das hatte sie Gabe wieder und wieder gesagt. Gleich nach ihrem ersten Kuss, und dann noch einmal nach ihrer ersten gemeinsamen Nacht. Sie hatte versucht, ihm zu erklären, dass es für sie unmöglich war, hatte versucht, ihr Herz zu schützen.

Doch gleichzeitig wollte sie unbedingt mit ihm zusammen sein. Sie wollte die Aufregung fühlen, wenn sie sich küssten, sie wollte sein warmes Lächeln sehen und spüren, und sie wollte die besondere Verbindung erleben, die zwischen Summer und ihm bestand. Also hatte sie sich darauf eingelassen.

Sie hatte es *wirklich* probiert.

Aber als er ihr von dem Feuer erzählt hatte, von den gefährlichen Chemikalien, da hatte Panik sie ergriffen … Nein, auf keinen Fall würde sie es aushalten, jeden Tag so voller Angst zu sein!

Auch nachdem Gabe das Apartment verlassen hatte, um nach Chinatown zu fahren, blieb Megan, wo sie war – in seinem Bett. Sie war umgeben von seinem Duft, seinen Sachen. Sie wollte nicht, dass diese Bindung, dieses Band, das sie noch mit ihm vereinte, schon zerriss.

Noch vor wenigen Minuten hatte sie kurz davor gestanden, das größte Wagnis ihres Lebens einzugehen und Gabe zu gestehen, dass sie ihn liebte. Schon diese Offenbarung war ihr schwer vorgekommen. Doch nun wusste sie, was noch viel schwerer werden würde: ihm Lebewohl zu sagen.

Für immer.

Als sie schließlich seine Wohnung verließ, durchlebte sie noch einmal die wunderschönen Erinnerungen an die Zeit mit ihm. Wie sie auf seinem Schoß gesessen und die Lichter der Stadt beobachtet hatte, wie sie auf dem Dach das Feuerwerk gesehen – und ihr eigenes veranstaltet – hatten, wie sie aneinandergeschmiegt in der Badewanne gelegen hatten, wie sie sich im Bett an ihn gekuschelt hatte. Es war ein warmes Gefühl gewesen. Und sicher, so sicher, wie sie sich nie zuvor gefühlt hatte.

Nein. Sie durfte die Gedanken daran nicht zulassen.

Sie musste nach Hause. Sie musste arbeiten. Sie musste sich auf ihre Klienten konzentrieren, bis es Zeit war, Summer von der Schule abzuholen. Und wenn Gabe vom Einsatz zurückkommen würde – *falls* er denn zurückkommen würde –, dann würde sie all ihren Mut zusammennehmen und die Sache zwischen ihnen beenden.

Ihre Schritte stockten immer wieder, als sie langsam den Gehweg entlangging. Wie viel leichter wäre ihr Leben, wenn sie Gabe niemals begegnet wäre? Wenn irgendein anderer Feuerwehrmann Summer und sie gerettet hätte und sie einfach mit ihrem normalen Leben weitergemacht hätte – damit, Klienten zu treffen, Rechnungen zu bezahlen, ihre Tochter großzuziehen … und sich mit netten Männern mit vollkommen ungefährlichen Jobs zu verabreden.

Ohne Frage war diese Sicherheit das, was ihr wichtig sein sollte.

Aber jetzt, nachdem sie echtes Glück und vollkommene Harmonie erfahren hatte, wusste sie, dass alles andere farblos sein würde. Langweilig.

Oh Gott, sie steckte in Schwierigkeiten!

Denn obwohl sie große Angst davor hatte, sich mit Haut und Haar auf Gabe einzulassen und ihn zu lieben, schien sie sich und ihre Tochter auch nicht davor retten zu können, indem sie vor ihm weglief.

Alle rationalen Argumente, alle Tabellenkalkulationen und Risiko-Nutzen-Rechnungen der Welt konnten Megan in diesem Moment nicht davon abhalten, in die entgegengesetzte Richtung zu laufen – direkt auf den dunklen Rauch zu, der über den belebten Straßen von Chinatown aufstieg.

Es war viel schlimmer, als sie befürchtet hatte. Viel schlimmer. Nicht nur, dass verschiedene Gebäude in Brand standen, es lagen auch überall verbrannte Lebensmittel und versengte Kleider aus den Geschäften auf der Straße und wurden mit dem Löschwasser weggespült.

Während Megan sich durch die Menschenmenge drängte, erhaschte sie den einen oder anderen Gesprächsfetzen.

„Wissen sie schon, um welche gefährlichen Chemikalien es sich handelt?"

„Ich habe gehört, es gibt ein Gasleck und erhöhte Explosionsgefahr."

„Ich habe Angst, Mommy! Geht es den Feuerwehrmännern auch gut?"

Auf der Straße standen Polizisten, die die Leute zurückhielten, damit sie den Einsatz nicht behinderten oder selbst in Gefahr gerieten. Megan sah die Feuerwehrautos in der schmalen Gasse und fragte sich, wie es den Männern gelungen war, die schweren Wagen zwischen den parkenden Autos und den Leuten hindurchzufahren.

Im nächsten Moment schossen plötzlich Flammen aus dem Dach eines Geschäftes direkt neben dem kaputten Truck.

„Bitte, gehen Sie alle ein Stück zurück!"

Sie wusste, dass der Policeofficer recht hatte, dass sie weiter hinten sicherer war. Und sie wusste, dass es nicht fair war, von Gabe zu erwarten, dass er auf sich aufpasste, wenn sie es selbst nicht tat.

Ein paar Minuten später, fast einen Block vom Brand entfernt, entdeckte sie Gabes Truck. Er hatte ihn an einer Straßenecke abgestellt. Sie schob sich durch die Menschenmenge und presste ihre Hand auf das kühle Metall. Als sie bemerkte, dass Gabe nicht abgeschlossen hatte, öffnete sie die Tür und kletterte hinein.

In seinem Truck roch es nach ihm – frisch und rauchig zugleich. Sie umklammerte das Lenkrad und starrte zu der schwarzen Rauchsäule, die bis in den Himmel reichte und Aschewolken am vorher strahlend blauen Himmel hinterließ.

Ihr Verstand war ausgeschaltet. Vor ihrem inneren Auge sah sie nur noch das Bild von Gabe, umgeben von Flammen – so, wie sie ihn in ihrem brennenden Apartment gesehen hatte.

In den vergangenen Monaten waren diese Bilder allmählich verblasst, doch jetzt wurde sie praktisch damit bombardiert. Sie sah wieder vor sich, wie sie aufgeblickt hatte, wie er ihr ein Zeichen gegeben hatte, aus der Wanne zu steigen und ihm durch die Wohnung und zur Treppe zu folgen. Wie stark, wie ruhig war er gewesen, als er Summer und sie in Sicherheit gebracht hatte.

Und obwohl sie alle hätten sterben können und Gabe im Krankenhaus gelandet war, nachdem er unter einem herabstürzenden Balken begraben worden war, wusste sie tief in ihrem Inneren, dass er mit allem, was er getan hatte, und mit allem, was er an diesem grauenvollen Nachmittag von ihr verlangt hatte, kein unnötiges Risiko eingegangen war.

Gabe hatte keine Panik bekommen. Er war weder hektisch herumgerannt noch hatte er die Nerven verloren. Er war entschlossen gewesen und hatte klug gehandelt. Genau das war auch der Grund, warum Summer und sie noch am Leben waren.

Die Erkenntnis traf sie so heftig und schnell, dass sie sich fragte, wie sie die ganze Zeit über so blind hatte sein können. Selbst in seiner Wohnung, als sie kurz davor gestanden hatte, ihm ihre Liebe zu gestehen, war sie noch blind gewesen. Sie war so in ihrer Angst vor der Gefahr gefangen gewesen, in dem Glauben, er würde unvertretbare Risiken eingehen und ums Leben kommen.

Natürlich war Megan schon bald klar gewesen, dass Gabe anders war als David. Ihr Ehemann war ein Adrenalinjunkie gewesen. Angesichts von Risiken war er regelrecht aufgeblüht. Er hatte nie weitergedacht – nicht einmal, nachdem er geheiratet hatte und Vater geworden war. Und obwohl sie wusste, dass Gabe seine Arbeit und die Herausforderung liebte, war ihr auch klar, dass es ihm nicht um die Gefahren ging oder darum, wie weit er gehen konnte.

Für Gabe bedeutete sein Beruf mehr als nur die Herausforderung, Brände zu löschen. Es ging ihm darum, Menschen zu helfen und ein bedeutender Teil der Gemeinschaft zu sein.

Wenn es jemanden gab, der einen gefährlichen Job sicher und ohne unnötige Risiken einzugehen erledigte, dann war es Gabe. Sicher, es gab keine Garantie, dass er nicht krank werden oder einen Unfall haben würde. Aber wenn sie in der Lage gewesen wäre, über ihre Ängste hinauszublicken, dann hätte Megan eine Sache schon längst begriffen: dass er sie beide zu sehr liebte, um sich absichtlich in Gefahr zu begeben, wie David es so oft getan hatte.

In diesem Moment fügten sich die Teile des Puzzles zusammen. Megan hatte nicht gewollt, dass die Angst vor dem, was ihnen in dem brennenden Apartment beinahe passiert wäre, zu Summers ständigem Begleiter wurde. Sie wollte, dass ihre

Tochter furchtlos war und klug. Sie wollte nicht, dass Summer ihr Licht unter den Scheffel stellte, wollte nicht, dass sie sich davor scheute, auch mal ein Risiko einzugehen.

Aber obwohl Megan wusste, dass Kinder von ihren Vorbildern lernten, hatte sie ihrer Tochter genau diese Ängste vorgelebt. Bis Gabe gekommen war und sie gezwungen hatte, der Wahrheit über sich selbst ins Auge zu blicken.

Seine Liebe gab ihr den Mut, wieder etwas zu wagen.

Auch wenn sie nicht nahe genug an den brennenden Gebäuden war, um zu erkennen, ob einer der Feuerwehrmänner, die dort herumliefen, der Mann war, den sie liebte, fühlte sie sich ihm hier in seinem Truck nahe.

Der Brand war schwierig zu löschen, aber ein paar heiße, schmutzige Stunden später war Gabe zufrieden mit seiner Arbeit und mit dem, was die Teams in Chinatown erreicht hatten. Das Gasleck hatte sich nicht entzündet und zu einer noch schlimmeren Katastrophe geführt. Die Inhaber der Geschäfte mussten sich nun zwar mit ihren Versicherungen in Verbindung setzen, um die Schäden erstattet zu bekommen. Aber es war der Feuerwehr gelungen, den Brand rechtzeitig zu löschen, bevor das Feuer alles zerstört hatte. Einige neue Fassaden und Fenster, und das Schlimmste wäre überstanden.

Während er zu seinem Wagen lief, nahm er die Maske ab und zog seine Schutzjacke aus. Seine Gedanken waren schon wieder bei Megan. Er grübelte darüber nach, was sie ihm hatte sagen wollen, als der Einsatzbefehl gekommen war.

Und er dachte an die Angst in ihren Augen, als er versprochen hatte, sicher wiederzukommen, und sie ihm nicht hatte glauben können.

Sein Truck stand noch dort, wo er ihn abgestellt hatte. Er wollte gerade seine Schutzhose ausziehen und sie mit dem

Rest seiner Ausrüstung auf die Ladefläche des Trucks werfen, als er die beste Überraschung seines Lebens entdeckte.

Megan sprang aus dem Wagen und warf sich ihm in die Arme. Sie schlang die Beine um seine Hüften und die Arme um seinen Hals.

„Gott sei Dank! Es geht dir gut!" Sie küsste ihn – einmal, zweimal, dreimal –, als könnte sie nicht glauben, dass er tatsächlich unversehrt hier stand.

„Mir geht es sogar mehr als gut", erwiderte er, sowie sie ihn Luft holen ließ. Er ließ sie nicht los, sondern genoss das Gefühl, sie in seinen Armen zu spüren.

Sie küsste ihn auf den Mund, auf die Wangen, auf die Nase, auf die Augenlider und überall dorthin, wo sie ihn erreichen konnte.

Wie viel Angst musste sie um ihn gehabt haben, wenn sie sogar zum Einsatzort gekommen war, um irgendwie bei ihm zu sein!

„Es tut mir leid, wie ich mich benommen habe, als du den Anruf bekommen hast." Die Worte sprudelten so schnell aus ihr heraus, dass er sie nicht unterbrechen konnte. „Es tut mir leid, wie ich mich benommen habe, als wir zum ersten Mal im Hotel miteinander geschlafen haben: Wie ich dich angefleht habe, mich zu lieben, ehe ich dich rausgeworfen habe, weil ich so durcheinander war. So viele Jahre lang habe ich Schutzmauern um mein Herz herum aufgebaut. Wenn ich versucht hätte, deine wilde Seite zu bändigen, hätte ich dich nur mit in mein persönliches Gefängnis gesperrt, das war mir die ganze Zeit bewusst. Und deshalb habe ich mir eingeredet, dass es für uns beide das Beste wäre, dich gehen zu lassen." Tränen rannen ihr über die Wangen. „Doch ich kann dich nicht gehen lassen."

„Das musst du auch nicht, Süße."

„Du hast mir immer wieder gesagt, wie sehr du mich liebst, wie sehr du Summer liebst. Ich hatte oft genug die Gelegenheit, dir zu antworten, aber ich habe sie verstreichen lassen. Ich dachte, ich bin auf der sicheren Seite, wenn ich diese drei Worte nicht ausspreche. Doch das war ich nicht, Gabe. Ob ich nun den Mut gehabt hätte, die Worte je zu sagen oder nicht – eines steht fest: Ich liebe dich. Von ganzem Herzen. Und mit all meiner Seele." Sie nahm sein Gesicht in beide Hände und blickte ihm voller Erstaunen in die Augen. „Du solltest dich nicht zwischen deinem Job und mir entscheiden müssen. Ich weiß, wie sehr du deine Arbeit als Feuerwehrmann liebst. Und ich werde dich von jetzt an unterstützen. Für immer." Sie küsste ihn und sagte dann noch einmal: „Ich liebe dich, Gabe. Ich liebe dich so sehr."

„Ich liebe es, wenn du es sagst", entgegnete er und meinte es so ernst, dass die Kraft seiner Gefühle ihn fast überwältigte. „Aber denkst du, ich wüsste nicht längst, was du empfindest?"

Ihre Augen weiteten sich, als ihr klar wurde, dass er ihre wahren Gefühle für ihn längst erkannte hatte. „Ich habe es nicht gesagt. Ich hätte sagen sollen, dass ich dich liebe. Ich hätte dir sagen müssen, dass ich mich an dem Tag in dich verliebt habe, als Summer im Krankenhaus auf dich zugerannt ist und dich umarmt hat und du sie genauso fest gedrückt hast. Ich hätte ehrlich sein und dir sagen sollen, dass ich mich von dem Moment an von Tag zu Tag mehr in dich verliebt habe." Sie hielt kaum inne, um Luft zu holen. „Wenn dir heute irgendetwas zugestoßen wäre, wenn du meinetwegen abgelenkt und nicht bei der Sache gewesen wärst, weil ich nicht mutig genug war, um zu sagen …"

Gabe legte ihr den Finger auf die Lippen. „Ich werde mich nie daran satthören können, dass du mir sagst, wie sehr du mich liebst. Doch ob du es nun aussprichst oder nicht – ich kann es spüren, wenn du mich ansiehst. Jedes Mal, wenn du mich küsst. Du sagst es jedes Mal, wenn du in meinen Armen kommst und mir dein Herz schenkst." Er lächelte sie an. „Möchtest du wissen, wie ich mich heute gefühlt habe, als ich den Brand gelöscht habe?"

In ihren Augen schimmerten Tränen, als sie nickte.

„Ich fühlte mich stärker als jemals zuvor. Ich fühlte mich sicher. Ruhig." Er legte den Finger unter ihr Kinn, damit sie ihn anblicken musste. „Ich fühlte mich geliebt."

Er küsste sie. Der Kuss war zugleich zart, süß und leidenschaftlich.

„Ich wusste, dass Summer und du darauf wartet, dass ich gesund und sicher wieder zurückkehre. Ich werde dich nicht enttäuschen, Megan. Ihr beide verdient es, dass diese Liebe für immer währt. Ich möchte für immer bei euch sein."

Tränen rollten über ihre Wangen.

„*Für immer*", flüsterte sie. Und wieder küsste Gabe sie, während Passanten lächelnd zusahen, wie der heldenhafte Feuerwehrmann und die junge schöne Frau sich auf einem Gehweg mitten in San Francisco umarmten.

EPILOG

Sophie Sullivan saß in der Küche ihrer Mutter. Broschüren lagen ausgebreitet vor ihr auf dem Tisch. Sie plante einige Überraschungen für die bevorstehende Hochzeit von Chloe und Chase.

Gabe, Megan und Summer waren ebenfalls zu Besuch gekommen. Das kleine Mädchen war nach dem Essen nach draußen gegangen, um Fahrrad zu fahren. Als Sophie sieben Jahre alt gewesen war, hatte sie ein ähnliches Rad gehabt – mit einem Bananensattel und pinkfarbenen Bändchen an den Griffen.

Sophie freute sich für ihren Bruder und ihre Freundin. Sie gehörten einfach zusammen, obwohl sie beide am Anfang offensichtlich versucht hatten, gegen ihre Anziehungskraft anzukämpfen. Sie selbst hatte ein ziemlich schlechtes Gewissen gehabt, weil sie bei der Party im Dezember Kupplerin gespielt und Summer verraten hatte, dass Gabe zum Lake Tahoe fahren wollte.

Aber es hatte sich gelohnt.

Die Tür flog auf. Gabe kam in die Küche gerannt, Megan und Summer folgten ihm Hand in Hand. Das kleine Mädchen schniefte und humpelte ein bisschen. Ihr Knie war aufgeschlagen und blutete.

Sofort sprang Sophie auf und umarmte und tröstete Summer, bis Gabe mit dem Erste-Hilfe-Köfferchen ihrer Mutter zurückkam. Er sah seltsam blass aus. Behutsam nahm er Summer auf den Schoß. Leise redete er auf Megans Tochter ein, während er die Wunde vorsichtig säuberte und dann verband.

Er hatte gerade das letzte Pflaster auf den Verband geklebt, als Summer schon wieder von seinem Schoß hüpfte und rief: „Wettrennen zum Baumhaus!"

Megan legte Gabe die Hand auf die Schulter. „Danke. Das hast du wunderbar gemacht."

Gabe stieß den Atem aus, den er unwillkürlich angehalten hatte. „Zu sehen, wie sie mit dem Fahrrad auf die Straße gestürzt ist, und nicht zu wissen, wie schlimm die Verletzung ist, hat mich so nervös gemacht, wie ich noch nie in meinem Leben war."

Als Megan sich vorbeugte und ihn küsste, zog Sophie sich wieder an den Tisch zurück, damit die beiden ungestört waren. Ihr Herz zog sich beinahe schmerzhaft zusammen, als sie ihren Bruder beobachtete, der sich so fürsorglich um das Kind gekümmert hatte. Es war so süß.

Doch als die beiden in den Garten hinaustraten, um zum Baumhaus zu gehen, wo Summer schon auf sie wartete, seufzte Sophie. Sie bemühte sich, nicht darüber nachzudenken, wie Megan und Gabe sich anblickten, und dass *niemand* sie jemals so ansah. Vor allem nicht …

„Hey, Engelchen."

Sie wirbelte herum und erschrak, als sie Jake McCann neben ihrer Mutter im Wohnzimmer stehen sah. „Was willst du denn hier?"

Ihre Mutter zog eine Augenbraue hoch, als sie den schnippischen Unterton ihrer Tochter bemerkte. „Jake hat angeboten, bei Chase und Chloes Hochzeit an der Bar zu helfen."

Chase und Chloe besaßen genug Geld und Kontakte, um die Hochzeit ohne die Hilfe von Freunden und Verwandten auszurichten. Doch darum ging es nicht. Jeder, der die beiden kannte und liebte, wollte etwas beitragen.

Warum hatte ihre Mutter ihr nur nicht gesagt, dass Jake vorbeikommen würde? Dann hätte sie etwas anderes angezogen als das langweiligste langärmelige weiße Kleid der Welt.

Nicht, dass es irgendeine Rolle gespielt hätte, was sie trug. Jake würde es ja nicht mal auffallen, wenn sie nackt auf dem Tisch liegen würde. Vermutlich würde er ohne mit der Wimper zu zucken ein paar Kissen auf sie werfen, um ihre Blöße zu bedecken.

Das Telefon klingelte, und ihre Mutter entschuldigte sich. Sophie und Jake blieben allein zurück.

„Ziemlich verrückt", sagte er gedehnt, als er aus dem Wohnzimmerfenster blickte und Gabe, Megan und Summer im Garten spielen sah. „Plötzlich scheinen sich alle Sullivans den Partner fürs Leben zu suchen."

Ein lächerlich heißes Grinsen umspielte seine Mundwinkel, bei dem sie dahinschmolz und ihr Herz anfing, wie wild zu schlagen. Das passierte ihr immer, wenn sie in Jakes Nähe war. Es half nicht gerade, dass er ein schwarzes T-Shirt trug, das einen Blick auf seine muskulösen, tätowierten Arme preisgab, und eine Jeans anhatte, die sich eng an seine Schenkel schmiegte …

Nein. Ihre Gedanken durften nicht in diese Richtung gehen. Es war sinnlos.

Jämmerlich.

Sie hatte genug Zeit damit vergeudet, Jake anzuhimmeln. Ungefähr zwanzig Jahre, um genau zu sein. Es war das eine, ein fünf Jahre altes Mädchen zu sein, das in einen Jungen verschossen war. Aber es war etwas komplett anderes, eine fünfundzwanzigjährige Frau zu sein, die noch immer nicht über den einen Mann hinweg war, der sie kaum wahrnahm.

Er sah in ihr nur das *Engelchen*, verdammt noch mal.

Was das Dilemma auf frustrierende Weise auf den Punkt brachte. Vor allem, weil sie für niemand anderen das Teufelchen sein wollte.

„Ich freue mich für sie", sagte sie schließlich. Sie konnte nicht verhindern, dass sie etwas trotzig klang. „Chase, Marcus und Gabe verdienen es, glücklich zu sein."

Beschwichtigend hob er die Hände. Für sie fühlte es sich an, als würde er sie auslachen. „Sicherlich haben sie es verdient. Du hast wahrscheinlich auch irgendwo einen Kerl versteckt, der drauf und dran ist, dir den Ring an den Finger zu stecken, oder?"

Gott, wie sie sich wünschte, Ja sagen und ihm einen atemberaubenden, sexy, erfolgreichen Freund präsentieren zu können.

Andererseits wäre es ein kurzer Triumph, weil es ihm vermutlich vollkommen egal wäre.

Sophie setzte ein Lächeln auf und zuckte die Achseln. „Nein. Ich genieße mein Leben und mein Singledasein immer noch."

Für den Bruchteil einer Sekunde glaubte sie, in seinen schokoladenbraunen Augen irgendetwas aufblitzen zu sehen. Doch es war so schnell wieder verschwunden, dass sie sich seine Reaktion auf die Vorstellung, sie könnte sich mit umwerfenden Männern treffen, wahrscheinlich nur eingebildet hatte.

Wenn überhaupt, fühlte er sich auf brüderliche Art für sie verantwortlich und wollte sie beschützen. Er würde wahrscheinlich durchdrehen, wenn er je erfahren würde, was sie in ihm sah und welche Rolle er in ihren Fantasien spielte – Fantasien, in denen es um Sahne ging und um Augenbinden und in denen sie seinen Namen schr…

Entschieden schob sie diese verruchten und vor allem sinnlosen Tagträume beiseite, als er sagte: „Mach dir keine Sorgen! Du bist ein hübsches Mädchen. Irgendwann kommt ein Kerl und erobert dein Herz im Sturm."

Oh mein Gott! Meinte er das ernst? Hatte der Hauptdarsteller ihrer geheimen Fantasien sie gerade „hübsch" genannt? Und ihr gesagt, sie solle sich „keine Sorgen machen", weil ein Kerl kommen und ihr „Herz im Sturm erobern" würde?

Als er sie nun mit einer guten Portion männlicher Herablassung anblickte, gab etwas in Sophies Innerem nach. Irgendwo in der Herzgegend brach etwas entzwei.

Sophie wusste, dass sie attraktiv war. Ohne in den Spiegel sehen zu müssen, wusste sie anhand der Art, wie Männer auf ihre Zwillingsschwester Lori reagierten, dass ihre Gesichtszüge und ihre Figur sich sehen lassen konnten.

Aber anders als Lori hatte Sophie ihr gutes Aussehen nie benutzt, um männliche Aufmerksamkeit zu bekommen.

Im vergangenen Jahr hatte sie für ihr Projekt Hunderte von Liebesgeschichten gelesen. Plötzlich kam ihr ein Gedanke: Was wäre, wenn sie alles, was sie dort über Verführung gelernt hatte, einsetzen würde?

Was, wenn sie Jake dazu bringen würde, sie zu wollen?

Was, wenn sie ihn dazu bringen könnte, sie *unbedingt* haben zu wollen?

Immerhin war er ein Mann. Und wie eingerostet ihre weiblichen Waffen auch sein mochten – sie war immer noch eine Frau.

Mit der Zungenspitze strich sie über ihre Lippe. Ihre Entschlossenheit löste etwas in ihr aus. Sie setzte sich aufrechter hin, straffte unwillkürlich die Schultern und schlug die Beine übereinander, sodass ihr Kleid ein Stückchen über ihre Knie rutschte.

Erstaunlicherweise schien Jake sich ein wenig unwohl zu fühlen, als würde er etwas sehen, das er nicht – *niemals* – hatte sehen wollen.

Und in diesem Moment musste Sophie sich nicht einmal besonders anstrengen, um ein verruchtes kleines Lächeln auf ihre Lippen zu zaubern. Sie hatte einen Entschluss gefasst. Sobald sie herausgefunden hatte, wie sie Jake dorthin bringen könnte, wo sie ihn haben wollte, würde sie Rache für ihr armes verschmähtes Herz nehmen.

Oh ja! Sie würde ihm eine Lektion erteilen, die schon längst überfällig war.

Nämlich, dass er nicht jede Frau auf dieser Welt haben konnte.

Vor allem nicht sie.

– ENDE –

Lesen Sie auch von Bella Andre:

Deutsche Erstveröffentlichung

Band-Nr. 25793
9,99 € (D)
ISBN: 978-3-95649-078-1
304 Seiten

Bella Andre
Wie wär's mit Liebe?

Als Fotograf hat Chase Sullivan einen Blick für Details – deshalb tritt er sofort auf die Bremse, als er im strömenden Regen eine junge Frau neben ihrem Wagen stehen sieht. Er erkennt gleich, dass Chloe mit mehr zu kämpfen hat als mit einem kaputten Auto. Hilfsbereit nimmt er sie mit auf das Familienweingut in Napa Valley. Zwischen beiden knistert es, aber zu seiner großen Verblüffung stellt Womanizer Chase fest, dass er von Chloe mehr will als ein paar heiße Nächte. Noch gibt sie sich zurückhaltend, wird der berühmt-berüchtigte Sullivan-Charme mal wieder Wunder wirken? Oder hat ihr Trauma der Vergangenheit für immer Chloes Glauben an die Liebe zerstört – selbst bei einem Mann wie Chase?

Lesen Sie auch von Bella Andre:

Deutsche Erstveröffentlichung

Band-Nr. 25818
9,99 € (D)
ISBN: 978-3-95649-112-2
304 Seiten

Bella Andre
Nicht verlieben ist auch keine Lösung

Eigentlich ist Marcus Sullivan kein Typ für einen One-Night-Stand. Doch die scharfe Blondine im Club ist genau die Richtige, um ihn seine untreue Freundin vergessen zu lassen. Leider schläft Nicola noch vor dem ersten Kuss ein, vielleicht besser so ... Denn am Morgen bereut Marcus sein Aufreißer-Verhalten – und für Nicola gibt es Kaffee und einen warmen Händedruck anstatt wilden Sex. Erst später, als er Nicola unerwartet wiedersieht, erfährt er, wen er da von der Bettkante gestoßen hat: ein für Sexkapaden berüchtigtes Pop-Sternchen. Diesmal verdrängt er zugunsten heißer Stunden seine Bedenken. Aber Marcus Sullivan und unverbindlich hat noch nie zusammengepasst, und auch Stars sind nicht immer so, wie es auf den ersten Blick scheint ...

Felicia will einfach nur normal sein – und Gideon ist genau der Mann, der ihr dabei helfen kann …

Deutsche Erstveröffentlichung

Band-Nr. 25844
9,99 € (D)
ISBN: 978-3-95649-190-0
eBook: 978-3-95649-438-3
352 Seiten

Susan Mallery
Kuss und Kuss
gesellt sich gern

Ein Prickeln erfasst Felicia, als sie die tiefe Stimme hört. Beim letzten Mal hat ihr diese Stimme zärtlich ins Ohr geflüstert … am anderen Ende der Welt, nach der heißesten Nacht ihres Lebens. Nie hätte Felicia gedacht, dass es den coolen Draufgänger Gideon Boylan ausgerechnet in eine Kleinstadt wie Fool's Gold verschlagen würde! Aber da er schon mal hier ist, kann er ihr auch nützlich sein. Denn eigentlich ist Felicia auf der Suche nach Normalität – und einem Mann, der sich von ihrem überdurchschnittlich cleveren Köpfchen nicht abschrecken lässt. Leider hat die Intelligenzbestie keine Ahnung, wie sie sich so einen Normalo-Mann angeln soll. Die geniale Idee: Gideon stellt sich als Coach zur Verfügung und bringt ihr bei, was Männer an Frauen attraktiv finden! Er selbst ist natürlich zu atemberaubend sexy, um sich ihr wieder zu nähern und als Kandidat infrage zu kommen … oder?

„Eine Autorin, die sowohl am Herzen zupft
als auch die Lachmuskeln kitzelt."

Romantic Times Bookreviews